Franca Permezza

Partitura di Praga

Commissario Trattonis Sünden-Fall

Ein Kriminalroman aus Venedig und Prag
Aus dem Veneziano von Wolfgang Körner

Rotbuch Verlag

Herausgegeben von Vito von Eichborn

Bibliografische Information Der Deutschen Bibliothek

Die Deutsche Bibliothek verzeichnet diese Publikation in der Deutschen Nationalbibliografie; detaillierte bibliografische Daten sind im Internet über http://dnb.ddb.de abrufbar.

Umschlaggestaltung: Bayerl & Ost, Frankfurt/M.
Gesetzt aus der Sabon
Satz: Johanna Boy
Druck und Bindung: Fuldaer Verlagsanstalt

Printed in Germany
ISBN-10: 3-434-53152-1
ISBN-13: 978-3-434-53152-4

Informationen zu unseren Verlagsprogrammen finden Sie im Internet unter www.rotbuch.de

Judex ergo cum sedebit,
Quidquid latet apparebit,
Nil inultum remanebit

Wenn nun der Richter (zu Gericht) sitzt,
was auch immer im Verborgenen war:
Es wird ans Licht kommen:
Nichts wird unvergolten bleiben.

Missa da Requiem

1.

Das laute Klingeln des Telefons auf dem Nachttisch hatte Adriano Trattoni aus dem Tiefschlaf gerissen. Er tastete im Dunkel nach dem Telefonhörer, und als er die Stimme seines Assistenten Vitello hörte, regte sich in ihm der Zorn. »Wissen Sie zufällig, wie spät es ist, Sergente?«

»Halb vier morgens. Wir haben gerade einen Anruf bekommen. Unter der kleinen Brücke an der Calle Zancani soll ein Mann ertrunken sein.«

»Und deshalb rufen Sie mich mitten in der Nacht an? In Venedig fallen hin und wieder Touristen ins Wasser. Sollte Ihnen das entgangen sein?«

Es dauerte einen Moment, bis der Sergente antwortete. »Gewiß nicht, Commissario. Aber dieser Mann hat angeblich einen Strick um den Hals, der am Brükkengeländer festgebunden ist. Heute Nacht hat Flaviano Bereitschaft. Soll ich den etwa anrufen?«

»Den Sizilianer? Auf keinen Fall. Das fehlte mir gerade noch. Verständigen Sie die Spurensicherung und den Arzt. Lassen Sie die Brücke absperren und alles fotografieren. Ich bin so schnell wie möglich am Tatort.«

Trattoni legte den Telefonhörer zurück auf die Gabel, suchte nach dem Schalter der Nachttischlampe und stieß dabei die Wasserflasche neben dem Bett um.

»Entschuldigung«, flüsterte er, als sich seine Frau neben ihm im Bett umdrehte. »Ich muß mich um eine Leiche kümmern.«

Dann hatte sein Zeigefinger den Schalter der Lampe endlich gefunden und schaltete sie ein. Er stieg aus dem Bett, trat in die kleine Pfütze auf dem Fayenceboden, rutschte aus und riß die Lampe vom Nachttisch. Leise schimpfend zog er sich die Socken an und ging auf Zehenspitzen ins Badezimmer. Während er sich rasierte, überlegte er, ob er wie jeden Morgen duschen sollte, bevor er die Wohnung verließ, doch diesmal wollte er keine Zeit verlieren. Außerdem mochte er kaltes Wasser im Winter nicht sonderlich. So feuchtete er nur ein Handtuch an, wischte sich damit Reste des Rasierschaums aus dem Gesicht, verteilte *Aqua di Parma* auf der Haut und ging in die Küche, wo ihn der würzige Geruch von Basilikum, Knoblauch und Pinienkernen an die vorzügliche *pasta con funghi* erinnerte, die Giulia am Abend für die Familie gekocht hatte. Das Wasser lief ihm im Munde zusammen. Er nahm eine *brioche* aus dem Korb und schaltete die Kaffeemaschine ein.

Es dauerte nicht lange, bis sie so heiß war, daß er eine Tasse mit Caffè füllen konnte. Er warf ein Stück Würfelzucker hinein, trank einen Schluck, und als er mit Genuß in die *brioche* biß, regten sich plötzlich Zweifel.

War es gerechtfertigt, gleich an ein Verbrechen zu denken, wenn ein toter Mann unter einer Brücke hängt? Falls es sich um einen Selbstmord handeln sollte, würde ihm sein Verhalten zumindest einen Tadel des Vice Questore einbringen, wenn nicht sogar einen Verweis. Aber damit kann Berlusco mir nicht mehr schaden, dachte er zufrieden. In meinem Alter kann ich mich jederzeit pensionieren lassen.

Er verzehrte eine zweite *brioche*, wischte sich mit einer Papierserviette den Mund ab und sah das kleine Gerät auf dem Kühlschrank, mit dem er jeden Tag, sowohl nüchtern als auch nach jeder Mahlzeit, seinen Blutzucker messen sollte.

Dafür habe ich jetzt wirklich keine Zeit, dachte er und griff nach dem Heft, in dem er – auch das hatte Dottor Cassiano angeordnet – jeden Wert sorgfältig notieren solle.

220 schrieb Trattoni. Diesen Wert zeigte das Gerät morgens meistens an, wenn er es benutzte. Er ging zurück ins Schlafzimmer, zog seine lange Unterhose an und ein weißes Hemd. Er band sich seine weinrote Krawatte um den Hals, stieg in die Hose seines dicken dunkelblauen Anzugs und in seine Collegeschuhe, die er neuerdings bevorzugte, weil sie keine Schnürsenkel hatten, die ihn gezwungen hätten, sich zu bücken, um sie zuzubinden. Während er die Jacke vom Kleiderbügel nahm, überlegte er, ob er einen Pullover anziehen sollte, doch er verzichtete darauf. Im Pullover fühlte er sich eingeengt, außerdem wirkte er darin noch übergewichtiger als sonst. Das mußte nicht sein.

»Wahrscheinlich lasse ich mich vom Tatort direkt ins Büro bringen«, sagte er zu Giulia, und als sie nicht antwortete, erinnerte er sich an die Ohrstöpsel, mit denen sie seit einem Jahr schlief, weil er – so behauptete sie jedenfalls – unerträglich laut schnarchte. So schaltete er nur die Nachttischlampe aus. Im Korridor wickelte er sich den dicken Wollschal um den Hals, zog sich den Mantel an, setzte den Hut auf und verließ die Wohnung. Erst als die ersten 20 der 100 Stufen im Treppenhaus hinter ihm lagen, fiel ihm ein, daß es gestern geregnet hatte. Er ging zurück in die Wohnung, griff nach dem Regenschirm, steckte sicherheitshalber seine Wollhandschuhe in die Manteltasche und begann erneut mit dem Abstieg.

Ein Jammer, daß es in den meisten Palazzi keine Aufzüge gibt, dachte er, als er das Portal erreichte. Er öffnete die schwere Haustür, die ihm ein scharfer, eiskalter Wind aus der Hand riß und hinter ihm zuschlagen ließ. Die *bora*, dachte er und hielt seinen Hut fest. Der gefürchtete Wind, der bei Flut noch mehr Wasser aus der Lagune in die Stadt drückte und, besonders wenn es zusätzlich regnete, für *acqua alta* sorgte, das nur Touristen erfreute, die dann auf der Piazza über die Holzstege spazierten.

Trattoni bedauerte, daß er seine Gummistiefel vergessen hatte, aber daran war jetzt nichts mehr zu ändern. Wenigstens regnete es nicht. Der Mond stand voll am Himmel, über den der Wind die Wolken trieb. Es würde noch mindestens vier Stunden dauern, bis die Sonne aufging. Um diese Zeit war hier im Winter kein Mensch unterwegs. Sogar die Katzen, die im Sommer nachts durch die engen Straßen und Gassen strichen, zogen es vor, in der Nähe des Ofens zu bleiben. Sofern sich ihre Besitzer das teure Brennholz leisten konnten.

Commissario Trattoni wohnte seit mehr als 30 Jahren in Cannaregio und hätte sich dort auch mit verbundenen Augen zurechtgefunden. Es störte ihn nicht, daß es in diesem Stadtteil nur wenige Laternen gab. Er ging vorsichtig über das feuchte Kopfsteinpflaster und erreichte in zehn Minuten die Kirche San Marcuola. Er wußte, daß an Wintertagen jede Stufe einer der mehr als 400 Brücken Venedigs von einer hauchdünnen Schicht Rauhreif überzogen und glatt sein konnte. So hielt er sich am Brückengeländer fest, als er den Rio di San Marcuola überquerte, und erreichte schließlich unbeschädigt den Palazzo Vendramin-Calergi, hinter dem er Richtung Norden abbog.

Als der Palazzo Diedo in sein Blickfeld geriet, sah er schon von weitem das grelle Licht der Halogenlampen, mit denen die Polizei nachts einen Tatort hell erleuchtet. Über den Rio del Trapolin zuckte das blaue Licht einer Polizeibarkasse, die auf dem schmalen Kanal angelegt hatte. Der Tote hing noch immer unter der Brücke, bis zum Gürtel im brackigen Salzwasser.

Da weit und breit niemand zu sehen war, hatte Sergente Vitello darauf verzichtet, den Tatort absperren zu lassen. Er stand in seiner blauen Uniform am Fuß der Brücke, unterhielt sich mit zwei Männern in weißen Overalls, und als Trattoni vor ihm stand, trat er seine *Nazionali* auf dem Pflaster aus und salutierte. »Sieht vielleicht doch eher wie ein Selbstmord aus, Commissario. Ich hätte Sie nicht zu wecken brauchen.«

»Keine voreiligen Schlüsse«, entgegnete Trattoni. »Ob etwas ein Fehler war oder nicht, weiß man immer erst nachher. Haben Sie alles fotografieren lassen?«

»So gut wie möglich. Der Fotograf und der Arzt warten im Boot auf Sie.«

»Dann lassen Sie beide herkommen. Ich will die Bilder sehen.«

»*Come desidera*, Commissario«, antwortete der Sergente. Er lief zur Barkasse und kam mit dem Fotografen zurück, der dem Commissario auf dem kleinen Bildschirm der Digitalkamera zeigte, was er aufgenommen hatte. »Sehr schön«, sagte Trattoni. »Sie sind ein großer Künstler. Ich brauche noch zwei Großaufnahmen des Knotens, mit dem das Seil am Geländer festgebunden wurde. Danach könnt ihr den Mann aus dem Wasser holen.«

Sergente Vitello sah seinen Vorgesetzten unsicher an. »Das ist schlecht möglich. Die Brücke ist zu niedrig für die Barkasse. Wir kommen nicht näher an den Toten heran.«

»Na und?« erwiderte der Commissario. »Dann bitten Sie einen Kollegen um Hilfe und ziehen den Mann an seinem Seil auf die Brücke.«

»Wie Sie wünschen, Commissario.«

Trattoni sah, wie der Sergente mit zwei gleichfalls uniformierten Beamten sprach, die ihn langsam auf die Brücke begleiteten und sich dort am Seil zu schaffen machten. Sie lösten den Knoten, zogen den Toten langsam in die Höhe, beugten sich über das Geländer, griffen nach der Leiche, wuchteten sie auf die Brücke und legten sie auf eine Plastikfolie, die zwei Kollegen von der Spurensicherung hastig ausgebreitet hatten. Vitello rollte das Seil zusammen und legte es daneben.

Der Commissario hatte nicht wenige Tote gesehen, seitdem er im Morddezernat arbeitete, aber noch immer graute ihm vor ihrem Anblick, bei dem ihm jedesmal bewußt wurde, wie gefährdet jedes Menschenleben ist und wie schnell es enden kann. Wenigstens war diese Leiche nicht nackt.

Um den feingliedrigen, fast zierlichen Körper des schlanken Mannes, dessen Alter er auf höchstens 45 Jahre schätzte, hing ein nasser grauer Anzug, aus dem Wasser tropfte und – auch diese Brücke war leicht gewölbt – in einem Rinnsal auf beiden Seiten von der Plastikfolie hinunter floß.

Trattoni sah in die weit aufgerissenen Augen des Toten und winkte den Fotografen zu sich. »Ich brauche noch ein paar Großaufnahmen des Gesichts. Die müssen aussehen, als ob er noch lebte.«

»No problema. Das mache ich später am Computer.«

Er hob seine Nikon, vier Blitze zuckten auf, und als er die Kamera zuklappte, trat der Polizeiarzt neben den Toten. Ein großer schlanker Mailänder. »Sieht mir nach Suizid aus«, sagte er verärgert zu Trattoni. »Deswegen hätte man mich nicht nachts aus dem Bett holen müssen.«

»Tut mir leid, daß sich der Täter nicht an Ihre Dienstzeit gehalten hat. Ich wüßte gern, wie lange dieser Mann im Wasser gelegen hat und wie er gestorben ist. Hat er sich erhängt, oder ist er ertrunken?«

»Vermutlich ertrunken«, sagte Sergente Vitello. »Wir hatten heute während der Flut Hochwasser.«

Trattoni schüttelte den Kopf. »Auf der Piazza vielleicht. Bei uns in Cannaregio steht das Wasser selten hoch.«

Der Polizeiarzt zog sich Gummihandschuhe an, beugte sich über den Toten, knöpfte ihm die nasse Anzugjacke und das Hemd auf, bewegte seine Arme, betastete seine Brust und betrachtete dann seinen Hals. Er bewegte kurz den Kopf der Leiche und drückte ihr endlich die Augen zu. »Eindeutige Anzeichen einer Strangulierung. Der Mann hat sich am Brückengeländer erhängt. Im Wasser hing er höchstens fünf bis sechs Stunden, als er schon tot war. Für mich zweifellos Suizid.«

»Für mich noch nicht«, sagte Trattoni und sah Vitello auffordernd an. »Worauf warten Sie noch, Sergente? Ich möchte wissen, was der Mann in seinen Taschen hat. Danach bringen Sie ihn ins Ospedale *Fatebenefratelli*. Dottor Martucci soll ihn obduzieren.«

Vitello schüttelte den Kopf, als ihm ein Kollege Handschuhe reichen wollte. »Brauch' ich nicht. Was mehrere Stunden hier im Wasser gelegen hat, ist so gut wie desinfiziert.«

Er griff zuerst in die Taschen der Jacke des Toten und legte nach und nach 30 Euromünzen auf die Plastikfolie. Ein Mann von der Spurensicherung griff danach und beförderte sie in einen durchsichtigen Plastikbeutel. Aus den beiden nassen Hosentaschen zog der Sergente vier graue Steine, etwa in der Größe einer Kinderhand. Die Männer in den weißen Overalls verstauten auch sie in zwei großen Plastiktüten.

»Was denn?« fragte Trattoni. »Keine Geldbörse, keine Brieftasche und keine Ausweispapiere? Nicht mal eine Fahrkarte?«

Vitello drehte den Toten auf den Bauch und griff in beide Gesäßtaschen seiner Hose. »Leider nicht, Commissario. Sie können sich gern selbst überzeugen.«

»Nicht nötig.« Zwei Polizisten deckten die Leiche zu, hoben sie auf eine Bahre und wollten sie wegtragen. Vitello sah Trattoni unsicher an. »Brauchen wir nicht noch seine Fingerabdrücke?«

»Sehr aufmerksam. Ich wollte mal feststellen, ob Sie mitdenken. Machen Sie das, wenn es möglich ist. Aber vermutlich ist seine Haut dafür noch zu aufgequollen. Wir werden das im Ospedale erledigen müssen. Hatte er einen Ehering am Finger?«

»Nein, Commissario.«

»Gut. Dann sind wir hier fertig.« Vitello forderte zwei Kollegen auf, den Toten in die Barkasse zu tragen. Der Polizeiarzt folgte ihnen langsam. Vitello schaltete die Halogenlampen aus, und Trattoni erschrak einen Augenblick, das bleiche Gesicht der Leiche im zukkenden Blaulicht ließ ihn an ein Gespenst denken. Er wartete noch, bis der Sergente die Plastikfolie zusammengefaltet hatte, und ging dann mit ihm an Bord.

»Es hat keinen Sinn, daß ich noch mal nach Hause gehe«, sagte er leise. »Der Bootsführer soll uns an der Questura absetzen. Danach bringen Sie den Toten zu Dottor Martucci. Er soll seine Kleidung, die Schuhe und das Seil aufbewahren.«

Vitello stieg über die Bahre mit der Leiche und sprach mit dem Bootsführer. Trattoni ging in die Kabine, wo er sich neben den Polizeiarzt setzte. »Ziemlich viel Aufwand für einen Suizid, meinen Sie nicht auch, Dottore? Keine Papiere, aber 30 Euro und Steine in den Taschen. Erscheint mir eher wie ein Mord.«

Der Arzt blickte Trattoni müde an und antwortete, doch in diesem Moment begann der alte Dieselmotor zu dröhnen und übertönte seine Stimme. Das Boot vibrierte, setzte sich langsam in Bewegung, und der Commissario verstand kein Wort. Auch gut, dachte er. Wenn der Tote obduziert ist, weiß ich mehr.

Die Barkasse legte vom Ufer ab, fuhr tuckernd auf dem Rio di San Marcuola und erreichte schließlich den Canal Grande. Es war noch immer dunkel, doch auf dem Canal dieselten schon seit Stunden unzählige Lastkähne, in denen – wie auf zahllosen Gondeln – Fleisch und Fisch, Obst und Gemüse, ja sogar das Trinkwasser von der künstlichen Insel Tronchetto vor der Stadt nach Venedig gebracht und dort mehrfach – zuletzt auf Karren – umgeladen werden mußten. Die Kaufleute schätzten das; so konnten sie ihre exorbitanten Preise mit den Transportkosten begründen.

Eine unbekannte Leiche, dachte Trattoni. Das hat mir gerade noch gefehlt. Wenn der Mann auf natürliche Weise gestorben wäre, hätte es nicht zu seinen Aufgaben gehört, die Identität des Toten festzustellen, aber diesmal – davon war er überzeugt – handelte es sich zweifelsfrei um einen Mord. Nur der Gedanke an Ispettor Flaviano, den Sizilianer, den ihm der Vice Questore zugeteilt hatte, heiterte ihn ein wenig auf.

In ein paar Stunden würden auf Trattonis Schreibtisch Fotos des Toten liegen. Er konnte den Ispettore beauftragen, seine Identität festzustellen, was ihn ein paar Tage von der Questura fernhalten würde.

Obwohl auf dem Canal Grande kein Boot schneller fahren durfte als sieben Stundenkilometer, um die Grundmauern der Palazzi nicht zu beschädigen, dauerte es nicht lange, bis die Barkasse vor der Questura anlegte. Bis auf den Bootsführer und Vitello gingen alle von Bord. Die Polizisten verschwanden in die Wache. Der Arzt und der Fotograf gingen zu ihren Motorbooten, für die sie – schließlich lag Venedig in Italien – nicht einmal einen Führerschein benötigten.

Als Commissario Trattoni das alte Gebäude betrat, sah er auf seine Armbanduhr. Halb sieben. So zeitig hatte er noch nie in seinem Büro gesessen, und er hatte nicht die Absicht, daran etwas zu ändern. Er ließ sich von einem Sergente eine Arrestzelle aufschließen, befreite sich von Mantel, Hut und Schuhen und legte sich im Anzug auf eine der harten Pritschen, auf denen sonst meist nur Volltrunkene ihren Rausch ausschliefen. Einmal hatte Vitello sogar mit seiner Verlobten in einer der Zellen übernachtet. In der Questura ging das Gerücht um, daß Antonella darauf bestanden hatte, daß er ihr Handschellen anlegte, doch das bestritt Vitello jedesmal wütend, wenn ein Kollege ihn damit neckte.

»Vergessen Sie nicht, mich um halb zehn hier wieder rauszuholen. Sonst hänge ich Ihnen ein Disziplinarverfahren an«, sagte der Commissario zum Polizisten. »Und kein Wort zum Duce.«

»Natürlich nicht«, antwortete der Uniformierte, verließ die Arrestzelle und schloß die Tür hinter sich. Als er sie so sorgfältig verriegelte, wie es die Dienstvorschrift verlangte, war Trattoni schon eingeschlafen.

2.

Drei Stunden später faltete der Commissario in seinem Büro den *Gazzettino* zusammen und griff nach den Totenscheinen, die er morgens oft auf seinem uralten Schreibtisch fand. Der Tod einer 80jährigen, die auf Murano eine steile Treppe hinabgestürzt war, hielt er für ebenso natürlich wie den eines Elektrikers, den ein Stromschlag ums Leben gebracht hatte. Beides passierte in Venedig häufig, und er gab beide Tote zur Bestattung frei. Als er den Totenschein eines Gondoliere betrachtete, zögerte er. Der Mann war erst 50 Jahre alt und – wie jeder Angehörige dieses Berufsstandes – ein schwerreicher Mann gewesen. Ein fleißiger Gondoliere strich während des Sommers täglich 600 bis 700 Euro ein. Allein seine Lizenz war eine halbe Million Euro wert, und diese Lizenz blieb in der Familie.

Der Commissario überlegte einen Augenblick. Wollte hier etwa ein Sohn nicht länger auf das Erbe warten? Doch dann las er, daß der Mann geizig gewesen sein mußte. Er hatte sich mit einer Lungenentzündung in einem öffentlichen Krankenhaus behandeln lassen. Dort ging man sehr sparsam mit teuren Antibiotika um. Er zeichnete auch diesen Totenschein ab und hatte ihn kaum aus der Hand gelegt, als der Fotograf ins Zimmer kam und ihm einen Stapel Bilder auf den Tisch legte. »Tut mir leid, Commissario, mehr war aus der Wasserleiche nicht zu machen.«

Trattoni griff nach dem obersten. Sobald er sah, daß der Tote darauf wie auf einem Bewerbungsfoto aussah, war er zufrieden. »Keine falsche Bescheidenheit. Wir wissen alle, was wir an Ihnen haben.«

»Ach was«, sagte der Fotograf. »Mit einem guten Bildbearbeitungsprogramm kann das heutzutage jedes Kind.« Er ging zur Tür und hatte sie kaum hinter sich geschlossen, als das Telefon auf Trattonis Schreibtisch läutete. Er ahnte schon, was jetzt auf ihn zukam. Sein Blutdruck stieg.

»Buon giorno, Commissario«, sagte Ispettor Flaviano, der ihn grundsätzlich anrief, obwohl sein Arbeitszimmer sich neben Trattonis Büro befand. »Vice Questore Berlusco wünscht Sie sofort zu sprechen. Er ist äußerst ungehalten.«

Trattoni legte den Hörer wortlos auf die Gabel zurück. Das ist er meistens, dachte er. Aber das ist sein Problem.

Er stand auf, nahm die Wasserflasche vom Aktenregal, trank sie halb leer und steckte drei Fotos in die Jackentasche. Auf einem hing die Leiche halb im Wasser, auf dem zweiten lag sie auf der Brücke, und auf dem dritten sah der Mann aus wie zu Lebzeiten. Der Commissario öffnete die Tür seines Büros und stand vor Sergente Vitello, der ihm einen Regenschirm hinhielt.

»Den hat mir der Bootsführer gerade gebracht, Commissario. Gehört er Ihnen?«

»Wem sonst?« fragte Trattoni. »Stellen Sie ihn in meinen Schirmständer.«

Das Büro des Vice Questore lag im zweiten Obergeschoß, und als Trattoni die Tür zu dessen Vorzimmer öffnete, wunderte er sich einmal mehr darüber, in welchem Maß die Heirat eine Frau verändern konnte.

Nicht nur, daß Berluscos Sekretärin jetzt darauf bestand, stets mit Signora Bonaventura angesprochen zu werden! Sie trug keine Blusen mit tiefem Ausschnitt mehr. Sie verzichtete auf Stöckelschuhe. Sie trug ihr braunes Haar fast schulterlang und schminkte sich kaum noch. Eine 28jährige Madonna, die seit ihrer Heirat sogar – jedenfalls im Dienst – peinlich genau die Bestimmungen des Datenschutzes respektierte. Das einzige, was sie von tausenden anderen Chefsekretärinnen in Italien noch unterschied, waren ihre Orchideen auf der Fensterbank und dem breiten Aktenregal. Im Vorzimmer des Vice Questore duftete es zu jeder Jahreszeit so süßlich wie im Gewächshaus des amerikanischen Detektivs Nero Wolfe. Signora Bonaventura bewunderte die Romane Rex Stouts, und sie war froh, daß er mit Robert Goldsborough einen würdigen Nachfolger gefunden hatte.

»Buon giorno, Signora Bonaventura«, grüßte Trattoni. »Der Duce verlangt nach mir?«

Sie lächelte. »Und ob. Haben Sie es bemerkt, Commissario? Meine *Rossioglossum* blüht mitten im Winter.«

»Kein Wunder. Zentralheizung, Kunstlicht und Ihre Pflege. Ihr Mann ist zu beneiden.« Trattoni sah sie fragend an. »Kann ich gleich rein?«

Sie nickte mit einem bedauernden Blick, und der Commissario trat ohne anzuklopfen in das Büro seines Vorgesetzten.

»Was haben Sie heute Nacht denn wieder veranstaltet?« fragte Berlusco, der glatt rasiert im dunkelgrauen Anzug von *Brioni* und einem blauen Hemd mit rot-weiß gestreifter Krawatte hinter jenem riesigen Schreibtisch thronte, dem er seinen Spitznamen Duce verdankte. Der fast 60jährige, dessen Haar rabenschwarz war, weil er es regelmäßig färben ließ, hoffte seit fünf Jahren auf eine Beförderung zum Polizeichef.

»Dienstplan ist Dienstplan!« sagte er jetzt. »War Ihnen zufällig bekannt, daß Ispettor Flaviano letzte Nacht Bereitschaftsdienst hatte? Wie haben Sie überhaupt von diesem Selbstmord erfahren?«

»Durch einen anonymen Anruf. Der Tatort befindet sich in der Nähe meiner Wohnung, und da habe ich...«

Berlusco schnitt ihm mit einer kurzen Handbewegung das Wort ab. »Da haben Sie einen Aufwand veranstaltet, als handele es sich um ein Kapitalverbrechen! Wissen Sie zufällig, was uns ein solcher Einsatz und eine Obduktion kosten?«

»Sie werden es mir gewiß gleich verraten«, antwortete Trattoni. »Nichtsdestotrotz deuten alle Umstände dieses Falles auf Mord.«

Er legte Berlusco die Fotos auf den Tisch. »Lebensmüde hängen sich zumeist zu Hause auf. Manchmal auch an einem Baum oder einer Laterne. Wenn der Mann hätte ertrinken wollen, wäre er ins Wasser gesprungen. Die Steine in seinen Taschen sprechen für diese Absicht, aber das Seil spricht dagegen. Abgesehen davon, er hatte keine Ausweispapiere in der Tasche. Nur Steine und 30 Euro. Sehr ungewöhnlich, nicht wahr?«

Der Vice Questore betrachtete die Fotos. »Meinen Sie? Bei einem Touristen halte ich alles für möglich.«

»Ich auch, Vice Questore. Aber wer steckt sich 30 Euro ein, bevor er sich umbringt?«

Berlusco zuckte mit den Schultern. »Keine Ahnung. In meiner Familie gab es seit 400 Jahren keinen Selbstmörder mehr.« Dann wurde seine Stimme lauter. »Dottor Griffo hat Ihnen klar und deutlich gesagt, daß das ein Freitod war. In solchen Fällen ist lediglich die Identität des Toten zu ermitteln. Aber Sie … Sie veranstalten einen Großeinsatz.«

»Na und? Jedes Menschenleben ist unersetzlich.«

Der Vice Questore sah den Commissario verblüfft an, griff nach einem Aktenhefter und bedeutete damit, daß er das Gespräch für beendet hielt. »Halten Sie sich in Zukunft gefälligst an Ihren Dienstplan«, rief er noch, während Trattoni zur Tür ging. »Sonst lasse ich Sie nach Sizilien versetzen.«

»No problema, Vice Questore«, antwortete Trattoni. »Dort gefällt mir das Wetter viel besser als hier.«

Er schloß leise die Tür hinter sich. Signora Bonaventura fragte, ob Berlusco besonders unfreundlich gewesen sei, und der Commissario schüttelte den Kopf. »Ach was. Nicht unfreundlicher als sonst.«

Er ging zur Fensterbank, beugte sich über die blühende Orchidee und nieste augenblicklich, während ihm die Tränen in die Augen stiegen. Aus nächster Nähe erinnerte ihn der süßliche Geruch der großen Blüte an den einer Leiche, und dagegen war er seit Jahren allergisch. »*Scusi*«, sagte er leise, während er zur Tür ging. »Vermutlich habe ich mich heute Nacht erkältet.«

Wieder in seinem Büro, rief er Ispettor Flaviano zu sich und drückte ihm 20 der Fotos in die Hand, auf denen der Tote noch wie lebendig aussah. »Nicht gerade nett, sich beim Chef über einen Kollegen zu beschweren. Aber kleine Sünden bestraft der Herr meistens sofort. Klären Sie so schnell wie möglich die Identität dieses Mannes auf. Erkundigen Sie sich in sämtlichen Hotels und Pensionen nach ihm. Stellen

Sie fest, ob man ihm einen Ausweis oder Reisepaß ausgestellt hat. Und prüfen Sie, ob die Kollegen vom *Ufficio Stranieri* etwas über ihn haben.«

Flaviano betrachtete ungläubig die Fotos. »In sämtlichen Hotels und Pensionen?« fragte er entsetzt. »Wie soll ich das denn schaffen?«

»Genau nach Dienstvorschrift, Ispettore. Wie Sie es auf der Polizeischule gelernt haben. Sie können gern ein Dutzend Uniformierte in die Hotels schicken, aber um die Akten im *Ufficio Stranieri* kümmern Sie sich gefälligst selbst. Sergente Vitello hat dafür keine Zeit.«

Der Ispettore hatte die Tür schon erreicht, als Trattoni ihn zurückrief. »Ach so, das hätte ich fast vergessen. Geben Sie je ein Portraitfoto unseren beiden Zeitungen. Dazu einen kurzen Text. Nach einer Vermißtenmeldung suchen wir den abgebildeten Mann und so weiter. Kein Wort davon, daß er tot ist.«

»Brauchen wir dafür nicht die Genehmigung des Vice Questore?«

»Brauchen wir nicht. Ich nehme das auf meine Kappe.« In diesem Augenblick klingelte das Telefon. Trattoni nahm den Hörer ab, und als er die krächzende Stimme des Pathologen hörte, die Dottor Martucci 60 Zigaretten am Tag verdankte, scheuchte er Flaviano aus dem Zimmer wie eine lästige Fliege.

»*Salve* Guido«, begrüßte er den Pathologen. »Sag bloß, du hast die Leiche von heute Nacht schon auf dem Tisch.«

»Wir sind gerade mit ihr beschäftigt. Hat man den Mann wirklich aus dem Rio del Trapolin gezogen? Ich bin mir zwar noch nicht ganz sicher, aber so wie es jetzt aussieht, hat er Süßwasser in der Lunge. In einem der *canali* kann er ebenso wenig ertrunken sein wie in der Lagune. Als er aufgehängt wurde, war er übrigens schon tot. Ich würde gern mit dir reden, bevor ich meinen Bericht diktiere. Hast du ein paar Minuten Zeit für mich, Adriano?«

»Für dich immer«, sagte Trattoni. »Ich bin in spätestens einer halben Stunde bei dir.« Er legte den Hörer auf die Gabel, stand auf und ging zum Fenster. Sein Büro war wie gewöhnlich überheizt und die Fensterscheibe daher beschlagen. Er wischte den dünnen Wasserfilm mit dem Ärmel ab und sah nach draußen. Einen Regenschirm brauchte er heute nicht. Er nahm seinen Mantel vom Haken, setzte sich den Hut auf und steckte sein kleines grünes Notizbuch ein: der einzige Gegenstand, den er nur selten vergaß. Nachdem er Signora Bonaventura mitgeteilt hatte, daß er für mindestens drei Stunden aus dem Haus müsse, verließ er das Büro und ging langsam die Treppe hinunter. An der Tür des Wachlokals im Erdgeschoß, in dem Uniformierte wie meistens Karten spielten, kam ihm ein Bootsführer entgegen. »Brauchen Sie eine Barkasse?«

»Jetzt nicht. Ich hab' es nicht weit.«

Er trat aus der Questura auf die Fondamenta di San Lorenzo. Der Himmel war blau und wolkenlos, doch das milde Licht der Wintersonne täuschte, die Luft war schneidend kalt. Trattoni bedauerte, daß er seinen dicken Schal nicht umgelegt hatte. Seit ihm Dottor Cassiano erklärt hatte, daß Typ-2-Diabetes meistens die Folge von zu wenig Bewegung und zu viel Pasta ist, bewältigte Trattoni kürzere Entfernungen zu Fuß, sofern es nicht regnete. Das war gut für den Zuckerspiegel, aber schlecht für seine Kniegelenke, die ihm immer häufiger weh taten. Dottor Cassiano hatte ihm schon zweimal zur Meniskusoperation geraten, aber die lehnte er ab. »Alles im Leben unterliegt dem Gesetz der Entropie«, hatte er geantwortet. »Und wer nicht alt werden will, sollte jung sterben.«

Es dauerte nicht lange, bis Trattoni die Brücke am Palazzo Cappello erreichte, die Stufen hinaufging und auf der anderen Seite wieder hinunter. Inzwischen fror er nicht mehr und genoß die klare Luft so sehr, daß er sich sogar zu einem kleinen Umweg entschloß. Er ging an der Kirche Santa Maria del Pianto vorbei, wollte dann das Krankenhaus durch den Hintereingang betreten, doch er fand die Tür verschlossen. Die allgegenwärtige Furcht vor Terroristen hatte auch in Venedig vieles verändert. So mußte er um den riesigen Krankenhauskomplex zum Haupteingang gehen und seinen Dienstausweis vorzeigen. Er ging die Treppe zur Pathologie hinunter und klingelte an der Glastür, hinter der das Reich der Toten anfing. Es dauerte nur wenige Minuten, bis Dottor Martucci in seinem grünen Kittel im Korridor auftauchte und mit der rechten Hand, die wie die linke in einem langen Gummihandschuh steckte, den Gesichtsschutz hochklappte. »*Ciao*, Adriano. Komm gleich rein. Diesen Mann mußt du dir ausnahmsweise ansehen.«

»Unter keinen Umständen«, antwortete der Commissario. »Du weißt, daß ich gegen Formalin allergisch bin. Erzähl' mir in der Cafeteria, was du herausgefunden hast.«

Der Pathologe zog sich die Handschuhe aus und warf sie in eine Mülltonne. »Ungern, Adriano. Höchst ungern. Aber dann mußt du dir zumindest die Röntgenaufnahmen ansehen.« Er lief, ohne Trattonis Antwort abzuwarten, in einen der Räume hinter der Glastür, kam mit einem Stapel Bilder zurück und steckte sich schon auf dem Weg zur Cafeteria die erste *Nazionali* an.

»Wie ich schon am Telefon sagte, der Mann ist im Süßwasser ertrunken. Vermutlich vergangene Nacht gegen 23.00 Uhr. Wir haben Spuren eines Badezusatzes in den Aviolen gefunden. Blutalkohol beim Tod etwa 2,4. Er muß ziemlich viel getrunken haben.«

Inzwischen hatten beide Männer unter den strafenden Blicken der Serviererin an einem Tisch in der Raucherecke Platz genommen. Als Dottor Martucci die Röntgenbilder ausbreitete, griff Trattoni nach seinem kleinen grünen Buch und notierte, was ihm der Pathologe mitteilte: »Zusätzlich hat er einen Genickbruch. Möglicherweise passiert, als man ihn unter die Brücke hängte.« Er griff nach einer anderen Röntgenaufnahme. »Die rechte Hand! Drei Finger hat er sich vor sehr langer Zeit gebrochen. Diese Knochenbrüche haben mit dem Mord nichts zu tun. Das Odontogramm weist wenige Besonderheiten auf. Keine Implantate, nur drei Füllungen. Nach dem Zustand des Gebisses dürfte der Mann 43 Jahre alt sein. Der rechte dritte Unterkiefermolar allerdings...«

»Hör auf, Guido«, unterbrach Trattoni ihn. »Erspare mir deine forensischen Details. Wir sind hier in keinem Roman von Kathy Reichs. Irgendwelche Hinweise, aus welchem Land er gekommen sein könnte?«

Der Pathologe steckte sich seine zweite Zigarette an. »In der Kindheit dürfte er wenig zu essen bekommen haben, aber mehr kann ich dazu nicht sagen. Ach so, die Tätowierung! Deswegen wollte ich, daß du dir den Mann ansiehst. Auf den rechten Oberarm hat er sich ein Herz tätowieren lassen, und über dem Herzen hat er noch eine zweite Tätowierung. Beide sehr alt.«

Trattoni zuckte mit den Schultern. »Typische Jugendsünden. Unsere Luciana wollte sich ein Geweih auf den verlängerten Rücken tätowieren lassen. Da war bei uns zu Hause vielleicht was los! Sei froh, daß deine Tochter noch so klein ist. Wenn Kinder erst in die Pubertät kommen... Ich kann dir sagen... Da erlebt man was!«

»Nun mach mir mal keine Angst. Damit werden wir schon fertig. Willst du die Sachen des Mannes mitnehmen, oder soll ich sie dir rüberschicken?«

»Den Anzug und die Schuhe nehme ich mit. Das Seil kannst du mir mit deinem Bericht zukommen lassen. Ach so, Guido, laß noch ein paar gute Fotos von den Tätowierungen machen, und leg sie dazu. Über so was freut sich mein Chef jedesmal. Dann kann er über den Untergang des Abendlandes reden.«

Eine halbe Stunde und zwei Grappa später verließ der Commissario das Krankenhaus mit einer *body bag*, in die Martucci den Anzug und die Schuhe des Toten gepackt hatte. Inzwischen ahnte er, daß dieser Fall anstrengend werden würde. Er hatte es mit einem intelligenten Täter zu tun. Noch im Ospedale hatte er festgestellt, daß aus sämtlichen Kleidungsstücken des Toten die Textilschilder entfernt worden waren. Sogar aus den Schuhen hatte man das Futter herausgerissen. Trotzdem war es möglich, daß ein Fachmann am Material und Zuschnitt die Herkunft der Sachen erkennen konnte. Der Commissario holte sein kleines grünes Buch aus der Manteltasche und suchte Namen und Adresse des Boutiquebesitzers, bei dem Giulia regelmäßig einkaufte, doch er suchte vergeblich. Er hatte sein altes Notizbuch längst durch ein neues ersetzt.

Kein Problem, dachte er. Dann merkte er, daß er sein Handy im Büro vergessen hatte. Auch kein Problem. Mit derlei Widrigkeiten des Lebens hatte er umzugehen gelernt. Er schaute sich um und sah vor dem Palazzo Dona einen Touristen im Trenchcoat, der die Fassade fotografierte. »Police«, sagte er, zückte seinen Dienstausweis und redete weiter auf Englisch: »Ich ermittle in einer Mordsache und brauche einen Augenblick Ihr Telefonino.«

Der Mann sah ihn verblüfft an, griff in die Tasche und hielt ihm gleichfalls einen Ausweis unter die Nase. »*DIGOS*«, antwortete er im unvergleichlichen Dialekt der Römer. »Ich fahnde nach einem Terroristen. Behindern Sie mich nicht.«

Trattoni nickte. »*Scusi.*« Er ging langsam weiter, und fünf Minuten später überließ ihm eine junge Frau ihr Cellulartelefon.

Giulia war an solche Anrufe gewöhnt. »Ich kaufe meistens bei Francesco Lorenzini in der Rughetta del Ravano«, sagte sie. »Bring mir eine schöne Handtasche mit. Und vergiß nicht, daß wir heute Abend ins *Fenice* gehen.«

»Keine Sorge. Was wird denn aufgeführt?«

»*Maometto secondo* von Rossini. Die habe ich noch nie gehört. Komm ja pünktlich nach Hause.«

»Das verspreche ich dir«, sagte der Commissario und gab der Eigentümerin ihr Telefon zurück. Das fehlte ihm gerade noch! So sehr er Opern mochte, er bevorzugte sie aus den Lautsprechern seiner alten Stereoanlage. Dafür brauchte er sich weder umzuziehen, noch mußte er den Mummenschanz auf der Bühne ertragen, angesichts dessen er meistens die Augen schloß. Wenn er dennoch von Zeit zu Zeit mit Giulia ins Opernhaus ging, dann nur, weil sie es genoß, sich festlich zu kleiden und anderen ebenso festlich gekleideten Venezianerinnen zu begegnen. Er tat es nur aus Liebe zu seiner Frau, die notgedrungen auf vieles verzichten mußte; sie war 18 Jahre jünger als er.

3.

Trattoni ging weiter in Richtung der Rughetta del Ravano, erreichte den Ponte di Rialto, und als er die Stufen zur ersten Plattform hinaufstieg, ärgerte er sich ausnahmsweise nicht über die Touristen vor den Auslagen der Juweliere und Lederwarenhandlungen. Vor den Schaufenstern der Souvenierhändler, die Postkarten, winzige Gondeln, Nachbildungen der Basilica und anderen Kitsch anboten, stand diesmal kein Mensch. Zwar reisten auch im Winter viele Ausländer nach Venedig, aber sie waren kultivierter als die Sommergäste. Wer im Winter nach Venedig kam, wollte in Ruhe Kunst und Architektur genießen. Rucksacktouristen, die in der warmen Jahreszeit am Piazzale Roma aus riesigen Autobussen stiegen und die kleine Stadt schlimmer überfluteten, als es das höchste *acqua alta* vermochte, waren an der Rialtobrücke nicht zu sehen.

Noch immer war keine Wolke am Himmel. Der Commissario konnte der Versuchung nicht widerstehen, zur obersten Plattform hinaufzusteigen und über den Canal Grande zu blicken. Die prächtigen Fassaden der Palazzi im Licht der späten Mittagssonne faszinierten ihn jedesmal aufs Neue. Auf dem Kanal waren an diesem klaren Wintertag fast so viele Gondeln unterwegs wie im Sommer. Doch dann ereignete sich plötzlich etwas Seltenes: Dem Commissario knurrte der Magen. Kein Wunder! Er hatte sich zwar, nachdem man ihn aus der Arrestzelle geholt hatte, ein zweites Frühstück – zwei *tramezzini* und einen Caffè – ins Büro bringen lassen. Er hatte im Ospedale noch eine Weile mit Dottor Martucci geplaudert und zum Grappa ein paar *cicchetti* verzehrt. Doch seither war fast eine Stunde vergangen. Er sah kurz auf die Armbanduhr. Halb zwei. Er würde zwar nach dem Besuch bei Lorenzini nochmals die Questura aufsuchen müssen, um den Anzug und die Schuhe in die Asservatenkammer zu bringen, doch wenn er Hunger hatte, schaffte es keine Macht der Welt, ihn an einer Mahlzeit zu hindern. Zumindest nicht an einer kleinen Zwischenmahlzeit.

So vergeßlich er inzwischen manchmal war – wo er auch im Winter etwas zu essen bekommen konnte, das wußte er immer. Ganz gleich, in welchem der sechs *sestieri* Venedigs er sich befand.

Er verließ die Brücke und ging zielstrebig in die Trattoria da Raphaele, wo ihn die fast 70jährige Frau des Eigentümers begrüßte. »Commissario! Welch eine Freude! Wenn Sie damals den Täter nicht einen Tag vor dem Prozeß aufgespürt hätten, säße unser Junge wohl immer noch hinter Gittern.«

Trattoni wußte nicht mehr, von wem die Rede war. »Spät, aber wenigstens nicht zu spät«, sagte er. »Machen Sie mir etwas zu essen? Ich habe leider nicht viel Zeit.«

Als sie antwortete, klang ihre Stimme fast beleidigt. »Aber ich bitte Sie, Commissario! Bei mir bekämen Sie auch was, wenn unser Lokal wegen Renovierung geschlossen wäre. Ich kann Ihnen schnell *bigoli in salsa* machen. Als *secondo* möchte ich *figà a la venessiana* vorschlagen. Die Rindsleber habe ich erst heute morgen gekauft. Dazu paßt am besten ein *pinot nero.*«

Trattoni roch den schwachen Fischgeruch aus der Küche. »Sonst haben Sie nichts?«

»Sehr guten Fisch! Aber den richtig zuzubereiten, dauert länger.«

Trattoni nickt bedauernd. »*Benissimo.* Also die Leber.« Er nahm den *Gazzettino*, der an einem Haken an der Wand hing, ging mit ihm zum Tisch, und als er den Beutel mit Anzug und Schuhen auf einen der Stühle legte, dachte er an den Toten und legte die Zeitung zur Seite. Wahrscheinlich hatte man ihn in der Badewanne ertränkt, ihm seine Kleidung angezogen und ihn dann in einem Boot unter die Brücke gebracht. Einen weiten Weg halten die Täter – Trattoni bezweifelte inzwischen, daß es nur einer gewesen sein konnte – auch im Winter und in der Nacht bestimmt gescheut haben. Es wäre allerdings ebenso möglich, daß sie die Leiche auf einem der in Venedig alltäglichen Karren zur Brücke gebracht hatten, um ihr dort das Seil um den Hals zu knoten, es am Brückengeländer zu befestigten und sie schließlich über das Geländer in den Fluß zu hängen.

Doch wer machte sich so viel Mühe, nur um eine Leiche fortzuschaffen? Dieser Tote war offensichtlich nicht nur Opfer eines Racheakts, sondern sein Tod sollte andere warnen.

Vermutlich hat man ihn für einen Verrat bestraft, dachte Trattoni. Deutlicher als mit 30 Silberlingen konnte man kaum darauf hindeuten. Aber wer war heutzutage noch so bibelfest, daß er sich dabei gleich an Judas erinnerte?

Trattoni war der einzige Gast im Lokal, und als er seine Pasta aß, tat er es ziemlich lustlos. Doch als ihm die Frau des Gastwirts den Wein und die Rindsleber mit Zwiebelscheiben auf den Tisch gestellt hatte, konzentrierte er sich mit allen Sinnen auf die Mahlzeit, als wäre sie seine letzte. Es schmeckte vorzüglich, und er ahnte weshalb. Die Köchin hatte mehr als ein Glas *marsala* über die Leber in der Pfanne gegossen.

An seinen Fall erinnerte er sich erst wieder, als er sich mit dem Leichensack der Boutique Lorenzini näherte. Die Schaufenster, in denen bereits die Mode des kommenden Frühjahrs vorgestellt wurde, würdigte er mit keinem Blick. Einen Anzug von *Versace*, *Brioni* oder *Valentino* hätte er sich zwar durchaus leisten können, aber – abgesehen davon, daß er ihn in seiner Kleidergröße kaum gefunden hätte – den Kauf von Designermode hielt er für Geldverschwendung. Da ließ er sich lieber, wenn ihm eine Hose zu eng wurde, einen neuen Anzug nach Maß schneidern.

Er betrat den Laden und ging zu einem Verkäufer, der Seidenkrawatten in eine Glastruhe legte. »Sehr schön machen Sie das«, sagte Trattoni. Der junge Mann sah ihn verblüfft an. »Das ist mein Beruf, Signore«, sagte er mit einem schrägen Blick auf den großen Plastikbeutel. »Wenn Sie einen Anzug ändern lassen wollen, sind Sie hier an der falschen Adresse. Wir machen so etwas nicht.«

»Habe ich mir gedacht. Ich möchte gerne mit Ihrem Chef sprechen.«

»Verraten Sie mir, in welcher Angelegenheit?«

»Nein«, antwortete Trattoni, doch da kam Lorenzini in einem makellosen olivgrünen Anzug aus dem Büro. Er war in Venedig geboren und dem Commissario noch immer dankbar. Vor 20 Jahren war Trattoni noch als Ispettore für Brand und Glücksspiel zuständig gewesen. Er hatte bewiesen, daß Lorenzini den Brand in seinem damals noch kleinen Laden nicht selbst gelegt hatte, wie Berlusco vermutete.

»Buon giorno, Commissario. Kann ich Ihnen behilflich sein?«

»Ich möchte Ihnen etwas zeigen. Aber es ist leider nicht ganz sauber.«

»Dann machen wir das am besten im Packraum. Kommen Sie.«

Er führte den Commissario durch den Hinterausgang über eine schmale Gasse in das Gebäude gegenüber, wo er eine Tür aufschloß und in dem fensterlosen Raum das Licht einschaltete. Er war mit Kisten und Kartons so vollgestellt, daß die beiden Männer kaum Platz fanden.

Er sei ständig auf der Suche nach einem größeren Lagerraum, erzählte Lorenzini, aber es sei unmöglich, einen zu kaufen oder zu mieten. In Venedig gäbe es nicht einmal Platz für eine neue Hundehütte.

»Die würde Ihnen die Bauaufsicht sowieso nicht genehmigen«, sagte der Commissario. Er wußte, daß Lorenzini vor einem Jahr zu einer Geldstrafe verurteilt worden war, weil er einen Beamten der Baubehörde bestochen hatte, doch derlei hielt Trattoni nicht für verbrecherisch. Es war in Venedig alltäglich.

Er öffnete den Reißverschluß des Leichensacks und legte erst den Anzug, dann das Hemd und die Schuhe des Toten auf eine der Kisten. Die Sachen waren noch immer naß. »Fällt Ihnen dazu etwas ein? Die Etiketten hat man leider herausgetrennt.« Er holte sein Notizbuch aus der Tasche. »Könnten Sie mir einen Stift leihen?«

»Selbstverständlich.« Lorenzini zog seinen *biro* aus der Brusttasche, gab ihn Trattoni und griff mit spitzen Fingern nach der Jacke des Toten. Er rieb den feuchten Stoff zwischen den Fingern, drückte kurz die Schulterpolster und verzog angewidert das Gesicht. »Sehr schlechte und dazu noch nasse Ware. Kein Italiener würde so was tragen. Haben Sie den Anzug aus der Unterkunft eines Gastarbeiters?«

»Nein. Der Tote hat ein paar Stunden in einem *rio* gelegen. Ich muß mich entschuldigen. Die Sachen sind leider noch etwas feucht. Könnte der Anzug aus Albanien stammen?«

»Wahrscheinlich nicht. Dort gibt man sich noch weniger Mühe. Aus Rußland dürfte er auch nicht sein. Dort trägt man inzwischen entweder *Versace* oder Lumpen. Das Design ist nicht einmal schlecht. Nur das Material und die Verarbeitung...« Er prüfte die Nähte des Futters und rieb erneut am Stoff. »Vermutlich Ungarn, Polen oder Tschechien. Dort gibt es inzwischen pfiffige junge Leute, die nähen so was schnell zusammen. Konfektion ist es nicht.«

Er griff nach dem Hemd und schüttelte den Kopf. »Dazu kann ich nichts sagen. So was wird in Asien massenweise produziert und in der ganzen Welt verkauft. Bei mir nicht! Wollen Sie sich mal unsere neuen Satinhemden ansehen? Ein wahrer Traum.«

Trattoni machte sich Notizen. »Vielleicht das nächste Mal. Und die Schuhe?«

Lorenzini nahm ein Stück Seidenpapier aus einem Karton und faßte einen der Schuhe damit vorsichtig an, hielt ihn in das Licht der starken Glühbirne, die an einem Kabel von der Decke hing, und stutzte. »Sehr alt, aber von vorzüglicher Qualität. Höchstwahrscheinlich in Italien hergestellt. Bis vor 15 Jahren haben wir dieses Modell auch verkauft. Solche *Budapester* waren sehr teuer, aber wenn man sie gut pflegte und nicht jeden Tag trug... Damit konnte man sich noch nach Jahrzehnten sehen lassen.« Er bog den Schuh zusammen, strich über das Leder und schüttelte den Kopf. »Nein. Die hat gewiß kein Gastarbeiter getragen. Damit hätten ihn seine Kollegen ausgelacht.«

Trattoni schüttelte zweifelnd den Kopf. »Jahrzehnte? Bei mir hält ein paar Schuhe keine zwei Jahre.«

»Das liegt an ihrem Gewicht, Commissario. Dieses Paar wurde zwar zuletzt schlecht besohlt, aber Größe 40 … Der Mann, dem sie gehören, dürfte nicht mehr als 70 Kilo wiegen.«

Trattoni nickte und packte die Sachen wieder in den Leichensack. »Hat er auch nicht. Danke, Signor Lorenzini. Ihre Auskünfte waren wie immer sehr hilfreich.« Er schulterte den Sack, ließ sich zur Tür begleiten und ging zügig zum Ponte di Rialto, wo er in ein Bootstaxi stieg.

»Zur Questura«, sagte er und zeigte seinen Ausweis. »Kümmern Sie sich nicht um die Geschwindigkeitsbegrenzung. Das nehme ich auf meine Kappe.«

»Nur wenn Sie mir das schriftlich geben.«

»Dann eben nicht«, erwiderte Trattoni, blieb aber im Boot sitzen. Es gab keine bessere Möglichkeit. Er hätte zwar auch im Vaporetto bis San Zaccaria fahren können, doch das dauerte eine halbe Ewigkeit. Diese Wasseromnibusse fuhren langsamer, und auf dem Canal Grande gemächlich um San Marco herum, damit die Touristen jeden Palazzo bewundern konnten. Wassertaxis gelangten auch über die schmalsten Kanäle auf kürzestem Wege direkt zum Ziel. Ihr einziger Nachteil waren die unverschämt hohen Fahrpreise. Es dauerte keine zehn Minuten, bis das Boot vor der Questura anlegte, und Trattoni bezahlte 25 Euro. No problema! Er ließ sich stets eine Quittung geben. Seine dienstlichen Auslagen wurden ihm, wenngleich widerstrebend, erstattet.

In der Questura lieferte er als erstes die Sachen des Toten in der Asservatenkammer ab und bestand auch hier auf einer Empfangsbestätigung. Seit ihm der Sizilianer zugeteilt worden war, achtete er auf solche Kleinigkeiten. Er vermutete, daß Flaviano möglichst schnell sein Nachfolger werden wolle, und diese Vermutung war nicht unbegründet.

Trattoni dachte allerdings nicht im Traum daran, sich vorzeitig pensionieren zu lassen, und hütete sich, dafür Gründe zu liefern.

Er prüfte die Quittung, stieg die Treppe zu seinem Büro hinauf, wo das Telefon klingelte. Die können mich mal, dachte er. Er zog den Mantel aus, legte den Hut auf die Garderobe, trank einen Schluck Wasser aus seiner Flasche, setzte sich hinter den Schreibtisch, wo er zuerst sein kleines grünes Buch neben das Telefon legte und sein Handy in die Jackentasche steckte. Erst dann nahm er den Hörer ab.

»Wo haben Sie denn so lange gesteckt, Commissario?« fragte Signora Bonaventura freundlich. »Der Duce verlangt nach Ihnen. Ich habe schon dreimal versucht, Sie über das Telefonino zu erreichen.«

»Na und? Auf dem Vaporetto ist es bekanntlich laut. Was will er denn von mir?«

»Keine Ahnung. Seit er den Autopsiebericht gelesen hat, ist er ziemlich aufgeregt. Haben Sie darum gebeten, uns den rüberzufaxen? Das macht das Krankenhaus doch sonst nicht.«

»Ach was«, sagte Trattoni. »Tote haben es nicht mehr eilig. Vermutlich wollte sich Flaviano mal wieder wichtig machen, aber diesmal hat er ein Eigentor geschossen. Das war kein Selbstmord.«

Er stieg die Treppe hinauf und ging ins Vorzimmer, wo Signora Bonaventura hinter dem Computer saß. Diesmal klopfte er an die Tür, bevor er in das Büro des Vice Questore trat. »Wo haben Sie denn so lange gesteckt?« fragte Berlusco. »Ich warte schon seit Stunden auf Sie.«

»Höchstens seit einer halben. Vor einer Stunde saß ich noch im Ospedale und habe mit dem Pathologen über den Fall gesprochen.«

Berlusco deutete auf den Stuhl vor seinem Schreibtisch. »Und was sagen Sie zu diesen Tätowierungen? Das Tattoo auf dem Arm ist alltäglich, aber Winkelmaß und Zirkel habe ich noch nie als Tätowierung gesehen. Eindeutig Freimaurersymbole. Was halten Sie davon?«

Trattoni setzte sich und schielte nach der Uhr. Dieses Gespräch würde länger dauern. »Dasselbe wie Sie, Vice Questore«, sagte er vorsichtig. »Ziemlich ungewöhnlich. Ich wußte nicht, daß *fratelli* sich tätowieren lassen.«

»Vermutlich ein Einzelfall«, erwiderte Berlusco. »Allerdings hat mich die Handlungsweise dieser Täter von Anfang an beunruhigt. Sind Sie mit der Loge *Propaganda Due* vertraut?«

»Kaum so gut wie Sie, Vice Questore.«

Berlusco blickte ihn irritiert an. »Wieso? Ich habe auch alles nur in den Zeitungen gelesen. Roberto Calvi hat diese Loge für kriminelle Machenschaften mißbraucht, und seine Leiche hing in London mit Steinen in den Taschen unter einer Brücke. Sagt Ihnen das nichts? Ich befürchte, dieser Mord ist ein Plagiat.«

Trattoni sah ihn erstaunt an. »Meinen Sie wirklich? So weit mir bekannt ist, sind Todesfälle urheberrechtlich nicht geschützt.«

Berlusco wirkte selbstsicher. »So habe ich das nicht gemeint. Ich wollte lediglich darauf hinweisen, wo wir die Mörder suchen müssen.«

»Etwa unter den *fratelli*?« fragte Trattoni und erschrak, als er merkte, daß sein Chef zornig wurde.

»Dort gewiß nicht«, sagte Berlusco so laut, daß der Commissario zusammenzuckte. »Freimaurer morden nicht. Für sie ist die Brücke ein Symbol der Verständigung zwischen Brüdern aus allen Religionen. Sie gehörten schon immer zu den Opfern der katholischen Kirche. Ich befürchte, das fängt wieder an.«

Unsinn, dachte der Commissario. Doch er wußte, daß sein Chef zur Paranoia neigte, und wollte ihn nicht noch mehr aufregen.

»Und in welchem Umfeld vermuten Sie die Täter?« fragte er.

»Daran besteht für mich keinerlei Zweifel. Im *Opus Dei*, wo sonst? Die Jesuiten waren zu allen Zeiten die größten Gegner der *framassoni*.«

Trattoni glaubte, seinen Ohren nicht zu trauen. Mein Gott, dachte er, das kann nicht sein Ernst sein. Liest sogar der Vice Questore Dan Brown? Er schielte wieder nach seiner Armbanduhr und stand auf. »Ihre Hinweise waren wie immer äußerst hilfreich. Ispettor Flaviano wird bei den Jesuiten ermitteln. Ich werde mich erkundigen, ob man den Toten bei den *fratelli* kennt.«

»Kommt nicht in Frage«, sagte Berlusco. »Das werden Sie auf keinen Fall. Ich kenne Ihre Methoden und will unsere guten Beziehungen zur Loge nicht gefährden. Um den *Grande Oriente* kümmere ich mich selbst. Fallen Sie denen ja nicht auf die Nerven. Mit dem *Maestro Venerabile* spreche ich persönlich. Das muß auf höchster Ebene geklärt werden.«

Trattoni wußte, daß die Zugehörigkeit von Beamten zu einer Loge auch in jenen Provinzen nicht gern gesehen wurde, wo sie nicht durch Gesetz verboten war. »Wie Sie wollen, Vice Questore. Aber seien Sie vorsichtig. Von Hochebenen stürzt man sehr leicht ab. In meiner Jugend bin ich mal auf Skiern über eine Hochebene gefahren und dabei um ein Haar...«

»Danke«, unterbrach Berlusco ihn. »Ich möchte Sie nicht länger von der Arbeit abhalten.« Trattoni nahm den Obduktionsbericht vom Schreibtisch seines Vorgesetzten und verließ schweigend dessen Büro.

Im Vorzimmer stand Signora Bonaventura am Fenster und befeuchtete mit einer Sprühflasche ihre Orchideen. »Hat er sich endlich wieder beruhigt?«

»Da bin ich mir diesmal nicht so sicher«, sagte Trattoni nachdenklich. Dann erinnerte er sich daran, wie spät es schon war. Er ging die Stufen zu seinem Büro hinunter, zog sich den Mantel an, setzte den Hut auf und eilte zu einer Barkasse, die soeben vor der Questura anlegte. »Bringen Sie mich so schnell wie möglich zur San Marcuola. Blaulicht und Signalhorn.«

»Mit Vergnügen«, erwiderte der Bootsführer. Von wegen Opus Dei, dachte der Commissario, während er an Bord ging und sich erschöpft und außer Atem in der Kabine niederließ. Unser Chef dreht langsam durch.

Erst als die Barkasse nahe der Kirche anlegte, erinnerte er sich an die Handtasche, die er Giulia aus der Boutique mitbringen sollte. Dafür war es jetzt zu spät. Während er ohne Schirm, nur durch seinen Hut vor dem feinen Nieselregen etwas geschützt zu seiner Wohnung ging, überlegte er, wie er Giulia am besten erklärte, weshalb er nicht an die Handtasche gedacht hatte. Er nahm sich vor, ihr die Wahrheit zu sagen: Wenn er sich bei Lorenzini länger aufgehalten hätte, wäre er so spät nach Hause gekommen, daß sie zuvor allein in die Oper gegangen wäre. Abgesehen davon –

eine von ihm ausgesuchte Tasche, würde sie sowieso einen Tag später umtauschen.

4.

Am nächsten Morgen stand Trattoni unter der Dusche und summte eine Melodie, die ihm im *Teatro La Fenice* besonders gefallen hatte. Seine Stimme war zwar bei weitem nicht so kräftig wie die des Bassisten, der auf der Bühne die Titelpartie gesungen hatte, doch in der Tiefe des Basses übertraf er Lorenzo Regazzo mühelos.

Die Beharrlichkeit, mit der man sich in Venedig der glanzvollen Tradition der Republik verpflichtet fühlte, ging ihm oft auf die Nerven. Er hielt es für einfallslos, daß nach der Neueröffnung des uralten Theaters unbedingt jene Oper wiederaufgeführt wurde, die Gioachino Rossini vor fast 200 Jahren für die Ersteröffnung komponiert hatte.

Trattoni spülte sich den Seifenschaum von der Haut. Er stieg aus der Duschkabine und zog sich gerade den Bademantel an, als draußen zwei Fäuste wütend gegen die Badezimmertür trommelten. »Wirst du heute irgendwann fertig?«, schrie Luciana, seine 17jährige Tochter. »Ich muß in die Schule.«

»No problema«, sagte Trattoni, als er die Tür geöffnet hatte, vor der seine Tochter im Pyjama stand. »Du kommst schon nicht zu spät.«

Luciana verzog die Mundwinkel, lief ins Badezimmer, knallte die Tür hinter sich zu und schloß sie zweimal ab.

Trattoni ging in die Küche, wo sein Sohn schon in Cordhose und Pullover am Eßtisch saß. »Was ist denn mit Luciana los?«, fragte er und setzte sich neben ihn. »Weshalb knallt sie mit der Tür und schließt zweimal ab? Das macht sie doch sonst nicht.«

Stefano tippte schon auf seinem Notebook herum. Er hatte sich entschieden, Informatik zu studieren, und stöhnte oft über die Professoren. »Einfach ignorieren«, riet er jetzt, ohne den Blick vom Bildschirm zu lösen. »Sie hat gestern Nachmittag gehört, daß Fabrizio mit ihrer besten Freundin im Kino war, und hat die halbe Nacht so laut geheult, daß ich kaum arbeiten konnte.«

»Bestimmt nicht deshalb«, sagte Giuilia und stellte Trattoni einen Cappuccino hin. »Sie setzt mir schon seit Tagen zu. Sie will unbedingt einen *iPod.*«

Trattoni griff nach einer *brioche.* »Und was ist das?«

Sein Sohn sah ihn überrascht an. »Mein Gott! In welcher Welt lebt ihr eigentlich? Ein *iPod* ist ein MP3-Player. Nur zu deiner Information.«

»Grazie«, sagte Trattoni. »Und was bitte ist ein MP3-Player?«

Giulia setzte sich mit ihrer Tasse an den Tisch. »Ein kleiner Computer, mit dem man Musik hören kann. Und genau deshalb bekommt sie keinen. Luciana soll sich gefälligst auf ihre Klavierstunden konzentrieren. Kauf ihr ja nicht so ein Ding! Dann siehst du sie nur noch mit Stöpseln in den Ohren. Sie hört sowieso zu viel Popmusik.«

Trattoni aß eine zweite *brioche* und stand auf. »Höchste Zeit für mein Büro. Berlusco dreht mal wieder durch.«

Giulia blickte ihn besorgt an. »Hast du wieder Ärger mit ihm?«

»Ach was. Nicht mehr als üblich.« Er ging ins Schlafzimmer, zog sich seine lange Unterhose an, dann die Socken, das Hemd und den Anzug, schließlich die Schuhe. So war das nun einmal in seinem Leben: ein Tag wie der andere, ein Fall nach dem anderen. Den einzigen Sinn, den er in allem sah, war seine Familie, die Musik und ein gutes Buch. In letzter Zeit las er am liebsten Seneca oder Marcus Aurelius, wenn er nicht die alten Kriminalfälle im Pitaval studierte. Während der Wintermonate beneidete er Giulia oft. Dann ging sie nur dreimal in der Woche nachmittags in ihre Kunstgalerie. Rosaria, die Hausgehilfin, kümmerte sich auch im Winter um die Wohnung. Giulia konnte Musik hören und lesen, wann und soviel sie wollte.

»Ich glaube nicht, daß ich heute Mittag zum Essen kommen kann«, sagte Trattoni, als er sich in der Küche verabschiedete. »Diesmal habe ich es mit einem besonders schwierigen Fall zu tun.«

»Na und?« fragte Stefano, den Tonfall seines Vaters nachahmend. »Das sagst du jedesmal.«

»Das stimmt«, sagte Trattoni. »Die leichten Fälle überlasse ich anderen.« Er wollte zur Tür, doch Giulia hielt ihn zurück. »Du hast deinen Blutzucker noch nicht gemessen!« Trattoni stach sich mit einer Lanzette in den Mittelfinger, ließ einen Tropfen Blut auf den Sensor des Meßgeräts fallen und wartete, bis das Display den Wert anzeigte. »Nur 200«, verkündete er stolz. »Ich habe gestern kaum etwas gegessen.«

Stefano grinste. »Das würde dir vielleicht deine Großmutter glauben, aber die lebt leider nicht mehr.«

Solche Kommentare seines Sohnes überhörte Trattoni inzwischen. 20 Minuten später stand er in Hut und Mantel auf einem Vaporetto der Linea 1, der über den Canal Grande schaukelte. Diesmal waren nur wenige Venezianer an Bord, aber viele Japaner, die so aufgeregt fotografierten, als würden sie dafür bezahlt. San Stae... Ca'd'Oro... Seit mehr als 25 Jahren fuhr der Commissario meist auf dieser Strecke zum Dienst. Die Palazzi würdigte er heute kaum eines Blickes. Er sah den Möwen zu, die kreischend über dem Schiff kreisten, und ließ sich seinen neuen Fall durch den Kopf gehen.

Der unter der Brücke augefundene Tote war nicht der erste, dessen Identität die Polizei ermitteln mußte, und das war im Laufe der Zeit immer schwieriger geworden. Wer auf Aschenbachs Spuren nach Venedig gekommen war, um dort zu sterben, bereitete selten Probleme. In den Hotels und Pensionen führte man nach wie vor Gästebücher. Wenn dort ein Gast vermißt wurde oder starb, kannte man seinen Namen und die Adresse. In solchen Fällen hatte die Polizei lediglich seine Angehörigen zu verständigen, was meist eine Behörde seines Heimatlandes übernahm.

Die Eigentümer heruntergekommener Bruchbuden allerdings, die enge und feuchte Löcher ohne Erlaubnis zu unverschämten Preisen an Straßenhändler aus dem Senegal oder illegale Einwanderer vermieteten, kümmerten sich weder um Namen noch um Herkunftsländer.

Wie meistens ging Trattoni am Morgen am Ponte di Rialto von Bord. Er ging zuerst auf den Markt, kaufte drei Apfelsinen und wandte sich dem Campo San Bartolomeo zu.

Nein, dachte er, in diesen Unterkünften gibt es keine Badewanne. Meistens nicht einmal eine Dusche. Und ganz abgesehen davon: Wenn der Tote nachts in der Unterkunft gestorben wäre, hätte man ihn vor einer Kirche abgelegt oder in den nächsten *rio* geworfen.

Mit der Reisefreiheit, die durch das Schengen-Abkommen zustande gekommen war, hatte das wenig zu tun. Obwohl der Vice Questore regelmäßig behauptete, es hätte die Arbeit der Polizei nahezu unmöglich gemacht.

Es dauerte nicht lange, bis der Commissario die Questura erreichte, wo der Uniformierte vor dem Portal wie immer salutierte. Trattoni grüßte auch, ging ins Gebäude und stieg die Treppe zu seinem Büro hoch. Er hatte sich kaum hinter den Schreibtisch gesetzt und nach dem *Gazzettino* gegriffen, als es an der Tür klopfte. »Buon giorno, Commissario«, grüßte Sergente Vitello. »Eine Signora Cefano möchte mit Ihnen sprechen.«

»Nicht jetzt«, brummte Trattoni. »Besorgen Sie mir erst einen Caffè. Ich habe noch nicht einmal die Zeitung gelesen. Haben Sie ein Messer in der Tasche?«

»Selbstverständlich, Commissario.«

»Gut«, antwortete Trattoni und deutete auf die Tüte mit den Orangen. »Dann machen Sie uns erstmal jedem eine Apfelsine auf. Der Mensch braucht Vitamine.«

Vitello holte sein Messer aus der Hosentasche. »Antonella behauptet, da wären kaum welche drin«, sagte er. Dann spritzte der Saft aus der Orange auf den Obduktionsbericht, der noch auf Trattonis Schreibtisch lag. Er griff nach dem Taschentuch und wischte den Saft ab. »Da irrt sich Ihre Verlobte wahrscheinlich. Meine Frau behauptet, ein Mensch müsse sechsmal am Tag entweder ein Stück Obst oder Gemüse essen. Wegen der Antioxidantien. Keine Ahnung, was das ist.«

Beide Männer verzehrten schweigend ihre Orange, und als Trattoni sich den Mund abwischte, stand Vitello auf. »Wollen Sie jetzt mit der Frau sprechen?«

Der Commissario ging zum Waschbecken und säuberte seine Hände. »Meinetwegen. Hat Flaviano schon etwas über den Mann unter der Brücke herausgefunden?«

Vittelo schüttelte den Kopf. »Nicht das Geringste, Commissario.«

»Hab' ich auch nicht erwartet. Dann schicken Sie die Signora mal in mein Büro. Wird wohl nicht lange dauern.«

Als Signora Cefano in sein Zimmer kam, sah Trattoni auf den ersten Blick, daß sie bessere Tage erlebt hatte. Der weite schwarze Mantel mit Kapuze, den die alte Frau anhatte, wirkte abgetragen, aber nicht schäbig. Ihre Schuhe mit halbhohen Absätzen waren wie neu. Sie hatte dunkelgraue Wollstrümpfe an, und als er ihr ins Gesicht sah, fiel ihm auf, daß sie sogar ein wenig Rouge und Lippenstift aufgetragen hatte.

»Buon giorno, Signora Cefalù«, sagte er freundlich und gab ihr die Hand. »Commissario Adriano Trattoni. Was können wir für Sie tun?«

»Cefano«, korrigierte sie. »Gabriella Cefano. Nicht Cefalù wie das Nest auf Sizilien. Mein Mann wollte dort immer mal Urlaub machen, aber es ist nie dazu gekommen. Und inzwischen ist Luigi schon zehn Jahre tot.«

»Das tut mir leid. War er viel älter als Sie?«

Sie schüttelte den Kopf. »Nein. Acht Jahre jünger! Ich habe immer gedacht, wenn man einen jüngeren Mann heiratet, ist man später nicht lange allein, aber das war ein Irrtum. Der Mensch denkt, und Gott lenkt.«

»Da haben Sie recht«, sagte Trattoni. In solchen Momenten wurde er immer schmerzlich daran erinnert, daß seine Frau später wahrscheinlich auch ohne ihn würde weiterleben müssen. Der Gedanke, daß ihr dann wenigsten die Kinder blieben, beruhigte ihn nicht sonderlich. Die würden irgendwann ausziehen, und danach wäre Giulia allein.

»Und weshalb sind Sie zu uns gekommen, Signora?«

»Wegen des Mannes im *Gazzettino* heute, den die Polizei sucht. Der hat seit Montag bei mir gewohnt, und als ich gestern Morgen nach Hause kam und das Apartment aufräumen wollte, war sein Koffer weg, und der Teppich fehlte auch. Das Zimmer sieht aus, als hätten die Vandalen dort gehaust. Eine Schande ist so was! Vornehm die Miete für eine Woche im voraus bezahlen, aber den Vermieter bestehlen! Hat er das auch bei anderen gemacht?«

»Das wissen wir noch nicht«, sagte der Commissario. Er nahm ihr den Mantel ab. Sie hatte ein Kostüm aus dickem braunen Tweed an und trug ein Medaillon um den Hals. Er bot ihr den Besucherstuhl an und fragte, ob sie eine Tasse Caffè trinken wolle.

»Lieber nicht. Zu viel Caffè schadet dem Herzen.«

»Sie haben recht. Ich trinke auch kaum noch welchen.« Er griff nach seinem kleinen grünen Buch, und als er sah, daß der Kugelschreiber, den er aus seiner Tasche zog, aus Gold war, stutzte er einen Moment. An einen solchen *biro* konnte er sich nicht erinnern. Doch das war jetzt nicht so wichtig.

»Sie sagten, der Mann sei einer ihrer Mieter gewesen. Führen Sie ein Hotel oder eine Pension?«

Sie schüttelte den Kopf und sah ihn unsicher an. »Ich vermiete gelegentlich das Apartment meines Sohnes, wenn er länger auf Geschäftsreise ist. Ich weiß, das darf man eigentlich nicht, aber ich habe nur eine kleine Rente. Und seit es den Euro gibt... Alles ist teurer geworden. Von irgendwas muß der Mensch leben.«

Trattoni beruhigte sie: »Keine Sorge. Ich arbeite nicht für das Finanzamt. Ein Gästebuch führen Sie vermutlich auch nicht.« Er sah sie abwartend an, und sie senkte den Kopf. »Nein. Ich vermiete nur gelegentlich. Ich rufe meine Freundin im Reisebüro an, wenn mein Sohn in München ist, und sie gibt Ausländern meine Adresse.«

Trattoni machte sich Notizen. »Dieser Mieter hat im voraus bezahlt, sagten Sie gerade. Können Sie sich noch an seinen Namen erinnern?«

»Zanetti, Zanussi oder so ähnlich. Ich lasse mir niemals den Ausweis zeigen. Wenn mir jemand nicht gefällt, ist das Apartment leider schon belegt.«

»Und dieser Mieter hat Ihnen gefallen?«

Sie nickte zögernd. »Aber diesmal habe ich mich geirrt. Einer alten Frau den Teppich zu stehlen... So was habe ich noch nie erlebt.«

»Man erlebt alles irgendwann zum ersten Mal«, sagte der Commissario und griff nach einem der Portraitfotos des Toten. »Sehen Sie sich das bitte genau an. Sind Sie sich absolut sicher, daß wirklich dieser Mann Ihr Mieter war? Bei Fotos in der Zeitung irrt man sich leider oft.«

Sie betrachtete das Bild und gab es ihm zurück. »Das könnte ich beschwören. Ich bin zwar fast 70 Jahre alt, aber auf meine Augen kann ich mich noch gut verlassen.«

»Schön für Sie. Wissen Sie wenigstens, wo dieser Mann herkam?«

»Aus Milano. Er sei aus Milano und für einige Tage geschäftlich in Venedig, hat er gesagt.«

»Haben Sie seinen Dialekt bemerkt? Sie wissen ja, die meisten Ausländer erkennt man daran am besten.«

»Nein«, sagte die Signora. »Man merkte zwar sofort, daß er nicht von hier war, aber sein Italienisch war sehr gut. Für einen Ausländer habe ich ihn nicht gehalten.«

Der Commissario überflog seine Notizen. »Habe ich das vorhin richtig verstanden? Sie sind erst gestern in ihre Wohnung zurückgekommen? Waren Sie verreist? Vermieten Sie etwa an Fremde und lassen Sie allein in Ihrem Haus?«

Signora Cefano zuckte achtlos mit den Schultern. »Gewöhnlich nicht. Aber manchmal fahre ich für zwei oder drei Tage nach Padua, um eine Freundin zu besuchen. Wenn ich da gerade vermietet habe, lasse ich dem Mieter den Schlüssel für die Haustür und das Apartment. Für meine Wohnung natürlich nicht. Wenn jemand abreist, bevor ich zurück bin, läßt er die Schlüssel im Apartment liegen. Das hat dieser Mann auch nicht gemacht. Geben Sie mir eine Bescheinigung für die Versicherung? Ohne Diebstahlanzeige zahlen die nicht.«

»Selbstverständlich. Aber vorher möchte ich mich noch ein wenig in dem Apartment umsehen.« Er stutzte. »Wo wohnen Sie eigentlich? Ich muß mir noch Ihre Adresse aufschreiben.«

»Fondamenta Vendramin. Cannaregio 5403. Das schmale gelbe Haus neben der Osteria da Umberto. Wann werden Sie denn da sein? Ich möchte vorher wenigstens die größte Unordnung beseitigen.«

Der Commissario hob entsetzt die Hände. »Auf keinen Fall! Bevor ich mich dort umgesehen habe, rühren Sie nichts an.«

Sie nickte: »Verstehe. Wegen der Fingerabdrücke.«

Der Commissario stand auf und half ihr in den Mantel. »Sehr richtig, Signora Cefalù. Sie sind eine sehr kluge Frau. Nur ein wenig leichtsinnig, wenn Sie mir diese Bemerkung gestatten.«

»Cefano. Nicht Cefalù. Aber Sie haben recht, Commissario. Daß ich leichtsinnig bin, hat mein verstorbener Mann auch immer gesagt.«

Trattoni öffnete ihr die Tür, und sobald sie das Zimmer verlassen hatte, rief er Ispettor Flaviano zu sich.

»Es geht mich zwar nichts an, Herr Kollege, aber Sie sollten sich morgens rasieren, auch wenn Sie viel Arbeit haben. Unrasierte Kriminalbeamte respektiert man höchstens auf Sizilien. Im Gegensatz zu Ihnen habe ich die Identität unserer Wasserleiche aufgeklärt.« Er griff nach seinem kleinen grünen Buch. »Der Mann soll Zanetti oder Zanussi heißen und in Milano wohnen. Überprüfen Sie das. Er hat bei einer Signora Cefano gewohnt, aber darum kümmere ich mich selber. Besorgen Sie sich ein paar Taucher, die werden im Rio del Trapolin einen Teppich und einen Koffer finden.«

Flaviano sah ihn zweifelnd an. »Woher wissen Sie das?«

»Aus Erfahrung. Was man in Venedig loswerden will, schmeißt man ins Wasser. Können Sie eigentlich schwimmen?«

Der Ispettore sah ihn unfreundlich an. »Sonst noch was?«

»Jawohl«, antwortete Trattoni. »Gehen Sie in der Mittagspause zum Friseur, und lassen Sie sich rasieren. Sie arbeiten leider auch für mich. Ich will nicht, daß mein Ansehen durch Sie beschädigt wird.«

Ispettor Flaviano ging schweigend aus dem Zimmer. Trattoni überlegte einen Moment und rief dann Vitello an. »Besorgen Sie uns ein Boot. Ich weiß, wo unser Mann umgebracht wurde.«

5.

Wie viele Häuser, die nicht an der Piazza, direkt am Canal oder an einem der Trampelpfade der Touristen lagen, wirkte auch das schmale hohe Haus neben der Osteria da Umberto heruntergekommen. Die Farbe der gelben Fassade war abgeblättert. Zwei Fensterläden im Obergeschoß hingen schief in den Angeln. Signora Cefano war offensichtlich mit einem Wassertaxi nach Hause gefahren. Sie öffnete, noch immer im Mantel, die quietschende grüne Haustür, bevor er geklingelt hatte, und als sie einen zweiten, dazu noch einen uniformierten Polizeibeamten neben Trattoni sah, erschrak sie. »Du meine Güte. So wertvoll war mein Teppich wirklich nicht.«

Der Commissario wollte der alten Frau unnötige Aufregungen und schlaflose Nächte ersparen. Er verschwieg ihr, daß in ihrem Hause höchstwahrscheinlich ein Mensch ermordet worden war. »Aber ich bitte Sie«, antwortete er. »Wir nehmen jeden Diebstahl ernst. Dafür zahlen die Leute schließlich ihre Steuern.«

Die Vermieterin überhörte diese Bemerkung, führte die beiden Männer zu einer Wohnungstür im Erdgeschoß und schloß sie auf. Vitello strich mit dem Zeigefinger über das Schließblech. Daß diese Tür aufgehebelt worden war, hatte auch der Commissario auf den ersten Blick erkannt.

»Sehr freundlich«, sagte er zu Signora Cefano. »Wo finden wir Sie, wenn wir hier fertig sind?«

»Im *piano nobile*. Sagen Sie mir Bescheid, wenn Sie etwas brauchen.« Sie ging zu der steilen Treppe, die ins erste Obergeschoß führte, und als der Commissario die Tür zwischen dem engen Flur und dem dahinter befindlichen Wohnraum geöffnet hatte, forderte er Vitello auf, einen Caffè in der Osteria nebenan zu trinken und frühestens in einer Viertelstunde zurückzukommen. Der Sergente kannte Trattoni gut genug, um ohne ein Wort zu verschwinden. Er wußte, daß sein Chef es liebte, jeden Tatort eine Weile auf sich wirken zu lassen. Dabei wollte er stets allein sein.

Nachdem der Commissario den Mantel ausgezogen und an die Flurgarderobe gehängt hatte, stieg er über einige Bücher, die der oder die Täter aus dem Regal genommen und auf den Boden geworfen hatten. Er ging zu dem kleinen Tisch vor dem uralten Ehebett aus rohem Eichenholz, auf dem zwei Weingläser, eine Weinflasche, zwei Likörgläser sowie eine halb leere Flasche Sambuca standen; ein Anislikör, den Frauen gern flambiert tranken, nachdem sie vor dem ersten Schluck drei Kaffeebohnen zerbissen hatten.

Wie die Bücher lag auch das Bettzeug auf dem Fußboden. Sogar die durchgelegenen Matratzen waren aus dem breiten Bett herausgerissen. Sie waren wie die Bilder, die man abgehängt hatte, gegen eine der Wände gelehnt, die wie die meisten Wände in Venedig jetzt – im Januar – naß und kalt war.

Der Commissario setzte sich in einen der Sessel und stand sofort wieder auf, als er die harten Sprungfedern spürte. Von wegen Apartment ihres Sohnes, dachte er. Diese Frau vermietet regelmäßig und nimmt dafür, soviel sie kriegen kann. So sind nun einmal die meisten Menschen. Nicht nur in Venedig.

Ein Kampf hat in diesem Zimmer kaum stattgefunden, dachte er. Gesucht hat man hier auch nichts. Sonst hätten die Täter das Bettzeug und die Matratzen nicht nur auf den Boden geworfen, sondern bei ihrer Suche zerstört. Nein, dachte er. Hier ist absichtlich verwüstet worden, vermutlich, um Spuren zu verwischen und die Ermittlungen zu erschweren.

Möglicherweise hatte man die Leiche unter die Brücke gehängt, damit das Verbrechen wie ein Ritualmord aussah, obwohl es keiner war.

Wie Trattoni erwartet hatte, war der große, fast bis zur Zimmerdecke reichende altmodische Kleiderschrank leer. Nur auf der Bodenplatte sah er Erdreste, die von schmutzigen Schuhen gefallen sein mochten. Er holte sein kleines grünes Buch aus der Tasche. *Erde im Schrank*, notierte er. *Spurensicherung*. Danach öffnete er die Tür zum Badezimmer. Auch dieser Raum war eng, die Badewanne füllte ihn nahezu aus. Im Eimer neben dem Toilettenbecken lagen schmutzige Zellstofftücher, die anzufassen er der Spurensicherung überließ. Doch dann – ihm war, als wolle man ihn verhöhnen – sah er im Waschbecken ein paar schmutzige weiße Handschuhe, die seine Hoffnung auf brauchbare Fingerabdrücke schwinden ließen. Die Badewanne war zwar nicht sauber, aber Haare, Hautschuppen und Textilfasern würde man auch anderswo in der Wohnung finden. Von solchen Indizien hielt er nicht viel. Ihre Untersuchung dauerte ihm zu lange. Wenn er die Ergebnisse endlich bekam, hatte er den Fall jedesmal längst aufgeklärt.

Plötzlich hörte er ein Geräusch hinter sich und drehte sich erschrocken um. Vitello stand vor ihm.

»Ich habe Ihnen einen Caffè und ein *tramezzino* mitgebracht, Commissario. Eine Unordnung wie hier habe ich lange nicht erlebt.«

»Na und? Sie sollten mal das Zimmer meines Sohnes sehen. Wenn Sie erst Kinder haben, regen Sie sich über so was nicht mehr auf.« Er biß in das *tramezzino*, trank den Caffè und deutete, während er noch kaute, auf die Badewanne. »Ziehen Sie sich aus und legen Sie sich in die Wanne. Ich möchte etwas probieren.«

»Unter keinen Umständen!« protestierte Vitello. »Das kommt überhaupt nicht in Frage.«

»Sie sollen lediglich Ihre dicke Jacke und die Schuhe ausziehen. Nackt will ich Sie keinesfalls sehen. Das überlasse ich gern Ihrer Verlobten.«

»Auf keinen Fall! Abgesehen davon, daß mich auch Antonella noch nie nackt gesehen hat – wollen Sie hier etwa Spuren zerstören?«

Trattoni nickte und zeigte Vitello die schmutzigen Handschuhe. »Hier werden die Kollegen höchstens ein paar Haare und möglicherweise Textilfasern finden. Ich nehme das auf meine Kappe.«

Vitello zögerte, zog Jacke und Schuhe aus, schüttelte den Kopf und stieg in die Badewanne.

»Legen Sie sich hin, Sergente«, sagte Trattoni. »Tun Sie einfach so, als wollten Sie ein Bad nehmen.«

»Ich bade gewöhnlich nicht angezogen«, sagte Vitello und lehnte sich in der Wanne zurück. Der Commissario trat an ihr Fußende, ergriff Vitello an beiden Fußgelenken, riß seine Beine hoch, und der Sergente rutschte nach unten. Er griff nach den Rändern der Wanne, wollte sich festhalten und wieder hochziehen, doch seine Hände fanden keinen Halt. Wenn sich Wasser in der Wanne befunden hätte, wäre er schnell ertrunken.

»Das genügt, Sergente«, sagt der Commissario zufrieden. »Wenn Sie wollen, können Sie wieder rauskommen. Es müssen nicht unbedingt zwei Täter gewesen sein. Das Opfer war viel schlanker als Sie und weniger kräftig. Ich hätte es vermutlich geschafft, sogar Sie zu ertränken. Lassen Sie den Fotografen und die Spurensicherung anrücken. Ich will, daß hier alles fotografiert wird. Die Flaschen und die Gläser nehmen wir mit, auch wenn man darauf keine Fingerabdrücke finden wird.«

Er verließ das Badezimmer und griff nach seinem Notizbuch. »Machen Sie die Kollegen auf die Erde im Kleiderschrank aufmerksam. Davon muß eine Probe mitgenommen werden. Und falls ich gebraucht werde... Ich will mich jetzt noch mal mit der Vermieterin unterhalten.« Er stieg die steile Treppe hoch, die zu ihrer Wohnung führte. Sie hatte die Tür offen gelassen, und als er den kleinen Salon betrat, fiel ihm als erstes ein buntes Gemälde über einer alten Vitrine auf. Ein Vittore Carpaccio, dachte er überrascht, bis er entdeckte, daß die von Hunnen erschlagene Prinzessin Ursula auf diesem Bild eine Armbanduhr trug.

»Nun glauben Sie ja nicht, dieses Bild wäre von einem alten Meister«, hörte er die Stimme der Signora Cefano, die im hellen Sonnenlicht dicht am Fenster saß und mit einer Handarbeit beschäftigt war.

»Das sehe ich. Es ist von einem neuen. Die sind manchmal sogar besser.« Er ging zu der Frau, und als er sah, daß Sie an einer kleinen Spitzendecke arbeitete, wußte er, daß sie von der Insel Burano stammte. Vor 40 Jahren waren solche kleinen Kunstwerke kaum zu bezahlen gewesen. Inzwischen kauften die Touristen nur Pfuscharbeiten aus China, die nichts taugten und entsprechend billig waren.

»Ich hätte nicht gedacht, daß heute jemand das noch kann«, sagte er. »Sie sind auf Burano geboren?«

»Natürlich. Wie man stickt, war das einzige, was ein Mädel zu meiner Zeit in der Schule lernte. Damit haben wir damals viel Geld verdient.«

Trattoni zog sich einen Stuhl neben das Fenster und griff nach seinem Notizbuch. »Meine Kollegen sind unten noch nicht ganz fertig. – Wann ist dieser Mann, der den Teppich gestohlen und das Apartment verwüstet hat, eigentlich bei Ihnen eingezogen?«

»Am Mittwoch. Er hat für eine Woche im voraus bezahlt, und da dachte ich...«

»Ich weiß. Und wann sind Sie zu Ihrer Freundin gefahren?«

»Am Samstag. Und als ich gestern zurückkam...«

Trattoni wurde ungeduldig. »Das weiß ich. Ich brauche die Adresse dieser Freundin. Und Ihr Sohn... Sie sagten, er wäre oft auf Geschäftsreise. Verraten Sie mir, wie wir ihn erreichen können?«

Sie wirkte plötzlich unsicher. »In Deutschland. Er ist Baumeister und arbeitet für eine Firma in München.« Sie stand auf, ging zu der Vitrine und zog eine Schublade auf. »Warum wollen Sie das denn alles wissen?«

»Um den Teppichdieb zu ermitteln«, sagte Trattoni. Während Signora Cefano in der Schublade suchte, sah er sich im Salon um. Auch in diesem Zimmer standen sehr alte Möbel, in einer Ecke ein schwarzes Klavier. »Können Sie darauf spielen?«

Sie schüttelte langsam den Kopf. »Ich nicht. Aber mein Mann konnte es sehr gut. Schade, daß er so jung gestorben ist. Wenn er nicht für die *Chemico* gearbeitet hätte...«

»Ich weiß. Dort sind viele Leute an Krebs gestorben. Und die verantwortlichen Manager wurden alle freigesprochen.« Er ging langsam zum Piano, griff neugierig nach den Noten, die auf dem Ständer lagen. »Meine Tochter nimmt auch Klavierstunden. Aber heutzutage haben die meisten jungen Leute daran nicht mehr viel Spaß.«

Signora Cefano brachte ihm einen Zettel. »Hier, die beiden Adressen.« Sie zögerte einen Augenblick. »Ach so, der Teppichdieb konnte auch Klavier spielen.«

Der Commissario hob erstaunt die Augenbrauen. »Woher wissen Sie das? Hat er Ihnen das erzählt?«

»Nein. Aber als er die Miete bezahlte, sah er das Klavier und hat ein paar Minuten darauf gespielt. Der hatte sogar seine eigenen Noten im Koffer. Zeigen Sie mal...« Sie warf einen Blick auf die Blätter und gab sie Trattoni zurück. »Das sind sie. Die hat er vergessen. Sind die was wert?«

Trattoni liebte Musik, aber er hätte eine hängende Note nicht von einer stehenden unterscheiden können. Daß diese Blätter lediglich Fotokopien einer handschriftlichen Partitur waren, die der Besitzer eines sehr schlechten Füllfederhalters mit schwarzer Tinte auf das Papier geträufelt hatte, erkannte allerdings sogar er. »Ach was«, sagte er. »Das sind nur Fotokopien. Vielleicht hat der Mann in seiner Freizeit komponiert. Mein Sohn hat das mit seinem Computer auch mal versucht, als er noch im Schulorchester am Klavier saß. Aber seine Noten sahen viel ordentlicher aus. Wie gedruckt.«

Er legte die Blätter zurück, griff erneut danach und sah sie nachdenklich an. »Seien Sie mir nicht böse, aber die muß ich beschlagnahmen.«

Sie überlegte einen Moment. »Meinetwegen. Machen Sie damit, was Sie wollen. Wenn ich mal sterbe, landet alles hier sowieso im Müll. Möchten Sie eine Tasse Kräutertee?«

Obwohl sich alles in ihm dagegen sträubte, nickte der Commissario erfreut. »Sehr gern.«

Er folgte ihr, die Noten in der Hand, in die kleine Küche, wo ihm der kräftige Geruch von Kohl in die Nase stieg. »Die Bescheinigung für die Versicherung bekommen Sie mit der Post.«

Sie öffnete einen dunkelbraunen Schrank, in dem sie Plastiktüten aus dem Supermarkt sammelte, und gab ihm eine Tüte. »Damit die Noten nicht naß werden, falls es regnen sollte.«

Er verstaute die Fotokopien in der Tüte, als das Handy in seiner Hosentasche klingelte. Als er den sizilianischen Dialekt Flavianos hörte, verzog er unwillig das Gesicht. »Wir haben soeben den Teppich und den Koffer sichergestellt«, berichtete der Ispettore.

»Sehr gut. Bedanken Sie sich bei den Tauchern.« Er steckte das Telefon ein. »Tut mir leid, aber mich ruft die Pflicht.«

Die alte Frau begleitete ihn die steile Treppe hinunter, ging in das Apartment, wo er sich den Mantel anzog. Dann sah er, daß die Spurensicherung auch diesmal nicht am Graphitpulver gespart hatte, und bekam ein schlechtes Gewissen. »Kommen Sie«, sagte er. »Ich helfe Ihnen noch, die Matratzen auf den Rost zu legen. Das werden Sie allein kaum schaffen.«

Er brachte das Bett in Ordnung, und als er wenig später das erste Bild an die Wand hängte, schüttelte sie den Kopf. »Wie die Vandalen hat der hier gehaust! Weshalb macht jemand so was, obwohl er so wunderschön Klavier spielen kann.«

»Das ist eine gute Frage«, sagte Trattoni und schob das Bild so lange an der Wand hin und her, bis es ihm aus der Hand glitt und die Glasplatte zerbrach.

»Oh! Entschuldigen Sie. Gibt es hier irgendwo einen Besen?«

Signora Cefano bückte sich und klaubte die Glasscherben zusammen. »Danke für Ihre Mühe, Commissario. Das mache ich lieber allein. Vergessen Sie bitte die Bescheinigung für meine Versicherung nicht.«

Der Commissario verabschiedete sich und ging langsam, die Plastiktüte in der Hand, in die Osteria nebenan, wo der Wirt hinter der Theke in einer weißen Schürze Gläser putzte. Vier alte Männer saßen an einem der rohen Holztische und spielten Karten. Sergente Vitello lehnte an der Theke und hatte eine *ombra* vor sich stehen; eines der winzigen Gläser, aus denen man in Venedig gerne Wein trinkt.

Der Commissario fragte: »Gibt es hier was Vernünftiges zu essen?«

»Um diese Zeit nicht«, antwortete der Sergente. Er sah seinen Vorgesetzten abwartend an, und als Trattoni einen Caffè bestellte und zur Glasvitrine mit den Antipasti ging, begleitete er ihn. »Die *mozzarella in carozza* ist ganz ordentlich. Vor den *sarde a escebeccio* möchte ich ausdrücklich warnen.«

»Das habe ich vermutet«, sagte Trattoni und rief Giulia an. »Ich bin hier in der Nähe und sterbe fast vor Hunger.«

»Nichts Neues«, sagte Giulia. »Ich bereite für die Kinder und mich gerade *saltimbocca* vor. Wenn du willst, kannst du mit uns essen.«

Dem Comissario lief das Wasser im Mund zusammen. »Dann wartet auf mich. Ich komme so schnell wie möglich nach Hause.«

Vitello griff wieder nach seinem winzigen Glas. »Ich bin vorhin mal von diesem Haus bis zu der Brücke gelaufen, an der die Leiche hing. Keine 300 Meter.

Wenn jemand den Mann in einen Teppich gewickelt und auf eine Karre gelegt hat...«

»Sehr richtig, Doktor Watson! Diesen Teppich haben unsere Taucher soeben aus dem Rio de Trapolin gefischt. Meinetwegen können Sie jetzt zurück in die Questura fahren. Ich esse vorher zu Hause noch eine Kleinigkeit. Falls der Duce nach mir fragen sollte... Ich bin noch mit einem Verhör beschäftigt.«

6.

Wie jedesmal zu dieser Jahreszeit waren die meisten ausländischen Mieter vor dem naßkalten Winterwetter Venedigs entweder in ihre Heimatländer oder in die Dolomiten geflohen. Auch in dem Palazzo, wo Trattoni mit seiner Familie lebte, waren fast sämtliche Wohnungen im Januar unbewohnt. Ihre Mieter kamen erst in den ersten Frühlingstagen zurück, um drei Monate später erneut vor der drückenden Hitze des Hochsommers mit seiner unerträglich hohen Luftfeuchtigkeit zu flüchten.

Trattoni stieg langsam die ersten der 100 Stufen zur Wohnung hoch und dachte – schon um sich von seinem schmerzenden Knie abzulenken – über den Toten unter der Brücke nach. Es war offensichtlich, daß man ihn in der Badewanne ertränkt hatte. Der Zustand des Apartments deutete darauf hin, daß der Täter etwas gesucht hatte. Aber hatte er es gefunden? Vermutlich ein Raubmord, dachte Trattoni. Doch wer hätte sich die Mühe gemacht, das Opfer eines Raubmordes unter eine Brücke zu hängen?

Dieser Täter hat sein Opfer entweder maßlos gehaßt, überlegte er, als er die vierte Etage erreicht hatte, oder er wollte andere warnen. Aber wovor? Doch als Trattoni den unverwechselbaren Geruch von Salbei wahrnahm, flog er nahezu über die restlichen Stufen, schloß die Wohnungstür auf, hing seinen Mantel an den Haken, warf die Noten und seinen Hut auf die Flurgarderobe und eilte in die Küche, wo Giulia am Herd stand.

»Na«, begrüßte sie ihren Mann, ohne von der Pfanne aufzublicken, in der sie drei Kalbsschnitzel briet. »Schon erste Spuren gefunden?«

»Nein. Aber ich weiß wenigstens, wo und auf welche Weise der Mann ermordet wurde. Fragt sich nur, warum.« Er griff nach drei *grissini*, die ihm Giulia aus der Hand nahm und zurück in den Korb legte. »Die hat dir Dottor Cassiano verboten. Weißbrot ist Gift für dich.«

»Ich weiß! Wie alles, was ich gern esse.«

Er wartete, bis Giulia sich wieder der Pfanne zugewandt hatte, griff blitzschnell nach einem *grissino* und eilte, während er die dünne Brotstange verzehrte, in den Korridor, wo er einen *iPod* aus der Manteltasche holte, den er auf dem Heimweg gekauft hatte. Die Verpackung war – nein, nicht im nächsten Kanal, sondern noch im Laden in einem Papierkorb gelandet.

Luciana lag in ihrem Zimmer angezogen auf dem Bett und hörte Musik. An der Wand neben dem Kleiderschrank hatte sich eine Revolution ereignet: Das Poster von Eminem war durch ein anderes ersetzt, auf dem Tom Cruise seine schneeweißen Zähne vorführte. »Hier«, sagte Trattoni und legte ihr das Geschenk auf den Bauch. »Ich habe dir was mitgebracht.«

Sie riß sich den Kopfhörer von den Ohren. »*papà*«, jubelte sie. »Du bist der liebste *papà* auf der ganzen Welt.«

»Das weiß ich. Aber sag' Giulia, daß du ihn dir von Fabrizio geborgt hast. Sonst krieg' ich wieder Ärger.« Sie eilte in Stefanos Zimmer, vermutlich, um sich erklären zu lassen, wie man den *iPod* bedient. Trattoni sah ihr nach und merkte, daß sich eine leichte Trauer in ihm regte.

Ein paar Jahre noch, dachte er. Spätestens in zwei Jahren wird Luciana das Gymnasium verlassen und zu studieren beginnen. Ob sie das in Venedig tun würde, war noch nicht sicher. Die meisten jungen Menschen flohen bei der erstbesten Gelegenheit aus dieser Stadt, die ihnen kaum Abwechslung bot.

Er ging langsam in die Küche zurück, wo Giulia neben der Pfanne mit dem *saltimbocca* in einer zweiten Pfanne ein Fischfilet briet. Im Topf siedeten schon die Spaghetti für den ersten Gang. »Du kannst schon mal das Geschirr auf den Tisch stellen und dich um den Wein kümmern. Wir können gleich essen.«

»No problema.« Trattoni holte vier Teller aus dem Küchenschrank, legte Besteck daneben, und als er die Weinflasche entkorkte, kamen Luciana und Stefano aus ihren Zimmern und setzten sich an den Eßtisch. An eine Mahlzeit auf der Terrasse war während der kalten Jahreszeit nicht zu denken. »In meinem nächsten Leben studiere ich auf keinen Fall Informatik«, sagte Stefano düster. »Sobald ich ein Programm halbwegs durchschaue, wird es durch ein noch komplizierteres ersetzt. Am liebsten würde ich das Studienfach wechseln. Die meisten Informatiker finden nach dem Studium sowieso keinen Job.«

Giulia stellte die Schüssel mit Spaghetti auf den Tisch. »Und was willst du stattdessen machen? Glaub' ja nicht, daß andere Berufe einfacher sind. Heutzutage wird überall viel verlangt.«

Es dauerte nicht lange, bis alle den *primo* gegessen hatten und Giulia den zweiten Gang servierte: für die beiden Männer und sich die Kalbsschnitzel mit Salbei, für Luciana das Fischfilet.

»Allmählich habe ich es satt, dir jedesmal eine Extrawurst zu braten«, sagte Giulia, als sie ihrer Tochter den *secondo piatto* hinstellte. »Entweder du ißt, was alle essen, oder du kochst in Zukunft selbst.«

»Oder ihr eßt in Zukunft auch kein Fleisch mehr«, erwiderte Luciana freundlich. »Erstens sind Vegetarier wesentlich gesünder als Fleischesser, und zweitens...«

»... und zweitens leben sie durchaus nicht länger«, sagte Trattoni. Er trank noch einen Schluck Wein und holte die Noten aus dem Korridor, um für diesmal den ständigen Streit über Lucianas Eßgewohnheiten zu beenden. »Hier«, sagte er und legte ihr die Partitur neben den Teller. »Ich hab' dir was mitgebracht. Kannst du so was schon spielen?«

Luciana betrachtete einen Moment das oberste Blatt und schüttelte den Kopf. »Danke für dein Vertrauen. Aber bekanntlich kämpfe ich immer noch mit *Für Elise*.«

Stefano aß schweigend weiter, wischte sich den Mund ab und griff nach den Blättern. »Darf ich mal?« fragte er. Er stand auf, nahm die obersten Blätter vom Stapel und ging in den Salon, wo an einer Wand das alte Bechstein-Klavier stand, auf dem schon Giulias Großmutter gespielt hatte.

»Wo hast du denn die Noten her?« konnte Giulia ihren Mann noch fragen, doch als sie die ersten Töne hörte, verstummte sie, und sogar Luciana legte Fischmesser und Gabel aus der Hand. Eine langsame, getragene Musik war es zuerst, die aus dem Salon herüber wehte, dunkle Töne, die Trattoni traurig stimmten, ein ernstes Adagio im 4/4-Takt, das in ein freundliches F-Dur überging, heller und leichter wurde; verspielt, tändelnder, fast leichthin tänzerisch, bis erneut kräftige dunkle Töne die harmonischen Klänge ablösten;

kräftige dunkle Töne, die auf Trattoni wie Hammerschläge wirkten.

Plötzlich hob Giulia den Kopf. »Das kenne ich. Stefano spielt zwar Klavier wie ein betrunkener Holzfäller, aber diese Melodie habe ich schon einmal gehört.« Sie stand auf und eilte in den Salon, wo das Piano verstummte. Als sie zurückkam, hatte sie die Notenblätter in der Hand. »Das verstehe ich nicht«, sagte sie unsicher. »Das war eindeutig Mozarts *Requiem*. Weshalb steht hier *Freimaureroratorium* auf dem Titelblatt? Weißt du, was das bedeutet?«

»Keine Ahnung. Ich habe nie Deutsch gelernt.«

»Ich auch nicht«, sagte Giulia. »Die handschriftlichen Vokalstimmen sind kaum lesbar und scheinen auch auf Deutsch zu sein. Hast du die Noten von einem Deutschen oder Österreicher?«

Trattoni hob ratlos die Schultern und ließ sie wieder sinken. »Keine Ahnung. Das sind sowieso nur Fotokopien. Der Mann, den wir unter der Brücke gefunden haben, hat sie bei der Vermieterin liegen lassen.«

Giulia sah ihren Mann so verblüfft an, als hätte er sich plötzlich in ein ungeheueres Ungeziefer verwandelt. »Bist du wahnsinnig? Du kannst doch keine Beweisstücke mit nach Hause bringen!«

»Das sind keine Beweisstücke«, sagte er verärgert. »Wegen ein paar billiger Fotokopien bringt niemand einen Menschen um. Aber wenn es dich beruhigt... Ich kann gern einen Fachmann fragen, was er von den Noten hält.«

Er nahm ihr die Blätter aus der Hand, legte sie zurück auf den Stapel, verstaute ihn in der Plastiktüte und eilte in den Korridor, wo er sich den Hut aufsetzte, den Mantel anzog und mit der Partitur die Wohnung verließ.

Von wegen Beweisstück, dachte er, noch immer verärgert. Wer nach Venedig kommt, wird zwar auf Schritt und Tritt bestohlen, doch umgebracht wird auch hier niemand wegen ein paar Noten.

Er ging langsam zum Anlegeplatz S. Marcuola, wo er in den nächsten Vaporetto stieg. Der neue Fall gefiel ihm immer weniger. Es kam ihm vor, als müsse er den Canal Grande mit einem Teelöffel trockenlegen. Solange die Identität eines Opfers nicht bekannt war, konnte er nicht in dessen Umfeld ermitteln, wo der Täter meistens zu finden war.

Dieser Mann wird mir noch viel Arbeit machen, dachte er, während er an Bord des nächsten Vaporetto ging, den er am Ponte di Rialto verließ. Von dort aus war es nicht weit zur Questura. Obwohl Trattoni fünf Brücken überqueren mußte, betrat er schon 20 Minuten später das alte Gebäude, wo ihm Ispettor Flaviano aufgeregt entgegenkam. »Ich habe den Teppich und den kleinen Koffer in die Asservatenkammer gebracht. In dem Koffer befand sich lediglich ein Paar gelbe Gummistiefel.«

»Na und?« fragte Trattoni. »Der Mann hat sich auf das *acqua alta* vorbereitet. Aber eine Frage habe ich noch, Ispettore: »Woher wissen Sie eigentlich, daß dieser Koffer dem Toten gehörte?«

Er gab dem Ispettore den Zettel der Vermieterin. »Signora Cefalù will zur Tatzeit bei ihrer Freundin in Padova gewesen sein, und ihr Sohn lebt angeblich im München. Prüfen Sie nach, ob beides stimmt.«

Flaviano nickte schweigend, und Trattoni ging in sein Büro, legte die Plastiktüte mit den Noten auf seinen Schreibtisch, warf seinen Hut auf den Aktenschrank und zog gerade seinen Mantel aus, als Sergente Vitello ins Zimmer kam. »Unser Duce hat schon viermal nach

Ihnen gefragt. Ich habe jedesmal Ihr Telefonino angerufen, aber Sie haben sich nicht gemeldet.«

Der Commissario trank aus seiner Wasserflasche. »Natürlich nicht. Inzwischen hat mir mein Sohn erklärt, wie man das Ding stumm schaltet. Wenn man das nicht kann, hat man heutzutage keine ruhige Minute mehr.«

Er holte sein Notizbuch aus der Manteltasche und hatte sich kaum an den Schreibtisch gesetzt, um sich seinen Fall durch den Kopf gehen zu lassen, als der Vice Questore ihn zu sich rief.

»Wo treiben Sie sich eigentlich den ganzen Tag herum?« fragte Berlusco, als Trattoni mit dem Notizbuch das Zimmer betrat. »Ich wollte schon eine Großfahndung nach Ihnen anordnen.«

»Ich habe ermittelt«, antwortete der Commissario ruhig und sah in sein Notizbuch. »Der Mann, den wir unter der Brücke gefunden haben, wurde in der Badewanne umgebracht. Wie vor langer Zeit ein deutscher Politiker.«

»Merkwürdig. Sehen Sie da Zusammenhänge?«

»Das vermute ich nicht. Seine Vermieterin hat sich gemeldet, und ich habe am Tatort Spuren gesichert. Der Tote soll Zanetti oder Zanussi heißen und in Milano gewohnt haben.«

»Stimmt beides nicht«, entgegnete Berlusco herablassend. »Zanussi heißen nur Kühlschränke und Waschmaschinen. Dieser Mann heißt Jiri Tomaschek und wohnt in Prag.«

»Er wohnte in Prag«, korrigierte Trattoni, während er sich den Namen notierte. »Aber das glaube ich nicht. Er sprach fließend Italienisch und...«

»Kein und!« schnitt Berlusco ihm das Wort ab. »Da staunen Sie, was? Der Meister der hiesigen Loge hat ihn auf dem Foto mit Sicherheit erkannt. Tomaschek hat die Loge besucht und vor drei Tagen im Tempel gearbeitet.«

»Wieso gearbeitet?« fragte Trattoni. »Das sind doch alles bessergestellte Leute. Seit wann arbeiten die?«

»Das gehört nicht zur Sache«, unterbrach Berlusco ihn. »Darüber möchte ich mit Ihnen nicht sprechen. Ispettor Flaviano hat bereits die Anschrift des Toten in Prag ermittelt und das tschechische Konsulat verständigt.«

Trattoni fühlte sich, als hätte man ihm eine schwere Last von den Schultern genommen. »Großartig. Jetzt können wir Interpol einschalten und die Kollegen in Prag um Amtshilfe bitten.«

Der Vice Questore schüttelte den Kopf. »Könnten wir theoretisch, machen wir aber nicht. Es führt kein Weg dran vorbei, Commissario. Sie werden in Prag ermitteln müssen.«

Trattoni glaubte, nicht recht zu hören. »Das ist rechtlich unmöglich! Erstens haben wir in Tschechien keinerlei Befugnisse, und zweitens…«

»Zweitens bin ich immer noch Ihr Vorgesetzter. Sie sollen in Prag lediglich der Witwe unser Beileid aussprechen. Das ist nicht verboten. Sehen Sie sich bei dieser Gelegenheit dort um. Der Mann wurde zwar hier ermordet, aber die Täter könnten durchaus in Prag zu finden sein.« Er zögerte einen Moment. »Oder fühlen Sie sich etwa mit Ermittlungen im Ausland überfordert? Soll ich diesen Fall besser Ispettor Flaviano übertragen?«

»Das würde ich an Ihrer Stelle vermeiden«, sagte Trattoni. »Wenn Sie mir schriftlich geben, daß mir sämtliche Spesen erstattet werden, mach' ich das.« Er sah in sein kleines grünes Buch. »Weiß man bei den *fratelli* wenigstens, was dieser Tomaschek in Venedig wollte?«

»Natürlich nicht«, antwortete Berlusco. »Kein Bruder würde sich nach den Privatangelegenheiten eines anderen erkundigen. In den meisten Logen ist man sehr diskret.« Er öffnete die Schublade seines Schreibtischs und reichte Trattoni einen Flugschein. »Bitte sehr! Wenn Sie morgen nicht verschlafen, können Sie um 7.25 Uhr nach Milano fliegen, und wenn Sie dort das zweite Flugzeug nicht verpassen, sind Sie schon um 12.00 Uhr in Prag.«

»Ich habe noch nie ein Flugzeug verpaßt«, sagte Trattoni nachdrücklich. »Aber es ist jedesmal verspätet abgeflogen. Die Airlines sind es, die sich verspäten. Nicht die Passagiere. Als ich mit meiner Frau vor einem halben Jahr über Milano nach Paris geflogen bin…«

»Danke. Ich möchte Sie keinesfalls länger von Ihrer Arbeit abhalten.«

»Gewiß, Vice Questore. Ich wollte Ihnen nur noch erzählen, wie ich die Alitalia dazu gebracht habe, mir einen neuen Anzug und meiner Frau zwei neue Kleider zu bezahlen. Aber wenn Sie das nicht interessiert…«

Er drehte sich auf dem Absatz um, verließ das Chefbüro, und als er im Vorzimmer Signora Bonaventura hinter dem Computer sitzen sah, begann er, seine Reise vorzubereiten. »Ich habe vor zwei Jahren bei dem Lehrgang der Interpol in Lyon einen Kollegen aus Prag kennengelernt. Ich kann mich leider nur noch an seinen Vornamen erinnern. Milan hieß er. Können Sie seinen Familiennamen im Internet finden?«

Sie griff nach einem Zettel. »Das habe ich bereits für Sie getan, nachdem ich Ihr Flugticket gekauft hatte. Odranek heißt der Kollege. Kommissar Milan

Odranek. Seine Telefonnummer habe ich Ihnen auch aufgeschrieben.«

»Die hätte ich auch alleine herausgefunden«, sagte Trattoni. »Oder halten Sie sich etwa für die Sekretärin von Donna Leons Vice Questore Patta?«

7.

Wie der Commissario erwartet hatte, startete das Flugzeug in Venedig mit einer halbstündigen Verspätung, die – das behauptete jedenfalls die Alitalia – auf Nebel zurückzuführen sei. Jeder Wartende wußte, daß das eine Lüge war. Über ganz Italien lag wolkenloser Himmel.

Wie jedesmal, wenn Trattoni über die Stadt flog, schaute er auf sie hinunter. Sie kam ihm immer wie ein großer platter Fisch vor, der gestrandet ist. Der kurze Flug nach Milano verlief ohne besondere Ereignisse.

Trattoni ärgerte sich nur über die für ihn viel zu engen Sitze. Als er in Mailand endlich aufstehen durfte und seinen kleinen Koffer aus dem Gepäckfach nahm, taten ihm beide Knie weh, aber damit hatte er gerechnet. Sobald er das Flugzeug verlassen durfte, ging er in die Transithalle und stellte sich geduldig an das Ende der langen Menschenschlange vor dem Röntgengerät, in dem das Handgepäck durchleuchtet wurde.

Wie die anderen Passagiere legte er seinen kleinen Koffer auf das Laufband, sah zu, wie er in das Gerät transportiert wurde, doch plötzlich gellte eine Sirene, zwei Uniformierte mit Maschinenpistolen rannten zu ihm, rissen ihn zu Boden, wobei er den Hut verlor, zwangen ihm die Hände auf den Rücken und legten ihm Handschellen an, während ein dritter Uniformierter Trattonis Koffer vorsichtig zu einem Tisch trug, ihn – nachdem er vergeblich versucht hatte, das Schloß zu öffnen –, wütend mit einem Messer der Länge nach aufschlitzte.

Meine Pistole, schoß es Trattoni durch den Kopf. Ich hätte die Pistole nicht in den Koffer packen dürfen.

»Polizia«, stöhnte er ächzend. »Ich bin berechtigt, eine Waffe zu tragen.«

Die beiden Uniformierten betrachteten ihn mißtrauisch, halfen ihm, sich aufzurichten, und als er stand, entsicherte einer von ihnen seine Maschinenpistole und richtete sie auf ihn, während der andere ihm die Handfesseln löste. Trattoni konnte endlich seinen Dienstausweis aus der Tasche holen, den einer der Männer skeptisch studierte und schließlich zurückgab.

»*Scusi*, Commissario. In Italien dürfen Sie selbstverständlich eine Waffe führen. Aber nicht im Ausland.«

»Wieso nicht?« fragte Trattoni und setzte sich den Hut wieder auf. »Haben wir kein Abkommen mit Tschechien?«

»Leider noch nicht. Wir behalten Ihre Waffe hier und händigen sie Ihnen bei Ihrer Rückkehr wieder aus.«

»Nur wenn Sie mir eine Quittung geben«, sagte Trattoni. »Wenn die Pistole abhanden kommt, hänge ich Ihnen ein Disziplinarverfahren an. Dann können Sie Schülern künftig die Verkehrszeichen erklären. Und was geschieht mit meinem Koffer?«

»Den dürfen Sie ins Flugzeug mitnehmen. Auf solche Fälle sind wir vorbereitet, Commissario«, sagte der Mann, der ihn aufgeschlitzt hatte. Er verschwand hinter einer Tür, kam mit einer Rolle Klebeband zurück und wickelte es um den Koffer, bis der wie eine Mumie aussah. »Machen Sie sich keine Sorge. Ihre Maschine hat Verspätung. Sie müssen uns verstehen. Bei den Verhältnissen heutzutage...«

Trattoni sah ihn böse an. »Ich weiß. Meine Frau sagt manchmal auch, ich sei ein Terrorist.« Er ging langsam in den Warteraum, wo er auf einer harten Bank eine zweite halbe Stunde warten mußte, bis er im Flugzeug seinen Koffer, den Hut und seinen Mantel wieder im Gepäckfach über dem Sitz unterbringen konnte. Der Airbus war zwar nicht einmal zur Hälfte besetzt, weil im Januar nur wenige Leute nach Prag reisen, doch das änderte nichts an der engen Bestuhlung. Trattoni holte diesmal sein kleines grünes Buch aus der Hosentasche, bevor er sich hinsetzte und seine Knie an die Rückseite des Sitzes vor ihm stießen. Auch diesmal war der Sicherheitsgurt zu kurz für ihn, aber er hatte keine Lust, sich wegen der Alitalia einer Schlankheitskur zu unterziehen. Lieber legte er sich den Gurt über den Bauch, ohne ihn zu schließen. Er vertiefte sich in sein Notizbuch und ließ sich durch den Kopf gehen, was er über diesen Mord bislang herausgefunden hatte.

Ein Mann, möglicherweise ein Tscheche, der möglicherweise Italienisch sprach und Klavier spielen konnte, war mit einem Stapel Noten nach Venedig gekommen, wo man ihn ertränkt und unter eine Brücke gehängt hatte. Wenn man es genau betrachtete, wußte Trattoni fast nichts, aber das beunruhigte ihn nicht.

Dieser Mord hat sich erst vor knapp drei Tagen ereignet, dachte er. Wenn man sorgfältig arbeitet, kann man noch nicht mehr wissen. Besonders nicht, wenn ein Ausländer umgebracht wurde. Doch trank ein Tscheche einen süßen Likör wie Sambuca, den in Venedig fast nur Frauen schätzten? Daß der Mann mit einer Prostituierten im Apartment gewesen war, deren Zuhälter ihn ausgeraubt hatte, hielt Trattoni für ausgeschlossen.

So grübelte er, bis die Passagiere aufgefordert wurden, den Sicherheitsgurt wieder zu schließen. Er schaute neugierig aus dem Fenster, hoffte, etwas von der alten Stadt zu sehen, doch die Maschine flog durch dichte Wolken. Schließlich setzte sie hart auf, und als er sah, daß draußen dichtes Schneegestöber herrschte, sprang er auf, noch bevor die Anschnallzeichen erloschen waren.

Er öffnete das Gepäckfach, setzte sich den Hut auf, zog den Mantel an und eilte zur Flugzeugtür. Dort wartete er ungeduldig, bis die Stewardessen endlich die Tür freigaben und er die Gangway hinabgehen konnte.Auf dem Weg zum Flughafengebäude hätte er zwischen den dicht fallenden Schneeflocken am liebsten die Arme weit ausgebreitet und im Schnee getanzt. Bei solchem Wetter fühlte er sich jedesmal, als hätte ihn eine freundliche Fee in die Dolomiten seiner Kindheit zurückversetzt.

Sobald der Grenzwächter Trattonis italienischen Paß an der Farbe erkannte hatte, öffnete er ihm die Schleuse, hinter der ihn in der nahezu menschenleeren Ankunftshalle Kommissar Odranek erwartete. Der fast ein Meter neunzig große, 55 Jahre alte dünne Mann hatte einen für ihn viel zu weiten abgeschabten grauen Wintermantel an, aus dessen rechter Tasche ein veraltetes Funksprechgerät ragte. »Willkommen in der freien Tschechischen Republik«, begrüßte er Trattoni in gebrochenem, slawisch gefärbtem Englisch und umarmte ihn, ohne seine Aktenmappe aus der Hand zu legen. »Hast du kein Gepäck?«

Trattoni fühlte, daß ihm das Blut in den Kopf stieg. »*Che stupidaggine*«, entfuhr es ihm, während er sich mit der flachen Hand gegen die Stirn schlug. »Mein Koffer! Ich habe meinen Koffer im Flugzeug liegenlassen.«

Odranek legte ihm beruhigend seine Hand auf den Arm. »Mach' dir keine Sorgen. Das erledigen wir für dich.« Er sah sich in der Halle um, winkte einen vielleicht 30jährigen Mann zu sich, der ein paar Meter weiter an der Wand gestanden hatte, sprach mit ihm und wandte sich Trattoni zu.

»Er braucht deinen Flugschein. Weißt du noch, in welcher Reihe du gesessen hast?«

»Keine Ahnung«, sagte Trattoni, während er das Ticket suchte und schließlich in seiner Jackentasche fand. Odranek gab es dem 30jährigen, der sich eilig entfernte. »Komm Adriano, du hast im Flugzeug bestimmt nicht viel zu essen bekommen. Mein Assistent weiß, wo er uns findet.«

»Einverstanden. Aber vorher muß ich noch Geld wechseln. Oder habt ihr schon den Euro?«

»Gott sei Dank noch nicht«, antwortete der Tscheche. »Seit unser Land in der EU ist, kommen die meisten schon jetzt kaum über den Monat.« Er begleitete Trattoni zum Wechselschalter, wo der Commissario 500 Euro in Kronen umtauschte.

»Wofür brauchst du so viel Geld?« fragte er. »Ich dachte, du willst morgen Abend wieder zurückfliegen.«

»Das werde ich auch«, antwortete Trattoni. »Aber solange ich in Prag bin, bist du mein Gast. Oder sagen wir lieber, Gast der Questura. Mein Chef hat es mir schriftlich gegeben. Sämtliche Spesen werden mir erstattet.«

Odranek sah ihn erstaunt an. »So etwas wäre bei uns nicht möglich. Aber wenn du mich tatsächlich einladen willst... In der Abflughalle gibt es ein ganz ordentliches Restaurant.«

Trattoni freute sich darauf, endlich wieder etwas zu essen zu bekommen, doch als er wenig später die zweisprachige Speisekarte studierte, die ihnen eine stämmige junge Kellnerin auf den Tisch gelegt hatte, wäre er am liebsten gleich nach Venedig zurückgeflogen.

Es gab keine Pasta! Weder Lasagne, noch Maccaroni. Keine Tortellini, ja nicht einmal Spaghetti, die man allerdings, davon war er überzeugt, ohnehin nur in Italien richtig zubereiten konnte. Das Angebot an Fleischgerichten enttäuschte ihn genauso. Es gab weder Rindfleisch noch Kalbfleisch, keine zarten Filetsteaks und kein fein gewürztes *saltimbocca*, ganz zu schweigen von Fisch. Nur Schweinefleisch wurde angeboten, und zwar auf jede mögliche Weise zubereitet. Es gab Eisbein mit Sauerkraut, Kasseler Rippenspeer, Schweinekarree und Schweinsfilet mit Ananas, Schweineleber und Schweineschinken. Sogar die Wurst war hier vom Schwein, während die Beilagen – abgesehen vom Gemüse, das sich kaum zu runden Bällen kneten läßt – sämtlich in Form von Knödeln angeboten wurden, wobei der Gast die Wahl hatte zwischen Kartoffelknödeln, Speckknödeln, Semmelknödeln, Leberknödeln sowie anderen Knödeln, unter deren englischen Bezeichnungen Trattoni sich nichts vorstellen konnte.

So bestellte er sich notgedrungen nur eine Schüssel Salat, verzehrte zum Wein lediglich Weißbrot, während Kommissar Odranek eine große Portion Eisbein mit Speckknödeln, danach eine Portion Prager Schinken und schließlich, als Nachtisch, noch Obstknödel aus Hefeteig in sich hinein schaufelte. Daß dieser Mann so dünn war, obwohl er riesige Mengen vor Fett triefendem Schweinefleisch aß und dabei ein Glas Bier nach dem anderen trank, kam Trattoni wie ein achtes Weltwunder vor. Es mußte an den Genen liegen.

»Aber jetzt zum Anlaß deines Besuchs«, sagte Kommissar Odranek, während er sich den Mund abwischte und eine Akte aus seiner Ledermappe nahm. »Eigentlich müßtet ihr mehr über Jiri Tomaschek wissen als wir. Er hat unsere glorreiche sozialistische Republik 1986 als 25jähriger ohne Erlaubnis verlassen. Hier ist er erst seit 1996 wieder gemeldet.«

»Und wo war er in der Zwischenzeit?«

Kommissar Odranek blätterte in der Akte. »Vermutlich bei euch in Venedig. Hier, guck mal! 1989 hat er noch eine Anzeige in eurem *Gazzettino* aufgegeben, in der er Klavierunterricht anbot. Hätte er nicht unbedingt unter seinem Namen machen müssen. Damals hat man bei uns auch eure Zeitungen noch gelesen und ausgewertet.«

»Die Leute, die das tun mußten, haben mein Mitgefühl«, sagte Trattoni. »Und mein Ispettore auch. Dem habe ich mehr als einmal gesagt, er soll sich bei der Ausländerbehörde nach dem Mann erkundigen. Ist Jiri Tomaschek aus politischen Gründen aus Prag geflüchtet?«

Kommissar Odranek nickte. »Politische Motive und maßlose Dummheit. Er hat ein Manifest unterzeichnet, in dem Dissidenten den Austritt der CSSR aus dem Warschauer Pakt forderten. Jeder wußte, daß mit solchen Leuten nicht lange gefackelt wurde. Jiri Tomaschek ist während einer Vernehmung vom Stuhl gefallen und hat sich drei Finger der rechten Hand gebrochen. So steht es jedenfalls in seiner Akte.«

Trattoni hatte längst sein kleines grünes Buch aus der Jackentasche geholt und machte sich Notizen. »Also Folter?«

»So könnte man es wohl nennen. Die Gefängnisärzte haben zwar getan, was sie konnten, aber an eine Karriere als Konzertpianist war danach nicht mehr zu denken.«

»Natürlich nicht. Und du mußtest bei solchen Vernehmungen mitwirken?«

Odranek schüttelte entsetzt den Kopf. »Ich doch nicht! Dazu wurde niemand gezwungen. Wer das nicht mitmachen wollte, der wurde zur Verkehrspolizei versetzt.«

»So ist es wohl überall. Man muß sich vor den Freiwilligen hüten. Die tun bei allem mehr, als nötig ist. Aber dieser Tomaschek... Weißt du, von was er gelebt hat?«

»Keine Ahnung. Vor fünf Jahren hat er eine gewisse Jana Melnikova geheiratet. Die wird uns mehr sagen können.«

Commissario Trattoni steckte sein Notizbuch und den Kugelschreiber in die Tasche. »Deswegen bin ich hauptsächlich nach Prag gekommen. Die Art, wie Tomaschek umgebracht wurde... Mein Chef meint, das könnte mit Freimaurern zusammenhängen. Gibt es so was bei euch?«

Kommissar Odranek schüttelte verblüfft den Kopf. »Ausgeschlossen. Es gibt zwar auch bei uns wieder Logen, aber diese Leute sind keine Verbrecher.«

»Dessen bin ich mir nicht so sicher«, sagte Trattoni. »Ich vermute sogar, daß mein Chef zu ihnen gehört. Sag mal, Milan, weißt du zufällig, was die arbeiten nennen? Was verstehen die unter mauern?«

Der tschechische Kommissar zuckte mit den Schultern.

»Vielleicht ohne ihre Frauen im Tempel zusammensitzen und in Ruhe Bier oder Wein trinken, vermute ich. Ich weiß nur, daß sie sich mit geheimnisvollen Handzeichen begrüßen.«

In diesem Moment kam Odraneks Assistent ins Restaurant und brachte Trattonis Koffer, von dem sich inzwischen der größte Teil der Bandage gelöst hatte. Trattoni ließ das Kofferschloß aufschnappen und griff nach seinem Cellulartelefon. »Ich muß sofort meine Frau anrufen, sonst bekommt sie heute Nacht kein Auge zu. Und danach möchte ich mich mit Frau Tomaschek unterhalten.«

»Mit der Witwe Tomaschekova«, korrigierte Kommissar Odranek. »Um diese Zeit steht sie noch im Kaufhaus *Kotva* und verkauft Parfüm. Aber in drei Stunden müßte sie zu Hause sein. Bis dahin haben wir noch etwas Zeit. Am besten, wir fahren mit dem Taxi. Unseren alten Skoda möchte ich dir nicht zumuten. Den bringt mein Assistent in die Stadt zurück.«

»No problema«, sagte Trattoni. »Das Taxi geht selbstverständlich auch auf meine Rechnung.« Er holte seine Geldbörse aus der Tasche, stutzte, als er die fremden Geldscheine sah, und drückte Odranek ein paar 1000 Kronen in die Hand. »Es ist besser, wenn du bezahlst. Als Tourist wird man überall auf der Welt betrogen.«

Als die beiden Männer wenig später gemeinsam mit Odraneks Assistenten zum Parkplatz gingen, hatte Trattoni mit Giulia telefoniert, die sich darüber beklagte, daß er sich nicht eher gemeldet hatte. Er solle auf alle Fälle Oblaten mitbringen und an die Kinder denken. »An die denke ich immer«, hatte er geantwortet.

Jetzt steuerte Kommissar Odranek auf einen uralten, verrosteteten zweitürigen Skoda mit der Aufschrift *Policie* zu und überreichte seinem Assistenten den Autoschlüssel.

»Weshalb lassen sie dich in einem solchen Auto fahren?« erkundigte sich Trattoni, als der Assistent versuchte, den Wagen zu starten. »Das ist viel zu eng für einen Mann deiner Größe.«

Odranek lachte. »Wem sagst du das! In diesem Skoda muß ich mich jedesmal zusammenfalten. Aber die neuen bequemen Limousinen bekommen bei uns nach wie vor nur die alten Kommunisten. Nach dem Machtwechsel hat man sie zwar entlassen, aber inzwischen sind sie alle wieder eingestellt. Sogar unser Polizeipräsident, der 1989 unter den Demonstranten ein Blutbad veranstalten ließ. Aber laß uns nicht über Politik reden.«

Er winkte seinem Assistenten zum Abschied zu und hielt ein Taxi an. Als die beiden Kommissare einstiegen, hörte es zu schneien auf. Auf den Straßen lag noch immer schmutziger Schneematsch, der unter den Reifen der Autos hochspritzte.

Trattoni hielt seinen kleinen Koffer jetzt so fest, als befürchte er, man könne ihn ihm aus der Hand reißen. Zuerst sah er durch das Taxifenster nur einige freistehende alte Häuser, danach wurde die Bebauung dichter, und schließlich fuhren sie an heruntergekommenen alten Wohnblöcken aus der Zeit der Industrialisierung vorbei, deren Häßlichkeit nur von den Plattenbauten übertroffen wurde, mit denen man in den sechziger Jahren Josef Stalins Tod gefeiert hatte. Doch je näher sie dem alten Stadtzentrum kamen, desto dichter wurde der Verkehr, bis Odranek das Taxi anhalten ließ und die Fahrt bezahlte.

Trattoni griff nach seinem Koffer, stieg wie sein tschechischer Kollege aus dem Auto und schaute von der Prager Burg über das Zentrum der uralten Stadt.

Auf den Dächern lag Schnee. Wie in Venedig ragten zahlreiche Kirchtürme in den grauen Winterhimmel. Und als er über die Moldau blickte, den mächtigen Strom, den Tschechen seit dem Abzug der deutschen Truppen nur noch *Vltava* nennen, wurde in den ersten großen Repräsentationsbauten am Westufer bereits das Licht eingeschaltet. Commissario Trattoni hätte das zwar nie zugegeben, aber verglichen mit der Moldau, über die mehrere breite Brücken führten, auf denen sogar Autos fuhren, kam ihm der Canal Grande wie ein kümmerliches Rinnsal vor, auf dem entschieden zu viele Gondeln schwammen.

»Wir haben im Krieg Glück gehabt«, riß Odranek ihn aus seinen Gedanken. »Prag wurde nur einmal bombardiert, weil die Briten es mit Dresden verwechselten. Aber es wird langsam Zeit für uns. Ich will die Witwe nicht warten lassen.«

»Ich auch nicht. Aber ich möchte vorher meinen Koffer ins Hotel bringen und mir ein anderes Hemd anziehen. Haben wir dafür noch Zeit?«

»Selbstverständlich. Ich habe dir ein Zimmer im *Kinsky Garden* reservieren lassen. Von dort aus ist es nicht weit zur Wohnung der Tomascheks.«

8.

Im Hotel hatte Odranek noch schnell ein Bier getrunken und Trattoni eine Tasse Caffè, die ihm wie warmes braunes Wasser vorgekommen war. Jetzt stiegen sie die Treppen zum dritten Obergeschoß hoch. Auch dieses Wohnhaus war verfallen, wie die meisten in dieser Gegend. Inzwischen hatte Odranek Trattoni erklärt, woran das lag. »Das durchschnittliche Monatseinkommen beträgt in Tschechien etwa 600 Euro. Wenn die Mieten der meisten Wohnungen nicht staatlich kontrolliert würden, könnten die meisten Tschechen in Prag nicht mehr leben. Von niedrigen Mieten kann kein Hauswirt Reparaturen bezahlen. Wenn eine Wohnung frei wird, vermietet man sie deshalb am liebsten an Ausländer.«

»Bei uns ist es so ähnlich«, hatte Trattoni geantwortet. »Kapitalismus und Globalisierung. Unseren Kindern wird es später wesentlich schlechter gehen als uns.«

Jetzt atmete er schwer und legte auf jedem Treppenabsatz eine kleine Pause ein. »Hast du Kinder?« fragte er unvermittelt.

»Einen verheirateten Sohn von 30 Jahren. Karel hat sich mit einem Maklerbüro selbständig gemacht und verdient fast doppelt so viel wie ich.« Er lachte kurz. »Wie du gesagt hast. Kapitalismus und Globalisierung.«

Sie brachten die restlichen Stufen hinter sich. Odranek läutete an der Tür einer der beiden Wohnungen, die so schnell von einer Frau geöffnet wurde, als hätte sie hinter der Tür gewartet. Sie – die Frau, nicht die Tür – war etwa 35 Jahre alt, dunkelblond, schlank, dezent geschminkt und hatte einen ziemlich kurzen Rock und eine weiße Bluse an.

Sie gab beiden Männern die Hand, führte sie in ein überheiztes Wohnzimmer, das mit alten Möbeln sparsam eingerichtet war. Hinter einem niedrigen Couchtisch ein Sofa, auf dem eine Wolldecke lag. Neben dem Tisch zwei klobige Polstersessel. An einer Wand ein Bücherschrank, eine Anrichte und an der Wand gegenüber ein Klavier, auf dem ein Stapel Noten lag. In einer Ecke thronte ein Kachelofen, vor dem aus einem Eimer Braunkohle eine Schaufel und ein Schüreisen ragten. Gemälde gab es in diesem Zimmer nicht. Nur mehrere Fotos hingen an den Wänden, liebevoll eingerahmte Vergrößerungen in schwarz-weiß.

Jana Tomaschekova deutete auf ein Sofa und einen Sessel und sagte etwas auf Tschechisch zu Odranek. Der Kommissar zog seinen Mantel aus und legte ihn auf das Sofa, während die Frau aus dem Zimmer ging.

»Spricht sie kein Englisch?« fragte Trattoni, während er Hut und Mantel daneben legte und sich den Schweiß von der Stirn wischte. Die Hitze war unerträglich.

»Nur so viel, wie sie im Kaufhaus braucht. Ich werde für dich dolmetschen müssen.«

»Auf diese Weise erfahren wir nicht viel. Aber wenn wir schon einmal hier sind...« Er holte das Foto Jiri Tomascheks aus seiner Brieftasche, reichte es dem tschechischen Kommissar und griff nach seinem Notizbuch. »Ich muß wissen, ob dieser Mann tatsächlich ihr Ehemann Jiri Tomaschek ist. Die genauen Umstände seines Todes braucht sie noch nicht zu erfahren. Sag' ihr nur, daß er ertrunken ist. Erkundige dich nach seinem Beruf und dem Grund seiner Reise nach Venedig. Und wir müssen wissen, ob er hier oder in Venedig Feinde hatte.«

Odranek holte eine in dunkelblaues Kunstleder gebundene Kladde aus seiner Aktenmappe. »Hör auf damit, Adriano! Das ist nicht meine erste Vernehmung.«

»Und ihr Alibi brauche ich. Es ist durchaus möglich, daß sie auch in Venedig war. In dieser Phase der Ermittlungen ist für mich jeder ein möglicher Täter.«

»Hoffentlich nicht auch ich«, sagte Odranek gerade, als Jana Tomaschekowa eine große Kaffeekanne und drei Tassen auf den Tisch stellte. Die Frau setzte sich, zündete sich eine Zigarette an und redete mit Kommissar Odranek. Trattoni fühlte sich immer unbehaglicher. »Nun übersetz doch endlich was für mich!«

»Selbstverständlich«, sagte Odranek. »Sie hat sich erkundigt, ob du den Caffè mit Milch und Zucker trinkst.«

»Mit Sahne und Süßstoff«, sagte Trattoni. »Aber das ist jetzt nicht so wichtig.« Die Ruhe, mit der Jana Tomaschekova Caffè aus der Kanne in die Tassen goß, die Gelassenheit, mit der sie das Foto des Toten eine Weile betrachtete, bevor sie es Odranek zurückgab, machten den Commissario von Minute zu Minute nervöser. Es erschien ihm unbegreiflich, daß sich so eine Frau verhalten konnte, deren Ehemann vor wenigen Tagen umgekommen war. Das geschah aber nicht selten. Er wußte, daß gerade wenn ein Mensch starb, der von seinen Angehörigen sehr geliebt worden war, die Hinterbliebenen ihre Trauer oft nicht zur Schau stellten. Manche Ehefrauen, die ihren Mann nach Strich und Faden betrogen hatten, verhielten sich bei seiner Beerdigung dagegen oft so, als wollten sie seinem Sarg in das offene Grab folgen.

Kommissar Odranek fing an, mit Jana Tomaschekova zu plaudern, holte seinen Kugelschreiber aus der Tasche, machte sich Notizen, übersetzte jedoch nicht alles. Wenn er hin und wieder Englisch sprach, fühlte sich Trattoni wie ein Hund, dem man freundlicherweise einen Brocken zuwirft: »Seit drei Jahren nur noch eine Josephs-Ehe... keine Kinder... nur wegen der Wohnungsnot noch nicht geschieden... getrennte Schlafzimmer... häufiger Wechsel der Arbeitsstelle... zuletzt seit vier Wochen Aushilfsbibliothekar im Kloster Strahov... Nebentätigkeit als Klavierlehrer... Nur wenige Schüler... Ständig Geldmangel... Beide Eltern verstorben... keine Geschwister...«

Trattoni fiel es von Minute zu Minute schwerer, seine Wut zu unterdrücken. »Und was hat er in Venedig gewollt? Um diese Jahreszeit kommen solche Leute nicht zu uns.«

Odranek sah ihn verärgert an, redete wieder mit der Witwe und übersetzte diesmal sogar einen vollständigen Satz. »Er soll gehört haben, daß in Venedig eine Stelle an der Musikhochschule frei wird, und wollte sich dort bewerben.«

»Ziemlich unwahrscheinlich«, sagte Trattoni. »Und was ist mit den Freimaurern? Gehörte er dazu?«

Der tschechische Kommissar sprach wieder mit ihr – sie zuckte mit den Schultern. Odranek übersetzte: »Er hat sich vor vier Jahren in die Loge aufnehmen lassen, weil er auf Protektion hoffte. Aber als die ausblieb... Nach ein paar Monaten ist er nicht mehr hingegangen.«

Trattoni nickte zufrieden. »So was habe ich von Anfang an vermutet. Die Freimaurer haben ihn bestimmt nicht umgebracht.« Er zögerte. »Erkundige dich, ob sie ihren Mann überführen lassen möchte. Wenn er bei uns beerdigt werden soll, kümmert sich das tschechische Konsulat darum.« Er blätterte in seinem kleinen grünen Buch und überflog seine Notizen. »Hast du sie gefragt, wo sie sich während des Mordes aufgehalten hat?«

»Tagsüber im Kaufhaus, und am Abend war sie mit einer Freundin im Nationaltheater. Smetanas *Die verkaufte Braut* wird bei uns ständig aufgeführt.«

Trattoni stand auf, steckte das Notizbuch in die Tasche, setzte sich seinen Hut auf und legte sich den Mantel über den Arm. »Sei so freundlich und laß ihr Alibi nachprüfen. Ich halte es in diesem Backofen nicht länger aus.«

»Ich auch nicht«, antwortete der Tscheche. Die beiden Männer verabschiedeten sich hastig. Im Treppenhaus zogen sie ihren Mantel an. Trattoni setzte den Hut auf, und als sie aus dem Haus traten, fielen wieder große Schneeflocken vom Himmel.

»Hast du sie wenigstens gefragt, ob ihr Mann tatsächlich zehn Jahre in Venedig gewohnt hat? Wovon hat er in dieser Zeit gelebt? Wo hat er gearbeitet? Hat er Feinde bei uns oder hier in Prag?«

Odranek zuckte mit den Schultern. »Über seine Zeit im Ausland hat er angeblich nie mit ihr gesprochen. Sie weiß nur, daß er lange in Italien war. Habt ihr keine Ausländerbehörde?«

Trattoni bemerkte, daß sein Blutzucker stieg. »Haben wir. Aber dort werden die Computer alle drei Jahre ausgetauscht. Und wenn dieser Tomanowski wieder in seine Heimat zurückgekehrt ist... Vermutlich war mein Ispettore zu faul, um in den alten Akten nach ihm zu suchen.«

»Tomaschek heißt der Mann«, sagte Odranek. »Nicht Tomanowski. Willst du schon ins Hotel oder noch einen Schluck mit mir trinken?«

»Das wollte ich auch gerade vorschlagen. Ich habe seit heute Morgen nichts Richtiges mehr gegessen. Und der Caffè, den uns diese Frau gekocht hat... Scheußlich! Wenn Giulia mir so was hinstellen würde, wäre das ein Scheidungsgrund.«

Kommissar Odranek zuckte mit den Schultern. »Dazu kann ich nicht viel sagen. Ich trinke lieber Bier. Wenn du in Prag einen wirklich guten Espresso oder Cappuccino trinken willst, mußt du ins Kaffeehaus gehen. Dort gibt es fast überall nur noch italienische Kaffeemaschinen, und seitdem ist eine Tasse Caffè hier fast doppelt so teuer. Nur die Löhne sind leider nicht entsprechend gestiegen.«

»Kann ich mir denken«, sagte Commissario Trattoni. »Die Globalisierung ist nur gut für die internationalen Konzerne. Aber wir sollten nicht über die sozialen Verhältnisse reden. Ich bin nicht Per Wahlöö und du nicht Frau Sjöwall.«

Es dauerte keine zehn Minuten, bis sie den Stadteil Smichov verlassen hatten und wieder die Moldau erreichten. Als sie über die Legionärsbrücke gingen, hörte es für einen Augenblick auf zu schneien. Jetzt sah Trattoni, daß die Gebäudefassaden auf dem weit entfernten Hradschin und der dahinter aufragende St. Veits-Dom von Scheinwerfern angestrahlt wurden. Er blieb stehen, stützte sich auf das steinerne Brückengeländer, aber nur weil ihm die Knie wehtaten, doch Odranek nahm an, er wolle die Aussicht genießen und begann, ihm einen Vortrag über die Sehenswürdigkeiten Prags zu halten. Am bedeutendsten sei eindeutig der Hradschin. Jener Hügel, von dem aus 1000 Jahre lang das Reich regiert wurde.

Trattoni wollte nicht unhöflich sein und hörte Odranek geduldig zu, solange er von Kaisern und Königen redete, von Bischöfen, Trischöfen sowie Erzbischöfen. Vom Astronomen Johannes Kepler, der in Prag nicht nur entdeckte, daß die Planeten um die Sonne kreisen, sondern in seinem Nebenberuf als Astrologe sogar die Ermordung Wallensteins vorausgesagt hatte.

Erst als der tschechische Kommissar seinem italienischen Kollegen vorschlug, am nächsten Tag gemeinsam die Burg und andere historische Stätten zu besichtigen, schnitt Trattoni ihm mit einer kurzen Handbewegung das Wort ab und machte ein Gesicht, als hätte er Zahnschmerzen. »Bitte erspare mir das, Milan! Sonst lade ich dich nach Venedig ein und zeige dir eine Woche lang jeden Palazzo, jede Kirche und zur Krönung deiner Reise noch den Dogenpalast, San Marco und den Ponte di Rialto. – Abgesehen davon, falls du es vergessen haben solltest, ich habe seit gestern Abend nichts mehr gegessen.«

»Vorhin hast du noch gesagt, seit heute Morgen.«

»Na und? Mein Frühstück heute war nicht der Rede wert.«

Die beiden Kommissare hatten das Ende der großen Brücke erreicht. Odranek machte ihn auf ein mächtiges, hell erleuchtetes Gebäude auf der anderen Straßenseite aufmerksam, auf dessen Dach Statuen Apollos und der neun Musen standen. Neben ihnen schienen, auf von jeweils drei Pferden gezogenen römischen Streitwagen, Siegesgöttinnen die Neustadt erobern zu wollen.

»Unser Nationaltheater«, sagte Odranek. Trattoni zögerte einen Augenblick, holte sein grünes Buch aus der Tasche und eilte über die Straße, um sich den Spielplan des Theaters anzusehen. Jana Tomaschekova hatte nicht gelogen. Die Aufführung von Smetanas *Verkaufte Braut* hatte tatsächlich stattgefunden, als ihr Mann, vermutlich während des Schlußaktes, ertränkt worden war.

War das ein Zufall oder eine jener unergründlichen Jungschen Synchronizitäten, auf die er bei seinen Ermittlungen oft stieß? Sollte dieser Mord etwas mit einer verkauften Braut zu tun haben?

Trattoni dachte noch darüber nach, als Kommissar Odranek ihn in das gegenübergelegenen Café Slavia führte, in dem – das erzählte er, während sie an der Garderobe den Mantel abgaben – bereits Franz Kafka mit Milena Jesenská gesessen habe. Sie hätten an einem der Tische gesessen und beide geweint. »An einem anderen Tisch wurde später der Prager Frühling vorbereitet. Danach, als die Russen hier einfielen, haben wir alle geweint. Und jetzt fallen hier die Touristen ein.«

»Bei uns auch. Aber die kommen wenigstens nicht in Panzern.« Das Kaffeehaus gefiel Trattoni auf Anhieb. Hier war es den Innenarchitekten gelungen, Elemente des Art Déco-Stils mit der zeitgenössischen Bistrokultur harmonisch zu verschmelzen. Die beiden Männer setzten sich auf ein schwarzes Ledersofa vor einem Marmortisch. Der Kellner brachte die Speisekarte, und Trattoni atmete auf. Endlich mal etwas anderes als Schweinefleisch! Er bestellte sich eine französische Zwiebelsuppe, danach eine Schüssel Hühnerfrikassee, sowie – als Nachtisch – eine Portion Tiramisù, zu der er zwei Cappuccini trank.

»Sag mal«, fragte er plötzlich. »Was ist das dort drüben für ein Bild? Die grüne Frau sieht aus wie ein

Phantom und scheint in der Luft zu schweben. Hat das eine besondere Bedeutung?«

Odranek lachte. »Die meisten Frauen sind Phantome. Aber diese grüne Fee besucht einen nur, wenn man zu viel Absinth getrunken hat. Mir schmeckt er nicht, aber hier ist er ein Kultgetränk. Er war lange verboten, und jetzt darf er wieder verkauft werden. Da stürzen sich viele drauf.«

Er winkte den Kellner an den Tisch. »Für den Herrn einen *Songe Vert* und für mich noch ein Pils.«

Es dauerte nicht lange, bis die Getränke vor ihnen standen und Kommissar Odranek das alte Ritual für seinen Kollegen zelebrieren konnte. Er legte ein Stück Würfelzucker auf einen Löffel mit mehreren Löchern, beträufelte ihn mit Absinth, zündete den Zucker an und hielt den Löffel über das Glas. Als die kleine Flamme erloschen war, goß er langsam das Wasser aus der Karaffe über den Zucker, und schob das Getränk über den Tisch.

»*Na zdravi*«, sagte er und griff nach seinem Bierglas. »Ich mag das Gesöff zwar nicht, aber über Geschmack läßt sich bekanntlich streiten.« Trattoni trank vorsichtig zuerst nur einen kleinen Schluck, bemerkte sofort im bitteren Wermut eine feine Spur Anis, die ihn an Sambuca denken ließ. Er griff nach seinem Notizbuch, blätterte darin, und seine Erinnerung bestätigte sich, als er las, daß er am Tatort eine Sambucaflasche sichergestellt hatte. Er trank das Glas aus.

»Nicht übel. Ich trinke noch einen.« Odranek sah ihn erstaunt an. »Meinetwegen. Aber danach mußt du unbedingt ein drittes Glas trinken.«

»Weshalb?«

»Weil man nach dem zweiten Glas unheimliche Dinge sieht und erst nach dem dritten in eine wunderbare Welt versetzt wird, die man nie wieder verlassen möchte.«

Trattoni sah ihn skeptisch an. »Hast du das etwa herausgefunden?«

»Ich nicht«, sagte Kommissar Odranek. »Aber Oscar Wilde.« Er winkte erneut den Kellner an den Tisch. »Für den Herrn noch einen Absinth und für mich noch ein Urquell.«

9.

Er beobachtete einen riesengroßen Mann, der eine Leiche in einen Teppich wickelte, sich die Teppichrolle mühelos auf die linke Schulter hob und mit ihr durch das nächtliche Prag zu einem breiten Fluß lief, wo er der Leiche ein Seil um den Hals knotete und sie an das Geländer der Brücke hängte. »Polizia«, rief Trattoni. Er suchte in sämtlichen Taschen seine Pistole, bis ihm einfiel, daß man ihm die in Milano weggenommen hatte. Der Riese richtete sich auf, kam mit ungeschickten großen, stampfenden Schritten auf ihn zu. Trattoni wollte wegrennen, doch seine Beine waren wie taub. Der Mann kam immer näher, war ihm bald so nahe, daß er seine rasselnden Atemzüge hören konnte. Er sah ihm ins ausdruckslose Gesicht und blickte, im kalten Licht des Mondes, in tote Augen. Der riesige Mann streckte beide Hände nach ihm aus. Schlitzte mit einem langen Messer Trattonis Koffer auf. Hielt ihn am Mantel fest. Die Hand mit dem Messer näherte sich Trattonis Kehle, und der Commissario stieß einen gellenden Schrei aus, der im trüben Wasser der Moldau langsam versank.

Adriano Trattoni lag in seinem unbequemen Hotelbett und schrie. Er schrie noch, als er aufwachte und bemerkte, daß ein drückender Schmerz in seinem Kopf pulsierte. Es kam ihm vor, als schlüge ihm jemand mit einem großen Hammer auf die Schädeldecke.

Es dauerte eine Weile, bis er die Augen öffnete und erschrak, als er bemerkte, daß er nicht in seinem Bett lag. Er schaute sich verwirrt im Zimmer um, bis ihn endlich sein aufgeschlitzter Koffer daran erinnerte, daß er sich in Prag befand. Er tastete nach seiner Armbanduhr, die er wie immer auf den Nachttisch gelegt hatte, und als er sah, daß es schon fast zehn Uhr war, stand er auf. Er holte seinen Rasierapparat aus dem Koffer, legte eine neue Tandemklinge ein und ging mit unsicheren Schritten ins Badezimmer.

Seinen Rasierpinsel und die Rasiercreme hatte er zu Hause vergessen, aber derlei passierte ihm nicht selten, und er wußte sich meistens zu helfen. Er griff nach dem winzigen Stück Seife, das auf der Konsole über dem Waschbecken lag, ließ heißes Wasser darüber laufen, seifte sich das Gesicht ein, und schabte sich die Bartstoppeln von der Haut.

Als er wenig später aus der Duschkabine kam, fühlte er sich schon ein bißchen besser; wer immer auf seinen Kopf hämmerte – er oder sie hatte den schweren großen Hammer durch einen erheblich leichteren und kleineren ersetzt.

Er ging ins Zimmer zurück und legte den Rasierapparat in den Koffer, riß das Klebeband ab und warf es in den Papierkorb. Ich muß mir vor der Rückreise unbedingt einen anderen Koffer besorgen, dachte er. Wenn Giulia erfährt, daß ich eine Pistole nach Prag mitnehmen wollte, hängt eine Woche der Haussegen schief.

Sie mochte es nicht, daß er eine Waffe trug, und sie mit in die Wohnung bringen – das hatte er ihr vor der Heirat versprechen müssen – durfte er überhaupt nicht. Wenn sie später Kinder hätten, hatte sie gesagt, wäre das viel zu gefährlich. Er hatte ihr ohne zu zögern zugestimmt. In Venedig brauchte ein Kriminalbeamter keine Pistole.

Vielleicht hätte Giulia trotzdem keinen Polizisten heiraten dürfen, dachte er jetzt, während er zur Hotelrezeption ging und darum bat, seinen Koffer bis zum Nachmittag für ihn aufzubewahren. Männer mit anderen Berufen führten ein ruhigeres Leben.

Der Angestellte am Empfang gab ihm einen Gepäckschein, und brachte den Koffer in sein Büro. »Wollen Sie nicht noch frühstücken? Unser Restaurant ist auf der ersten Etage.«

»Sehr liebenswürdig«, antwortete Trattoni, und, er wunderte sich selbst darüber, danach, was er seit Monaten nicht gesagt hatte: »Sehr freundlich von Ihnen. Aber ich habe keinen Hunger.«

Er trank nur ein Glas Wasser. Als er wenig später aus dem Hotel trat, sah er, daß es während der Nacht wieder lange geschneit hatte. Auf der Straße lag ebenso eine dicke Schneedecke wie auf den meisten Autos, die auf der anderen Seite Stoßstange an Stoßstange abgestellt waren. Aus einem der Autos stieg gerade ein Mann in einem eleganten schwarzen Mantel, einen Aktenkoffer in der Hand. Sobald er den Wagen abgeschlossen hatte, ging der Commissario zu ihm. »Können Sie mir sagen, wo ich hier in der Nähe einen Koffer kaufen kann?«

»*Nerozuměl jsem*«, antwortete der Mann, zögerte einen Moment, griff in die Tasche seiner dicken Jacke und reichte Trattoni einen Geldschein. Er hatte ihn offensichtlich falsch verstanden.

»Thank you«, sagte Trattoni automatisch, während er die 100 Kronen einsteckte. Der Mann zögerte einen Augenblick und ging auf die andere Straßenseite, wo Trattoni ihn aus den Augen verlor, als er die Moldau erreichte. Jetzt waren auf der Legionärsbrücke noch mehr Autos und Leute unterwegs als am Abend. Viele Männer wurden von einem, manche sogar von mehreren Hunden begleitet, die nicht angeleint waren und aufgeregt im Schnee herumtollten.

Er schaute zur Burg hoch und zu den Palästen am Westufer. Er ging wieder am Nationaltheater vorbei, und als er das Café Slavia sah, signalisierte ihm sein Magen plötzlich, daß er noch nicht gefrühstückt hatte.

Um diese Zeit saßen nicht nur meist ältere Touristen an den Tischen, sondern auch junge Leute, die Trattoni für Studenten hielt. Sie redeten leise miteinander oder saßen – in Venedig sah man das nur noch sehr selten – allein mit einer Tasse Caffè und einer Zigarette am Tisch und lasen ein Buch.

Trattoni trank zwei Cappuccini. Er verzehrte drei große Windbeutel und bezahlte die Rechnung, als er wieder auf die Straße trat, stutzte er. Auch wenn er gelegentlich einen Namen oder eine Adresse vergaß – an ein Gesicht, das er einmal gesehen hatte, erinnerte er sich noch nach vielen Jahren. Einer der Männer, die vor den Glaskästen des Nationaltheaters standen, war eindeutig der Mann im eleganten schwarzen Mantel von vorhin. Hatte er angenommen, Trattoni hätte noch kein Geld wechseln können?

Vielleicht will er heute Abend auch eine Oper hören, dachte Trattoni. Tschechen, das hatte ihm Odranek erzählt, konnten nicht genug bekommen von der Musik Dvořáks oder Smetanas. Viele waren sogar der Ansicht, daß Mozart versehentlich in der falschen Stadt zur Welt gekommen war.

Trattoni spazierte weiter die Nationalstraße entlang. Die hohen Gebäude aus der Gründerzeit waren zwar bei weitem nicht so eindrucksvoll wie die Palazzi am Canal Grande, aber sie gefielen ihm. Fast in jedem der alten Häuser gab es im Erdgeschoß ein Geschäft. Trattoni hielt nach einem Koffer Ausschau, doch in den meisten Läden wurde nur modische Kleidung angeboten. In einigen Schaufenstern lagen Bücher und Antiquitäten. Es dauerte nicht lange, bis er die Orientierung verloren hatte. Plötzlich hörte er leise Musik. Er lief in die Richtung, aus der sie zu kommen schien, bog neugierig um eine Häuserecke und sah eine Gruppe junger Männer, die in der Kleidung des 18. Jahrhunderts, in Kniebundhosen und mit weißen Perücken auf dem Kopf, vor dem Rathaus am Altstädter Ring musizierten. Er blieb stehen, hörte ihnen zu und bewunderte die 500 Jahre alte astronomische Uhr an der Rathausfassade, bis die Musiker Mozarts *Kleine Nachtmusik* zu spielen begannen. Enttäuscht warf er den Geldschein in ihre Schale, den ihm der fremde Tscheche geschenkt hatte, und entfernte sich. So sehr er klassische Musik liebte, wenn er dieses abgenutzte Stück hörte, wurde ihm jedesmal übel. Oder lag es diesmal an der Absinthfee?

Er ging durch schmale Straßen und enge Gassen, an Läden vorbei, in denen Böhmische Gläser angeboten wurden, Marionetten und T-Shirts mit albernem Aufdruck, über die er sich auch in Venedig ärgerte. Wie im Mittelalter würde er sich hier fühlen, wenn die Schaufenster ihn nicht ständig daran erinnert hätten, daß sich Prag – nicht zuletzt dank seiner einzigartigen Architektur – immer mehr zu einem historischen Disneyland entwickelte, in dem nur Mickey Mouse und Goofy fehlten. Die frische Luft tat ihm gut. Seine Kopfschmerzen waren verflogen, als er den Wenzelsplatz erreichte, und als er dort den Mann mit dem

Aktenkoffer an einem Kiosk eine Zeitung kaufen sah, begriff er, daß dieser Mann ihn verfolgte.

Wahrscheinlich ein Dieb, dachte er, der es auf Ausländer abgesehen hat und eine günstige Gelegenheit abwartet, bei der er mich berauben kann. Da hätte er sich allerdings das falsche Opfer ausgesucht. Trattoni ging jetzt schneller. Er drängte sich durch eine Gruppe lärmender Briten, die schon jetzt betrunken über den Wenzelsplatz torkelten. Er betrat die Lucerna-Passage, sah eine riesige moderne Skulptur – ein Pferd, das, den Kopf nach unten, an den Beinen aufgehängt unter der Glaskuppel hing und dessen Reiter auf dem Pferdebauch saß – und lief weiter, verließ die Passage durch eine Glastür auf der anderen Seite. Inzwischen fiel es ihm schwer zu atmen. Er ging langsamer, glaubte schon, er hätte seinen Verfolger abgeschüttelt, aber als er sich kurz umdrehte, sah er ihn und lief wieder schneller, bis er vor einem großen Kaufhaus stand. Das war die Rettung! Er betrat das Kaufhaus, fuhr mit einer Rolltreppe in die zweite Etage, betrat dort einen Lift, der ihn ins Untergeschoß brachte. Auch gut, dachte er, als er sah, daß er in die Kofferabteilung geraten war. Sein Verfolger hatte ihn vermutlich aus den Augen verloren. So konnte er in aller Ruhe nach einem neuen Koffer suchen und wunderte sich nur, wie wenig dafür verlangt wurde.

Mit dem Koffer in der Hand fuhr er im Lift wieder hinauf ins Erdgeschoß wo er – nein, nicht die grüne Absinthfee, sondern Jana Tomaschekova im weißen Kittel sah, die sich gerade mit einer Kundin unterhielt. Solche unerwarteten Begegnungen war er seit einiger Zeit gewöhnt. Er vermutete manchmal, einer Autorin in die Hände gefallen zu sein, die vor nichts zurückschreckt.

Als sein Verfolger in der Parfümerieabteilung auftauchte, schüttelte Trattoni mißbilligend den Kopf, verließ langsam das Kaufhaus, nahm den Hut ab und setzte sich in ein Taxi. »Zum Kinsky Garden.«

»Wie Sie wünschen«, sagte der Taxifahrer auf Englisch. Er ließ den Motor an und fuhr zuerst, nur um den Fahrpreis ein wenig zu erhöhen, eine Viertelstunde durch die Stadt. Trattoni holte sein kleines grünes Buch aus der Tasche und wurde von Minute zu Minute unzufriedener.

Die Vernehmung der Witwe Tomaschekova hatte ihn nicht viel weiter gebracht. Daß sich Jiri Tomaschek in Venedig um eine Dozentenstelle am Konservatorium bewerben wollte, glaubte er nicht. Ihr Mann mußte aus anderen Gründen in die Stadt gekommen sein. In diesem Moment regte sich Trattonis Trotz. Nachdem ihn der Taxifahrer vor dem Hotel abgesetzt hatte, bezahlte er dort seine Rechnung. Er packte den Inhalt des alten Koffers in den neuen und schob den wertlosen alten vor dem Hotel unter ein dort abgestelltes Auto. Danach ging er zielstrebig denselben Weg, den er am Vorabend mit Kommissar Odranek zurückgelegt hatte. Er betrat wieder das Haus, in dem die Witwe Tomaschekova wohnte, und ging, seinen Koffer in der Hand, so leise wie möglich die Treppen hinauf.

Sobald er vor der Wohnungstür angelangt war, vergewisserte er sich noch einmal, daß sich niemand im Treppenhaus befand, und zog sich den linken Schuh aus, dem er eine der beiden dünnen Stahleinlagen entnahm, die ihm der Orthopäde vor Jahren verordnet hatte. Diese Einlagen milderten nicht nur jene Schmerzen, die ihm seine Knick-, Spreiz- und Senkfüße verursachten, sondern mit ihrer Hilfe konnte er außerdem die meisten Wohnungstüren mühelos öffnen. Noch immer waren viele Leute zu bequem, hinter sich abzuschließen. Trattoni drückte mit der Einlage die Falle ins Schloß, und schlüpfte in die Wohnung.

Dort stellte er seinen Koffer auf den Couchtisch und warf Hut und Mantel auf das Sofa. Im Kachelofen brannte jetzt zwar kein Feuer, aber es war noch immer so warm im Salon, daß er ihn schnell verließ. Er ging zurück in den kleinen Korridor und öffnete dort zuerst die Tür einer kleinen Kammer, in der nur ein schmaler Kleiderschrank und ein Bett Platz hatten, vor dem, auf einem weichen Veloursvorleger, ein Paar rosa Plüschpantoffeln stand. Zweifellos das Zimmer der Witwe.

Im Raum daneben hatte, das sah Trattoni auf den ersten Blick, Jiri Tomaschek gewohnt. Über dem schmalen Bett Andy Warhols *Beethoven*. Auf dem Fußboden Notenhefte. An einem Nagel an der Wand neben dem Fenster ein verstaubter Strohhut; einer jener Hüte, die man im Sommer am Lido trug. Im Kleiderschrank zwischen drei Anzügen ein abgewetzter Frack. Der Commissario überzeugte sich, daß weder zwischen den Oberhemden noch zwischen der Wäsche etwas versteckt war. Er öffnete eine Schublade und stutzte, als er darin ein Paar weiße Stoffhandschuhe entdeckte, die ihm bekannt vorkamen. Solche Handschuhe hatten auch am Tatort im Waschbecken gelegen. Er griff nach einem Handschuh, wollte ihn über seine linke Hand streifen, doch er war ihm zu eng. In derselben Schublade fand er zwei kleine Umhängetaschen aus dünnem Stoff, die mit ihm unbekannten Symbolen bedruckt waren, und eine schmale weiße Schürze. Er versuchte, sich die Schürze um den Bauch zu binden, doch die Schürzenbänder waren zu kurz für ihn.

Vermutlich aus Tomascheks Freimaurerzeit, dachte er, während er die Utensilien in die Schublade zurücklegte. Die bringen mich auch nicht weiter.

Auf der Schreibfläche des Sekretärs lagen nur verstaubte Notenblätter, doch auch hier gab es Schubladen, die er hastig durchsuchte. Rechnungen und Stapel verstaubter Briefe in tschechischer Sprache. Er wollte die Schublade schon schließen, als ihm ein vergilbter Briefumschlag aus dickem Papier mit italienischer Briefmarke auffiel. Er öffnete ihn, zog die darin befindliche Karte heraus, und seine Hand fing an zu zittern. Eine Hochzeitsanzeige, in der die Eltern einer Bianca Ricci die Vermählung ihrer Tochter mit dem Kunsthistoriker Carlo Maletti bekanntgaben. Als Tag der Heirat wurde der 24. Mai 1995 genannt, und der Empfang aus Anlaß dieser Eheschließung hatte im Gritti Palace stattgefunden, einem der besten Hotels in Venedig. Endlich, dachte Trattoni. Endlich eine erste Spur. Und wenig später eine zweite: ein verblichenes Foto, auf dem eine junge blonde Frau von höchstens 25 Jahren abgebildet war, die mit einem Sektglas in der Hand an einem Tisch auf der Piazza saß.

Plötzlich glaubte Trattoni ein Geräusch in der Wohnung zu hören. Er steckte die Hochzeitsanzeige und das Foto hastig ein und legte gerade die alten Briefe in die Schublade zurück, als der Mann mit dem Aktenkoffer ins Zimmer kam. Trattoni wollte an ihm vorbei zur Tür, aber der Mann ergriff ihn am Arm, redete wütend in Tschechisch auf ihn ein und stieß ihn auf den Stuhl vor Tomascheks Schreibsekretär. Trattoni sprang auf, wollte seinen Dienstausweis aus der Tasche holen, doch der Tscheche schüttelte nur den Kopf und deutete schweigend auf den Stuhl. Ich muß Zeit gewinnen, dachte der Commissario. Wenn ich jetzt einen Fehler mache, ist alles vorbei.

Er sah sich unauffällig im Zimmer um, und als er die altmodische Stehlampe neben dem Sekretär sah, erinnerte er sich an Raymond Chandler, dessen Philip Marlowe in derselben Situation den Stecker der Lampe aus der Steckdose riß, was ihm das Leben gerettet hatte; sein Gegner, der mit einer Pistole vor ihm stand und ihn töten wollte, schoß daneben. So genial dieser Trick ist, dachte Trattoni, er funktioniert leider nicht bei Tageslicht.

Aber wahrscheinlich hatte sein Verfolger es nur auf Trattonis Wertsachen abgesehen. Er nahm seine Armbanduhr ab, stand auf und wollte seine Brieftasche aus der Jacke holen, um sie dem Tschechen freiwillig zu überreichen. Besser ein lebendiger Feigling als ein toter Held, dachte er, doch der Tscheche ergriff ihn am Handgelenk, riß ihm den Arm nach unten und deutete schweigend auf den Stuhl. Dann eben nicht, dachte der Commissario und setzte sich wieder. Wenigstens werden Giulia und die Kinder auch nach meinem Tode weiter gut versorgt, dachte er, aber mit dem Schlimmsten rechnete er nicht.

Als er Schritte in der Wohnung hörte, hielt er sie für die eines Komplizen des Mannes mit dem Aktenkoffer. Er sah erst auf, als er Odraneks Stimme erkannte. »Bist du wahnsinnig geworden, Adriano? Bei uns werden Wohnungen nicht mehr ohne richterliche Anordnung durchsucht.«

Odranek betrachtete ihn nachdenklich und schüttelte den Kopf. »Was hast du dir denn dabei gedacht? Hältst du uns für blöd? Die Taxifahrt hättest du dir sparen können! Im Hotel hat ein zweiter Kollege auf dich gewartet. Beide mit Funkgerät.«

Trattoni schaute ihn ungläubig an. »Sag bloß, du hast mich beschützen lassen? Hast du angenommen, mir könne hier was passieren?«

»Ich nicht. Das ist alles ohne mein Wissen passiert«, antwortete Odranek. »Dein Chef hat meinen angerufen, und der hat das angeordnet.«

Trattoni überlegte, was der Vice Questore mit diesem Anruf bezweckt hatte, als sein Verfolger auf Tschechisch mit Odranek sprach. Der Kommissar grinste. »Inspektor Travnik hätte gern die 100 Kronen zurück, die er dir heute Morgen geliehen hat. Und er fragt, ob du ein Mafioso bist.«

»Weder das eine noch das andere«, sagte der Commissario. Odranek übersetzte und wandte sich Trattoni zu. »Komm, ich bringe dich jetzt am besten zum Flughafen.«

Trattoni schüttelt den Kopf. »Frühestens in einer Stunde. Ich habe noch nichts für meine Frau und die Kinder gekauft.« Er ging ins Wohnzimmer, trat dem tschechischen Inspektor – versehentlich, nur versehentlich – kräftig auf den Fuß, zog sich den Mantel an und griff nach dem Hut und seinem Koffer. »Wenn ich ohne Karlsbader Oblaten nach Hause komme, gibt es Ärger mit meiner Frau. Ich muß unbedingt noch mal kurz in die Stadt.«

Dagegen hatte Kommissar Odranek nichts. Trattoni kaufte in einem der Souvenirgeschäfte vor der Karlsbrücke drei Weinkelche aus Böhmischem Glas für Giulia. Die Karlsbader Oblaten bekam er in einem Supermarkt, und als ihm in einem Schaufenster eine Pelzmütze auffiel, die ein kleiner roter Sowjetstern schmückte, dachte er an Luciana und kaufte auch die Mütze.

Stefano bereitete ihm bei solchen Gelegenheiten die wenigsten Probleme; der wußte jedes Geschenk zu schätzen – sofern es aus einem möglichst großen Geldschein bestand.

Diesmal hielt Odranek einen Vortrag über die mehr als 500 Jahre alte Karlsbrücke. Trattoni hörte nur zu, weil er nicht unhöflich sein wollte. Er begleitete ihn auf die Brücke. Er ließ sich die großen Skulpturen der Heiligen zeigen, deren bedeutendster eindeutig der Heilige Nepomuk sei. Er hörte zu, während er sich seinen Fall durch den Kopf gehen ließ.

Er hielt es für unwahrscheinlich, daß die junge Venezianerin, die den Kunsthistoriker geheiratet hatte, nur eine Schülerin Tomascheks war. Deren Hochzeitsanzeige hätte er kaum zehn Jahre aufbewahrt. Sie wird seine Geliebte gewesen sein, dachte er. Mit dieser Frau muß ich mich morgen als erstes unterhalten. Jana Tomaschekova schied als mögliche Täterin aus. Odranek hatte sich im Kaufhaus nach ihr erkundigt. Sie war weder zu spät zur Arbeit gekommen noch hatte sie die Kosmetikabteilung vorzeitig verlassen.

Es fing wieder an zu schneien. Die Postkartenhändler legten hastig Plastikfolien über ihre Waren. Trattoni ging schweigend neben dem Kommissar über die Brücke, und als ihm ein goldenes Kreuz auffiel, das im Geländer eingelassen war, strich er neugierig mit dem Zeigefinger über das eiskalte Metall.

Odranek riß ihn aus seinen Gedanken. »Du weißt hoffentlich, was du gerade gemacht hast. Wer dieses Kreuz anfaßt, kommt nach Prag zurück.«

10.

So sehr die große Stadt Trattoni beeindruckt hatte – als er am Ponte di Rialto aus dem Vaporetto stieg, war er froh, wieder zu Hause zu sein. Es war zwar auch hier kalt, und auf den schmalen Straßen lag noch Rauhreif, aber der Himmel war blau. Das Sonnenlicht kam ihm für einen Wintertag ungewöhnlich hell vor. Am meisten jedoch genoß er die Stille.

Auf dem Canal Grande hatte er noch den Lärm der Dieselmotoren gehört und die Schreie der Möwen. Jetzt vernahm er nur noch das Geräusch seiner Schritte. Ein Segen, daß es in Venedig keine Autos gibt, dachte er. Vielleicht ist es das beste an unserer kleinen Stadt.

Er ging langsam und vorsichtig die Calle Martinengo entlang und erreichte erst nach einer Viertelstunde den Campo Santa Maria Formosa. Dort trank er sonst meistens einen Caffè. Heute aber wollte er so schnell wie möglich die Pistole loswerden und ging an der Bar vorbei.

Zum Glück hatte Giulia nicht bemerkt, daß er die Waffe in die Manteltasche gesteckt hatte, bevor er seinen neuen Koffer auf dem Küchentisch geöffnet hatte. Die Kelche aus Böhmischem Glas gefielen seiner Frau nicht. Glas aus Murano sei eindeutig schöner. Doch Luciana hatte sich die Pelzmütze sofort über ihre langen hellblonden Haare gestülpt und sich stolz im Spiegel neben der Flurgarderobe bewundert.

»Mit dem Sowjetstern an der Mütze läufst du mir aber hier nicht herum«, hatte Giulia gesagt. »Sonst halten dich die Idioten von der *Lega Nord* für eine Kommunistin und verprügeln dich.«

Jetzt näherte sich der Commissario der Questura, und wie immer salutierte der Wachhabende vor dem Portal. Trattoni nickte und ging die Treppe hinauf zu seinem Büro, wo er zuerst seine Waffe in die unterste Schublade des Schreibtischs legte und sich von Hut und Mantel befreite. Als er sich an den Schreibtisch setzte, fiel ihm ein Stapel Noten auf. Er überlegte noch, was es damit auf sich hatte, als Sergente Vitello mit den Totenscheinen ins Zimmer kam und sie auf die Partitur legte.

»Hat sich Ihre Reise nach Prag gelohnt, Commissario?« fragte er. »Antonella möchte unbedingt dort einkaufen, aber ich sitze nicht gern im Flugzeug.«

»Ich auch nicht«, sagte Trattoni und drückte Vitello die Hochzeitsanzeige in die Hand. »Stellen Sie fest, ob die beiden noch verheiratet sind und wo sie wohnen. Vermutlich wurde der Tscheche aus Eifersucht umgebracht.«

Sergente Vitello warf einen Blick auf die vergilbte Karte und sah seinen Vorgesetzten erstaunt an. »Kennen Sie die Antiquitätenhandlung Maletti in San Marco nicht, Commissario? Dort wurde schon zweimal eingebrochen.«

»Natürlich kenne ich das Geschäft. Ich möchte wissen, wo diese Leute wohnen. Und stellen Sie bitte fest, ob der Tscheche mit dem Flugzeug angereist ist. Ich habe mit seiner Frau gesprochen. Ein Auto hatte er nicht.«

»Dann muß er per Anhalter oder mit der Eisenbahn gekommen sein. Bei der Alitalia steht er nicht im Computer, und die Tschechen fliegen Venedig im Winter nicht an.«

Der Commissario war zufrieden. »Sehr gut! Wenigstens auf Sie kann ich mich verlassen. Ich möchte gern wissen, wo der Tomaschek bis vor zehn Jahren gewohnt hat.«

Der Sergente sah Trattoni erstaunt an. »Wieso? War der schon vorher mal hier?«

Der Commissario merkte, daß sein Blutdruck stieg. »Zehn Jahre lang als politischer Flüchtling! Wie ein Idiot habe ich mich in Prag gefühlt, als mir der tschechische Kollege das aus seiner Akte über Tomaschek vorgelesen hat. Vielleicht ist Tomaschek nach Venedig gekommen, um eine alte Rechnung zu begleichen. Ich brauche so schnell wie möglich seine Akte von der Ausländerbehörde.«

Vitello salutierte und verließ eilig das Zimmer. Trattoni nahm die Wasserflasche vom Aktenschrank, trank sie halb leer und rief Flaviano an. »Sie haben leider mal wieder flüchtig gearbeitet, Ispettore. Der tote Tscheche hat bis vor zehn Jahren in Venedig gelebt. Wissen Sie etwa nicht, daß es im *Ufficio Stranieri* außer den Computern auch noch alte Akten gibt?«

Flaviano versuchte, sich zu entschuldigen, doch Trattoni ließ ihn nicht ausreden. »In unserem Beruf kommt es nur auf Resultate an. Erkundigen Sie sich bei der Musikhochschule, ob man dort unseren toten Tschechen kennt. Er soll sich dort angeblich um eine Stelle beworben haben, aber das glaube ich nicht. Und Sie gehen dort persönlich hin! Sonst lasse ich Ihr Telefon abschalten!«

Er knallte den Telefonhörer auf die Gabel, griff nach Hut und Mantel und ging die Treppen hinunter zur

Wache, wo er sich an einen der Bootsführer wandte. »Bringen Sie mich zur Piazza. Um diese Zeit ist das Pflaster noch spiegelglatt. Ich möchte mir nicht das Genick brechen.«

Der Bootsführer drückte seine Zigarette aus und setzte seine Mütze auf. »*Come desidera,* Commissario. Fährt Vitello mit?«

»Diesmal nicht«, antwortete Trattoni. »Heute werden wir noch niemanden verhaften können.« Er folgte dem Bootsführer zum Landesteg und in die Barkasse. Das Boot mit der italienischen Flagge am Heck legte ab, fuhr auf dem Rio dei Greci zum Canale di San Marco, am Dogenpalast vorbei zur Anlegestelle Vallaresso. »Sie brauchen nicht auf mich zu warten«, sagte Trattoni. »Falls ich ein Boot benötige, rufe ich an.« Er stieg aus, ging langsam durch zwei enge Gassen zur Piazza. Hier standen zwar heute keine Stühle vor den Kaffeehäusern, aber die Andenkenverkäufer hatten trotzdem keinen Grund, sich zu beklagen. Die Touristen scheuten weder Wind noch Wetter. Regen und Schnee hielt sie ebenso wenig von Venedig fern wie die drückende Hitze des Sommers. Der Commissario hatte sich längst damit abgefunden; sie waren, wie die unzähligen Tauben auf der Piazza, ein unvermeidliches Übel.

Er ging am Museum Correr und den Arkadengängen der Procuratie Vecchi vorbei zur Merceria del Capitello, wo er den Laden der Eheleute Maletti auf Anhieb fand. Durch das leicht grau getönte Glas der Schaufenster konnte man in den Laden blicken, in dem eine junge Frau Mitte 30 mit zwei Kunden redete, die er für Amerikaner hielt. Eine Weile betrachtete er die Möbel in den Schaufenstern. Sessel mit Brokatbezug und geschwungenen, goldfarbigen Füßen. Vitrinen aus dunklem altem Holz. Kleine zweisitzige Sofas. Beistelltische mit Marmorplatten. Venezianische Spiegel im Goldrahmen. Prächtige Kronleuchter und alte Urnenvasen, Lampen mit Porzellanfuß und Seidenschirm. Hier wetteiferten teure Möbel und Kunstgegenstände aus dem *Quattrocento* mit jenen aus dem *Cinquecento*. Sachliche klassizistische Leuchter standen neben verspielten Art déco-Schränkchen. Der Commissario war jedesmal verblüfft, wenn ihm Giulia berichtete, wie viel Touristen dafür zu zahlen bereit waren.

Was ihn betraf, so hatte er die Vielfalt der Möbelstile erheblich vereinfacht. Was älter war als 100 Jahre, bezeichnete er grundsätzlich als Barock. Was jünger war, hielt er entweder für Art déco oder Bauhaus. Er kannte sich zwar – dank Giulias Galerie – einigermaßen in der Bildenden Kunst aus, aber für Antiquitäten interessierte er sich nicht. Im Gegensatz zu den Möbeln in seiner Wohnung, die Giulia von ihren Großeltern geerbt hatte, gab es in den Antiquitätengeschäften nur wenige echte Stücke. Das meiste, was hier angeboten wurde, stammte aus Thailand und war, so mußte man es wohl nennen, gefälscht.

Es dauerte eine Weile, bis die junge Frau das Ehepaar zur Tür begleitet hatte. Trattoni ging in das Geschäft, und als sie sich ihm freundlich zuwandte, erinnerte er sich an das Foto, das er in Prag gefunden hatte. Obwohl das Bild mehr als zehn Jahre alt war, erkannte er sie sofort. Sie hatte noch dasselbe volle blonde Haar und lächelte genauso spöttisch wie auf dem Foto. »Buon giorno, Commissario! Sie wollen vermutlich weder wertlosen alten Plunder verkaufen noch ein erlesenes altes Stück erwerben.«

»Weder das eine noch das andere. Signora Maletti? Ich brauche einige Auskünfte von Ihnen.«

Die schlanke Frau erschien kaum überrascht. »Das dachte ich mir. Ich habe Sie schon gestern oder vorgestern erwartet. Darf ich Ihnen den Mantel abnehmen? Wir unterhalten uns am besten in meinem Büro. Trattoni befreite sich von Hut und Mantel und folgte der jungen Frau in einen kleinen Raum, von dem man – durch einen Einwegspiegel – den Verkaufsraum überblicken konnte.

Auch im Büro auf dem glatten Fayencefußboden antike Möbel. In zwei Rollschränken Ordner, in denen – so vermutete Trattoni – Geschäftskorrespondenz aufbewahrt wurde. In einem Bücherschrank zahllose Kataloge und Zeitschriften, auf deren Titelseiten alte Sessel, Sofas, Kommoden und Schränke abgebildet waren.

Trattoni wollte sich in einen Barocksessel setzen, doch sie stellte sich schützend davor. »Bitte nicht in diesen *Louis*, Commissario. Der bricht unter Ihrem Gewicht zusammen.«

Sie lächelte noch immer, deutete auf einen der vier modernen Stühle, die um den Tisch aus Marmor herumstanden. »Einen Caffè, Commissario?«

»Danke. Ich habe gerade in der Questura einen getrunken.« Er zögerte. »Aber ein kleiner Likör wäre nicht schlecht.«

»Der täte mir jetzt auch ganz gut.« Sie ging zu einem Barschrank, stellte eine Flasche Sambuca und zwei Likörgläser auf den Tisch. »Sie kommen wegen Jiri Tomaschek, Commissario?«

Trattoni nickte. »Sie lesen vermutlich den *Gazzettino*. Wir suchen diesen Mann.«

Sie schraubte den Verschluß der Likörflasche auf, füllte zwei Gläser und strich sich eine Haarsträhne aus dem Gesicht. Alfred Hitchcock hätte seine Freude an ihr gehabt. Sie war so blond wie Tipi Hedren, Kim Novak und Grace Kelly.

»Dann sollten Sie sich mal im *Fatebenefratelli* umsehen«, sagte sie. »Wenn ich mich nicht irre, liegt er dort in der Leichenkammer. Dottoressa Brambilla ist eine meiner besten Freundinnen. Sie wissen doch, Commissario: In Venedig spricht sich alles schnell herum. Kommen wir also zur Sache. Signor Tomaschek war mein Klavierlehrer, aber ich habe ihn seit mindestens zehn Jahren nicht mehr gesehen. Kann ich Ihnen sonst noch behilflich sein?«

Trattoni hatte sein grünes Buch in der Hand. »Sehr liebenswürdig. Ich habe leider meinen Bleistift im Büro vergessen.«

Signora Maletti stand auf, nahm einen Füllfederhalter vom Schreibtisch, und als sie ihn Trattoni in die Hand gab, roch er ihr feines Parfüm. *Giorgio*, dachte er. Oder *Cartier.* Oder sollte es inzwischen auch Parfümes von *Prada* geben? Auf alle Fälle mußten ihr raffiniert gestyltes, enges lindgrünes Kostüm aus schwerer Seide und ihre halbhohen Pumps aus diesem Haus stammen.

»Danke«, sagte er. »Signor Tomaschek hat Sie während seines Aufenthaltes hier nicht besucht? Etwas ungewöhnlich, meinen Sie nicht auch?«

»Hat er leider nicht. Vielleicht hat ihn das Schicksal dafür bestraft. Aber jetzt mal im Ernst, Commissario! Signor Tomaschek war ein halbes Jahr mein Klavierlehrer, und ich bin seit Jahren verheiratet. Wenn er jede seiner Schülerinnen besucht hätte, wäre er mindestens zwei Monate beschäftigt gewesen.«

Trattoni trank einen Schluck. Der Anislikör war ihm wie immer zu süß. »Haben Sie zufällig Kaffeebohnen? Meine Frau sagt immer, ohne die ist Sambuca nur der halbe Genuß.«

Sie stellte eine blaue Glasschale mit Kaffeebohnen auf den Tisch. »Haben Sie sonst noch Fragen?«

»Nur noch eine. Ich wüßte gern, wo sich Ihr Gatte in der Nacht zwischen Sonntag und Montag aufgehalten hat.«

Sie trank aus ihrem Likörglas. »Carlo war auf einer Antiquitätenmesse in Milano. Ich habe ihn am Samstag zum Flughafen begleitet.«

»Und wo waren Sie in der Nacht von Sonntag auf Montag?«

»Die meiste Zeit zu Hause. Ich habe mir im Fernsehen noch Viscontis *Tod in Venedig* angesehen und bin dann ins Bett gegangen. Wie es sich für eine anständige Frau gehört, deren Mann verreist ist. Oder macht das Ihre Gattin etwa anders?«

»Keineswegs«, sagte Trattoni. Er notierte sich die Anschrift der Privatwohnung des Ehepaares. »Ist Ihr Mann aus Milano zurück?«

»Seit gestern. Aber wenn Sie mit ihm sprechen möchten, müssen Sie sich bis morgen gedulden. Carlo ist zu einem Kunden nach Florenz gefahren. Vor Mitternacht ist er nicht zurück.«

»Schön für Sie«, sagte Trattoni. »Dann komme ich morgen zwischen zehn und elf noch mal in Ihr Geschäft.«

»Besser zwischen elf und zwölf. Im Winter schließen wir das Geschäft mittags für zwei Stunden. Entschuldigen Sie mich bitte einen Moment.«

Erst jetzt bemerkte der Commissario, daß ein Kunde in den Laden gekommen war. Durch den großen Einwegspiegel sah er, daß Signora Maletti mit ihm redete. Er wischte sein Notizbuch an der Hose ab und legte es vor sich auf den Tisch. Dann kam die Signora zurück. »Er hat gefragt, ob es hier in der Nähe einen Supermarkt gibt. Sieht unser Geschäft etwa wie ein Informationsbüro aus?«

Trattoni stand auf. »Also dann bis morgen. Sie haben Zeit genug, Ihren Mann auf meinen Besuch vorzubereiten.«

Sie strich ihren Rock glatt. »Das habe ich längst getan. Carlo hebt bei jeder Geschäftsreise alle Quittungen für die Steuererklärung auf. Aber ich kann Sie leider nicht mit einem Alibi beglücken. Könnte das etwa Ihre Frau, wenn Sie und Ihre Kinder verreist gewesen wären?«

Trattoni antwortete nicht. Er griff nach seinem Mantel, und als er sich vor dem Venezianischen Spiegel seinen Hut aufsetzte, schüttelte er verärgert den Kopf. »Gucken Sie sich das mal an! Hier hat man das Quecksilber einfach mit dem Pinsel aufgetragen, um den Spiegel alt erscheinen zu lassen. Sogar die Fälscher arbeiten heutzutage nicht mehr sorgfältig.«

Bianca Maletti zuckte achtlos mit den Schultern. »Das macht nichts. Amerikaner kaufen alles. Die haben sich sogar in Las Vegas ein kleines Venedig gebaut.«

»Na und?« fragte Trattoni. »Unser Hochwasser können sie in der Wüste bestimmt nicht nachmachen.« Er ging zur Tür und stolperte. »Sie sollten mal die Bodenplatten hier in Ordnung bringen lassen. Sonst passiert noch ein Unfall.«

Er verließ das Geschäft, ging auf die andere Straßenseite und kehrte in den Laden zurück. »Entschuldigen Sie, ich habe mein Notizbuch vergessen.«

»Ich weiß. Kommen Sie.«

Er folgte ihr ins Büro, wo sie auf sein kleines grünes Buch deutete, das noch immer auf dem Tisch lag.

»Ich habe es nicht angerührt«, sagte sie lächelnd. »Ich wollte Ihre Fingerabdrücke nicht verwischen.«

»Sehr umsichtig. Aber wenn mich Ihre Fingerabdrücke interessierten, würde ich mich um eine richterliche Anordnung bemühen.«

Er steckte das Notizbuch ein. »Also dann bis morgen.«

Inzwischen war das Marmorpflaster der Piazza nicht mehr glatt. Die *Marangona* – die uralte Glocke im *Campanile* der Basilica – hatte ihm zwar noch nicht die Mittagsstunde um die Ohren geschlagen, aber Trattonis Magen arbeitete zuverlässiger als jede venezianische Kirchenuhr. Es war längst Zeit für den *pranzo*. Er wandte sich der Piazzetta zu, machte einen großen Bogen um den Campanile, der – davon war er überzeugt – wie alles, was Menschen errichteten, über kurz oder lang einstürzen würde. Er stieg am Landesteg Giardinetti in ein Wassertaxi, und als er sich setzte, ärgerte er sich über das Gespräch mit Signora Maletti.

Diese Frau hat mich nicht ernst genommen, dachte er. Und vor der Polizei hat sie auch keine Angst. Daß sie mit Dottoressa Brambilla über den toten Klavierlehrer gesprochen hatte, bedeutete nicht viel. Schon bei Shakespeare zerrissen sich Solanio und Salarino das Maul über den Kaufmann von Venedig. Daß der Mord an dem Tschechen die Gemüter bewegte, war zu erwarten. Touristen brachte man hier nicht um, sondern nahm ihnen so viel Geld wie möglich ab. Darin waren sich alle einig.

Aber weshalb hat sich diese Frau auf meinen Besuch vorbereitet?, überlegte er. Und weshalb hat sie mir ungefragt zwei Alibis angeboten, die beide nicht viel wert sind? Die 160 Kilometer zwischen Mailand und

Venedig waren mit dem Auto in knapp eineinhalb Stunden zu bewältigen, und zur Tatzeit allein im Bett gelegen zu haben, behaupteten viele Verdächtige.

So dachte er über seinen Fall nach, bis das Wassertaxi bei San Marcuola anlegte, und als er wenig später zur Wohnung hochstieg, freute er sich schon auf das Mittagessen. Diesmal roch es im Treppenhaus nach Fisch und Knoblauch wie in einem Roman von Andrea Camilleri. *Nasello alla Palermitana*, dachte er. Giulia will mir nach dem Aufenthalt in Prag ein besonders gutes Essen kochen. Er legte Hut und Mantel ab und eilte in die Küche, wo Giulia Sardellenfilets mit der Gabel zerdrückte und mit fein geriebenem Knoblauch versah. Er setzte sich an den Eßtisch, sah ihr zu, während sie den Seehecht mit Creme ausstrich, mit Olivenöl beträufelte und mit Rosmarinzweigen verzierte. »Na«, sagte sie, während sie den Fisch in die feuerfeste Form legte und in den Ofen schob. »Schon weiter mit deinem toten Tschechen?«

Trattoni nahm sich eine Scheibe Weißbrot. »Sieht so aus. Kennst du den Maletti?«

»Nur flüchtig. Alte Familie, neues Geld. Der Mann hat sich mal für einen *Canaletto* interessiert, aber dann war ihm das Bild zu teuer. Weshalb fragst du?«

»Weil ich heute seine Frau verhört habe. Wir haben am Tatort eine Sambucaflasche gefunden. Scheint ihr Lieblingsgetränk zu sein. Der traue ich alles zu. Frauen, die Sambuca trinken und *Prada* tragen…«

Giulia rieb sich Zitronensaft auf ihre Hände. »Die Bianca? Auf keinen Fall! Die ist zwar kalt wie ein Fisch, aber sie würde sich nie die Hände schmutzig machen. Dafür ist sie viel zu klug. Im Lyceum hieß es immer, wenn sich die Bianca Ricci auf eine Stecknadel setzt, sagt die Stecknadel aua.«

Trattoni sah seine Frau erstaunt an. »War die in deiner Schulklasse?«

»Nein. Danke für das Kompliment, aber sie ist ein paar Jahre jünger als ich.« Trattoni wollte noch eine Scheibe Brot essen, doch Giulia nahm sie ihm aus der Hand. »Wie hast du eigentlich in Prag den Blutzucker kontrolliert? Hast du ein zweites Meßgerät?«

»Das brauchte ich nicht. Falls es dir nicht bekannt sein sollte, es gibt auch in Prag Apotheken.«

»Und was ist mit den Noten? Hast du dich schon danach erkundigt?«

»Welche Noten?« fragte Trattoni. »Falls du die Fotokopien des Tschechen meinst... Darum konnte ich mich noch nicht kümmern. Übrigens, bei wem nimmt Luciana eigentlich Klavierstunden?«

Giulia warf die Zitronenscheiben in den Mülleimer. »Bei einer 60jährigen Frau, Adriano. Hältst du mich etwa für weltfremd?«

11.

Zwei Stunden später saß der Commissario wieder hinter seinem Schreibtisch. Giulias Seehecht hatte ihn, wie jede gelungene Mahlzeit, so milde gestimmt, daß sogar Ispettor Flaviano sein Wohlbefinden nicht trüben konnte.

Am Konservatorium, so berichtete Flaviano, habe sich Tomaschek weder um eine Dozentenstelle beworben noch würden dort Musiklehrer benötigt.

Trattoni nickte. »Ich habe nichts anderes erwartet.«

»Ich auch nicht«, antwortete Flaviano. »Allerdings erinnert sich der Direktor noch an den Tschechen. Bis vor zehn Jahren hat er dort Privatunterricht gegeben. Er ist bei seinen Schülern sehr beliebt gewesen.«

»Wohl hauptsächlich bei seinen Schülerinnen. Hat er am Konservatorium verlauten lassen, weshalb er nach Prag zurückkehren wollte?«

»Vermutlich wegen seiner Mutter. Der Direktor meint, sie sei plötzlich erkrankt, und Tomaschek habe ihr beistehen wollen.«

»Sehr gut! Und was lernen wir daraus?«

Der Ispettore wurde unsicher. »Daß man sich um seine Eltern kümmern soll?«

»Das ist selbstverständlich. Sie sollen daraus lernen, daß jede Unterhaltung von Mann zu Mann bessere

Ergebnisse bringt als ein Telefongespräch. Danke, Ispettore. Ich brauche Sie im Augenblick nicht. Moment«, sagte er dann und holte sein Notizbuch aus der Tasche. »Stellen Sie fest, ob Carlo Maletti am Samstag nach Milano geflogen und mit welchem Flug er zurückgekommen ist. Und ich möchte wissen, ob es dort eine Antiquitätenmesse gab.«

»Kann ich die *Alitalia* anrufen, oder soll ich zum Flughafen fahren?«

»Zum Stadtbüro der *Alitalia*. Im persönlichen Gespräch von Mensch zu Mensch erfährt man immer mehr als durchs Telefon.«

Flaviano ging aus dem Zimmer, und Trattoni wandte sich wieder der Akte Tomaschek aus dem *Ufficio Stranieri* zu, die er nach dem Mittagessen auf seinem Schreibtisch gefunden hatte. Sie bestätigte, was Kommissar Odranek ihm mitgeteilt hatte. Jiri Tomaschek hatte sich seit 1986 als anerkannter politischer Flüchtling in Venedig aufgehalten. Er hatte in Castello gewohnt und – so stand es jedenfalls in der Akte – von seiner Tätigkeit als Musiklehrer gelebt.

1995 allerdings wurde seine Aufenthaltserlaubnis plötzlich widerrufen. Nach dem Ende der Diktatur in seinem Heimatland müsse er dorthin zurückkehren.

Ziemlich ungewöhnlich, dachte Trattoni, und als er las, daß Tomaschek sich anfangs gegen seine Ausweisung gewehrt, dann aber seine Beschwerde zurückgezogen hatte, erinnerte ihn der Name des Rechtsanwalts des Tschechen daran, daß der Partner dieses Anwalts nach dem Verzehr vergifteter Lebensmittel gestorben war. Trattoni hatte diesen Fall seinerzeit aufgeklärt.

Er notierte sich die Adresse des Tschechen in Castello und suchte dann in einem seiner älteren Notizbücher den Namen und die Adresse des Anwalts. Er zog sich den Mantel an, setzte sich den Hut auf, sah kurz in den Himmel und hatte schon den Regenschirm in der Hand, als er Tomascheks Noten auf seinem Schreibtisch sah. Er steckte sie in seine Aktentasche, lief die Treppe hinunter und hatte die Wachstube fast erreicht, als das Telefonino in seiner Jackentasche läutete. Signora Bonaventura. Der Duce wolle ihn sprechen.

»Was machen Sie eigentlich den ganzen Tag?« fragte Vice Questore Berlusco, als der Commissario in Hut und Mantel sowie mit Regenschirm und Aktentasche in sein Büro kam.

»Ermitteln«, sagte Trattoni. »Dafür werde ich bezahlt.«

»Allerdings. Halten Sie es nicht für nötig, mich nach einer Dienstreise über deren Ergebnis zu informieren? Was haben Sie in Prag herausgefunden?«

»Daß die Tschechen viel Schweinefleisch und Knödel essen. Bis vor zehn Jahren hat der Tote hier bei uns als Klavierlehrer gelebt. Ich verfolge bereits eine vielversprechende erste Spur.«

»Und die wäre?«

»Ich möchte wissen, weshalb er in seine Heimat zurückgekehrt ist und zehn Jahre später wieder nach Venedig kam, wo er umgebracht wurde. Der Mann war vermutlich unerwünscht.«

»Das ist hier jeder, der nicht viel Geld mitbringt«, sagte Berlusco. »Bei der Loge *Most* in Prag hält man übrigens nicht viel von ihm. Der war nur ein paar Monate Lehrling.«

»Ich weiß. Die Witwe hat mir seine Freimaurersachen gezeigt. – Vice Questore, wissen Sie zufällig, weshalb Freimaurer weiße Handschuhe tragen? Wollen die nirgends Fingerabdrücke hinterlassen?«

»Das hat völlig andere Gründe«, sagte Berlusco verärgert. »Hat die Witwe einen Sohn?«

»Nicht daß ich wüßte.« Trattoni holte sein Notizbuch aus der Tasche. »Aber die Witwe Cefano, die ihm das Apartment vermietete, hat einen Sohn. Der ist Baumeister in München. Ist das wichtig für diesen Fall?«

Berlusco schüttelte nachdenklich den Kopf. »Vermutlich nicht. Aber halten Sie mich über Ihre Ermittlungen auf dem laufenden. Und was Ihre Dienstreise betrifft, erwarte ich einen ausführlichen Bericht. Vorher erstatte ich Ihnen Ihre Spesen nicht.«

Trattoni hätte Berlusco am liebsten noch gefragt, was der weiße Lendenschurz bedeutete, den er in Tomascheks Schrank gefunden hatte, doch das verkniff er sich. Er verließ das Büro seines Vorgesetzten und lächelte, als ihm zum ersten Mal auffiel, daß Signora Bonaventura schwanger war.

»Herzlichen Glückwunsch. Ich hoffe, es wird ein Junge, und er wird später kein Polizist.«

»Bestimmt nicht. Dafür kenne ich diesen Beruf zu gut.«

»Nicht so gut wie ich«, sagte der Commissario. Er verließ das Vorzimmer, ging die Treppen hinunter durch die Wachstube, und als er dem Bootsführer zum Landesteg folgte, begann es zu regnen. Er nannte dem Bootsführer die Adresse des Advokaten di Campello, setzte sich in die Kabine der Barkasse, und als der Dieselmotor zu brummen anfing, holte er sein kleines grünes Buch aus der Tasche.

Die meisten Mörder hatte er bislang aufgespürt, indem er im Umfeld des Opfers herausfand, wer sich von dessen Tod entweder Vorteile versprochen oder ihn so gehaßt hatte, daß er ihn umbrachte.

Von Psychopathen, die blindlings und wahllos mordeten, einmal abgesehen, kam man den meisten Mördern immer noch über deren Motiv auf die Spur. Doch wer in Venedig konnte einen tschechischen Klavierlehrer so hassen, daß er ihn ermordete, nachdem er bereits seit zehn Jahren wieder in Prag lebte? Die Frau des Antiquitätenhändlers war Trattoni nicht sonderlich sympathisch, aber er traute ihr diesen Mord nicht zu.

Der harte Stoß, mit dem die Barkasse anlegte, riß Trattoni aus seinen Gedanken. Er steckte das Notizbuch ein, sagte dem Bootsführer, er solle auf ihn warten und ging von Bord. Er spannte seinen Schirm auf, doch der schützte ihn nur bedingt vor dem starken Regen. Auf dem Weg zu dem Palazzo, in dem di Campello seine Kanzlei betrieb, begegneten ihm in den engen Gassen ständig Passanten, die nur an ihm vorbeigehen konnten, wenn er seinen Schirm ebenso zusammenfaltete wie sie ihren. Trattoni war völlig durchnäßt, als er die Tür der Kanzlei erreichte. Er läutete, hört den gedämpften Klang der Marangona, und di Campellos Sekretärin öffnete ihm die Tür.

»Polizia«, sagte der Commissario. »Ich hätte gern Signor di Campello gesprochen.«

»Conte di Campello«, entgegnete die Sekretärin nachdrücklich. »Haben Sie einen Termin?«

»Habe ich nicht und brauche ich nicht. Das müßte Ihnen doch allmählich bekannt sein.« Er ging an der Frau vorbei, schüttelte seinen nassen Regenschirm so kräftig, daß sie einen Schritt zurücktrat, drückte ihr den Schirm in die Hand und ging in das Büro di Campellos, der hinter seinem Schreibtisch aufstand. Das gebräunte Gesicht des 60jährigen verriet, daß er zu jenen wohlhabenden Venezianern gehörte, die im Winter das Wochenende in den Dolomiten verbrachten.

»Buon giorno, Commissario Trattoni«, sagte er, sichtlich erfreut. »Was kann ich für Sie tun?«

»Mir verraten, wo ich meine Sachen lassen kann. Ihre Sekretärin reagiert auf mich immer wie ein Hund auf einen Briefträger.«

»Das soll sie auch«, sagte der Anwalt. »Sonst hätte ich im Büro keine ruhige Minute mehr.« Er wartete, bis Trattoni Hut, Mantel und seine Aktentasche abgelegt hatte, und deutete dann auf einen der Stühle, die um einen modernen Konferenztisch herum standen. »Einen Cappuccino?«

»Sehr gern«, sagte Trattoni, setzte sich und rückte seinen Stuhl so weit vom Tisch weg, daß ihn der schwere Kronleuchter nicht erschlagen würde, falls er von der Decke fiele. Das geschah in den alten Palazzi nicht selten.

Avvocato di Campello sah ihn abwartend an. »Was kann ich für Sie tun? Sind Sie dienstlich hier oder in einer privaten Angelegenheit?«

»Dienstlich. Nach unseren Unterlagen haben Sie vor zehn Jahren den Tschechen Jiri Tomaschek gegenüber der Ausländerbehörde vertreten. Erinnern Sie sich noch an den Mann?«

»Vage«, antwortete der Anwalt. »Sehr vage.« Er wartete, bis die Sekretärin zwei Cappuccini auf den Tisch gestellt hatte, und bat sie, die Akte Tomaschek zu suchen.

»Wenn ich mich recht erinnere, hat dieser Tscheche damals Beschwerde gegen den Widerruf seiner Aufenthaltserlaubnis eingelegt und sie eine Woche später zurückgenommen.«

Trattoni trank einen Schluck. »Das ist mir bekannt. Hat er Ihnen gesagt, weshalb er nicht um sein Aufenthaltsrecht kämpfen will?«

»Keine Ahnung. Ist der Tscheche wieder hier?«

Trattoni holte ein Foto Tomascheks aus der Tasche und legte es dem Anwalt auf den Tisch. »Er war ein paar Tage hier. Weshalb hat man ihn nach zehn Jahren wieder nach Hause geschickt? Ich habe so was noch nie gehört.«

»Ich auch nicht«, sagte di Campello. Er wartete, bis die Sekretärin ihm das Aktenstück brachte, blätterte darin und legte die Akte aus der Hand. »Ich hatte damals den Eindruck, daß diese Ausweisung ein Willkürakt war. Wenn der Mann seine Beschwerde nicht zurückgenommen hätte, hätten wir den Prozeß vermutlich gewonnen. Weshalb interessieren Sie sich für Signor Tomaschek, Commissario?«

Trattoni zögerte einen Augenblick. »Weil er hier umgebracht wurde. – Halten Sie es für möglich, daß er jemandem im Wege war und bedroht wurde?«

»Keine Ahnung. Für möglich halte ich vieles, aber nach zehn Jahren... Ich kann mich kaum noch an ihn erinnern. Ich will gewiß keine haltlosen Vermutungen äußern, aber mein damaliger Partner meinte, dieser Widerruf müsse von jemandem mit sehr guten Beziehungen zur Provinzverwaltung veranlaßt worden sein.«

Trattoni holte sein Notizbuch aus der Tasche, fing an, sich Stichworte zu notieren, und der Anwalt sah ihn besorgt an. »Das bleibt doch alles vertraulich, Commissario? Sie haben sich damals so fürsorglich um die Schwester meines verstorbenen Partners gekümmert, und da wollte ich Ihnen lediglich meinen persönlichen Eindruck schildern.«

»Ich habe es keinesfalls anders verstanden, Signor di Campello. Übermitteln Sie bitte Contessa Brambilla meine Grüße. Ich hoffe, sie hat sich mit dem Tod ihres Bruders inzwischen abgefunden.«

»Soweit das möglich ist. Sie spricht immer noch ständig von ihm. Ich vermute, der Anwalt des Täters wird auf fahrlässige Tötung plädieren. Wird er damit durchkommen?«

»Keine Ahnung«, erwiderte Trattoni. »Ich bin kein Anwalt, aber was die italienische Justiz betrifft, halte ich nichts für unmöglich.« Er ging zur Garderobe, zog sich den Mantel an, setzte sich den Hut auf, und als er sich seine Aktentasche unter den Arm klemmte, erinnerte er sich an die Noten.

»Kennen Sie zufällig jemanden, der über alte Noten Bescheid weiß?«

Di Campello überlegte einen Moment. »Beim Konservatorium müßte es solche Leute geben.« Er begleitete Trattoni zur Tür, betrachtete mißbilligend Trattonis Fußspuren auf dem gepflegten hellgrauen Velours und blieb plötzlich stehen. »Warten Sie, mein Partner hat mal einen Klienten vertreten, dem man gefälschte Chopinbriefe verkauft hat. Vielleicht kann der Ihnen helfen.«

Er ging zurück zu seinem Schreibtisch. Trattoni folgte ihm und bemerkte, daß seine nassen Schuhe noch mehr Abdrücke hinterließen, doch das kümmerte ihn nicht. Wer sich in Venedig für solche Bodenbeläge entschied, dem war nicht zu helfen. Der Anwalt beugte sich über die Wechselsprechanlage und redete mit seiner Sekretärin, die ihm eine Akte brachte.

»Conte Francesco Blandini«, sagte er, während er in die Akte blickte. »Wenn er nicht umgezogen ist, wohnt er noch im Palazzo Dario. Beziehen Sie sich bitte nicht auf mich. Ich möchte nicht das Vertrauen meiner Mandanten verlieren.«

Der Commissario sah den Anwalt gekränkt an. »Für mich ist unser Gespräch vertraulich. Für Sie hoffentlich auch. Aber meines Wissens steht dieser Palazzo seit Jahrzehnten leer, weil die meisten Bewohner dieses Hauses auf unnatürliche Weise starben. Mein Sergente behauptet, auf diesem Palazzo liege ein Fluch.«

»Der liegt wahrscheinlich auf ganz Venedig«, sagte der Avvocato. »Und wir leben ganz gut davon.« Er sah noch einmal in die Akte. »Wenn Blandini nicht umgezogen ist, wohnt er noch dort.«

Trattoni bedankte sich, und als er zur Tür ging, hinterließ er nur noch schwache Fußspuren auf dem teuren Bodenbelag. Im Vorzimmer saß die Sekretärin hinter ihrem Computer und beachtete ihn nicht.

Auch gut, dachte er. Was habe ich mit dem Küchenpersonal zu schaffen. Er ging langsam die Treppen hinunter, und als er aus dem Haus trat, regnete es immer noch. Mein Regenschirm, dachte er. Ich habe meinen Schirm in der Kanzlei vergessen. Doch solche belanglosen Nachlässigkeiten irritierten ihn nicht mehr.

Dottor Cassiano hatte ihm mehrfach versichert, daß es sich bei seiner Vergeßlichkeit keinesfalls um eine Altersdemenz handele, sondern um eine *amnesia partialis*. Nur wenige außergewöhnliche Menschen verfügten über ein so hochentwickeltes Gehirn, daß sie sich nicht mit Nebensächlichem belasteten. Was Trattoni wichtig erschien – alles, was seine Familie oder ihn betraf –, vergaß er selten. Für weniger wichtige Angelegenheiten war sein künstliches Gedächtnis aus Papier zuständig.

Sich nicht an seinen Hochzeitstag oder den Geburtstag eines Angehörigen zu erinnern, hätte er als Katastrophe empfunden. Einen Regenschirm dagegen findet man an nassen Tagen nicht nur in jedem Laden, sondern an jeder Straßenecke. Er kaufte von einem

Senegalesen einen Schirm für zehn Euro. Die schmalen Gassen waren während seines Besuchs beim Anwalt nicht breiter geworden, und so hielt er den Schirm wieder meistens neben sich.

Wenn es regnete, kam ihm Venedig stets bedrückend vor. Von den meisten Fassaden war der Putz längst abgeblättert. Touristen mochten das rohe Mauerwerk romantisch finden. Ihn erinnerte es nur an den ständigen Verfall.

Er ging, den Regenschirm in einer Hand und die Aktentasche in der anderen, wieder an Bord der Polizeibarkasse, wo er sein Notizbuch aus der Jackentasche holte. »Nach Castello. Corte Nuova«, sagte er und setzte sich in die Kabine. Der Dieselmotor fing an zu brummen. Die Barkasse begann zu zittern und fuhr zuerst auf dem Canal Grande an den uralten Palästen vorbei, für die sich Kaufleute vor Jahrhunderten oft so verschuldet hatten, daß die Seelen ihrer Pfandleiher noch heute durch viele Häuser geistern.

Als die Barkasse in den Rio dei Santi Apostoli abbog, breitete Trattoni seinen Mantel auf dem Boden der Kabine aus, legte sich hin und schlief, bis der Bootsführer ihn weckte. »Corte Nuova. Näher kann ich Sie nicht bringen.«

»Grazie«, sagte Trattoni. Er stand auf, zog sich den Mantel wieder an, setzte den Hut auf und griff nach der Aktentasche und dem Regenschirm. Falls ich noch mal geboren werde, dachte er, werde ich gewiß kein Polizist.

Inzwischen war ein starker Wind aufgekommen. In dieser Gegend, in der Nähe der alten Schiffswerft *Arsenal*, kannte sich der Commissario weniger gut aus. Er mußte dreimal nach dem Weg fragen, bis er vor dem eingeschossigen Haus stand, in dem der Tscheche damals ein Zimmer gemietet hatte. Er suchte nach der Türklingel, fand sie nicht und hämmerte mit den Fäusten gegen die Holztür, bis sie von einem alten Mann geöffnet wurde, der einen dicken verwaschenen Wollpullover und schmutzige Jeans anhatte. Der Mann sah ihn mißtrauisch an. »Was wollen Sie?«

»Mit Ihnen reden. Heiraten will ich Sie bestimmt nicht.«

Der Alte wollte die Tür schließen, doch Trattoni hatte seinen Regenschirm zusammengefaltet, schob ihn zwischen Tür und Rahmen, klemmte die Aktentasche zwischen die Knie und hielt dem Alten seinen Dienstausweis unter die Nase. »Polizia. Commissario Trattoni. Ich brauche einige Auskünfte von Ihnen.«

»Warum? Ich habe nichts ausgefressen.«

»Das habe ich auch nicht behauptet. Aber wenn Sie nicht hier mit mir sprechen wollen, kann ich Sie auch in die Questura bringen lassen. Wäre Ihnen das lieber? Sie sind doch Signor Catarella? Ich möchte keinen Falschen festnehmen lassen.«

Der alte Mann ließ ihn widerwillig in die Wohnung. »Es ist nur wegen der Katzen. Ich will nicht, daß sie rausgehen und sich erkälten.«

»Das macht eine kluge Katze bei diesem Sauwetter nicht«, sagte Trattoni, während er Hut, Mantel und seinen Regenschirm ablegte, mit seiner Aktentasche in der Hand folgte er Catarella in ein Zimmer, in dem es so stark nach Katzenurin roch, daß er am liebsten umgekehrt wäre. An einer Wand ein alter brauner Kleiderschrank. In einer Ecke neben einem breiten Bett, auf dem eine Wolldecke lag, ein Kanonenofen, vor dem drei Katzen schliefen. In dieser Gegend waren die Bewohner ihrer windschiefen Häuser noch vor Ausländern sicher, die am Canal Grande einen Palazzo nach dem anderen erwarben. Für ihre Bruchbuden interessierte sich niemand.

Catarella nahm Kleidungsstücke von einem der beiden Sessel und warf sie neben einen Hocker, auf dem das Fernsehgerät noch in schwarz-weiß flimmerte.

»Sie müssen entschuldigen«, sagte er und deutete auf den Sessel. »Mich besucht keiner mehr. Einen Grappa?«

Der Commissario setzte sich. »Bei dem Wetter das beste.« Catarella stellte die Flasche auf den Tisch, wischte mit dem Pullover den Staub von einem der kleinen Grappagläser und füllte beide. Trattoni trank sein Glas aus und hielt es Catarella hin. »Noch einen. Ich gebe Ihnen Geld für die nächste Flasche.«

Catarella trank sein Glas aus und füllte beide Gläser wieder. »Ich habe seit sechs Jahren nichts mehr mit der Polizei zu tun gehabt. Aber wenn ich Ihnen helfen kann...«

»Können Sie. Sagt Ihnen der Name Jiri Tomaschek etwas?«

Catarella trank den zweiten Grappa. »Nie gehört. Ein Russe?«

Trattoni holte das Foto des Toten aus der Tasche. »Nein. Ein Tscheche aus Prag. Der soll bei Ihnen gewohnt haben.«

Er griff nach der Flasche, füllte beide Gläser wieder, trank und begann ein Lied zu singen, das er von einer seiner alten Schallplatten kannte, auf der Milva Lieder von Bertolt Brecht sang. »Am Grunde der Moldau, da rollen die Steine«, krächzte der Commissario. »Es liegen drei Kaiser begraben in Prag.«

Catarella erinnerte sich. »Der Jiri? Der hat das oft gesungen, als meine Frau noch lebte. Hat der was verbrochen?«

»Nicht daß ich wüßte. Man hat ihn vor ein paar Tagen hier in Venedig tot ins Wasser geworfen. Wie eine junge Katze, die keiner mehr will. Ich suche seine Mörder. Hatte er damals Feinde hier?«

»Keine Ahnung.« Catarella trank sein Glas leer. Als er es wieder füllte, tauchte ein riesiger Kater unter Trattonis Sessel auf und rieb seinen Kopf am linken Bein des Commissarios, der ihm das Fell kraulte, bis er zu schnurren begann.

»Katzen sind viel klüger als Hunde«, sagte er. »Polizeihunde gibt es überall auf der Welt. Aber ich habe noch nie etwas von einer Polizeikatze gehört. Diese Arbeit wäre unter ihrer Würde.«

Signor Catarella vermied, das zu kommentieren. Er betrachtete eine Weile das Foto Tomascheks und gab es Trattoni zurück. »Die Liebe«, sagte er nachdenklich. »Meine Frau hat ihm tausendmal gesagt, daß die Tochter eines reichen Venezianers keinen Flüchtling heiratet. Aber der Jiri... Der Jiri war noch hinter Bianca her, als sie schon einen anderen geheiratet hatte. Wissen Sie, was er immer gesagt hat? Liebe überwindet alles.«

Trattoni griff wieder zum Glas. »Nur in den *fotoromanzi.* Falls es Sie interessiert... Jiri hat vor fünf Jahren in Prag eine andere geheiratet. Nach unseren Akten hat er sich damals gegen seine Ausweisung wehren wollen, das aber sehr schnell aufgegeben. Gab es dafür einen Grund?«

Catarella zögerte. »Vermutlich zwei Gründe. Jiri wurde zweimal so zusammengeschlagen, daß er ins Krankenhaus mußte. Danach fürchtete er um sein Leben. Wenn ich nicht abreise, sagte er immer, bringen die mich um.«

Trattoni klaubte aus seiner Geldbörse 20 Euro und legte sie auf den Tisch. »Haben sie jetzt vielleicht gemacht, weil er wiedergekommen ist. Manchen Männern ist nicht zu helfen.« Er stand auf und wollte sich verabschieden, doch Catarella füllte wieder beide Gläser. »Trinken Sie noch einen Grappa mit mir, Commissario. Bei dem Wetter heute versäumen Sie nichts.«

12.

Hast du zufällig eine Aspirintablette für mich?« fragte Trattoni in der Küche. Giulia deutete auf seinen Teller, neben dem zwei Aspirin lagen. »Du weißt hoffentlich, daß Alkohol Gift für dich ist. Was war denn gestern los? Du hast heute Nacht so laut geschnarcht, daß ich es sogar durch die Ohrstöpsel gehört habe.«

Er löste die Tabletten auf, trank ein Glas Wasser, und als sich seine Hand dem Brotkorb näherte, stellte Giulia das Blutzuckermeßgerät vor ihn auf den Küchentisch. »Erst messen, dann essen.«

Er stach sich mit einer Lanzette in den Mittelfinger, ließ einen Blutstropfen auf das Meßfeld fallen und verkündete kleinlaut das Meßergebnis. »280«

»Das habe ich erwartet. Wenn du so weitermachst, kannst du bald Insulin spritzen.«

»Das war lediglich wegen einer Vernehmung. Ich habe mit dem Mann gesprochen, bei dem damals der Tscheche gewohnt hat. Der Tomaschek war so auf die Maletti versessen, daß er sogar nach ihrer Heirat noch hinter ihr her war. Hat die ein Glockenspiel unter dem Rock?«

Giulia stelle ihm einen Cappuccino hin. »Keine Ahnung. Vielleicht hatte er eins im Kopf. Die meisten Männer sind sowieso...« Sie brach ab, denn Luciana kam in die Küche. »Schwanzgesteuert«, beendete sie ihren Satz, als sie sah, daß ihre Tochter die Stöpsel ihres MP3-Players in den Ohren hatte.

»Ich hab' dir übrigens mehrfach gesagt, daß du ihr so ein Ding nicht kaufen sollst. Jetzt siehst du, was du davon hast.«

Trattoni machte ein unschuldiges Gesicht. »Ich? Wieso ich?«

»Weil mich meine Tochter nicht belügt. Wenigstens das hat sie noch nicht von dir gelernt.«

Luciana nahm die Stöpsel aus den Ohren. »Ich weiß nicht, was ihr gegen meinen Player habt. Ich höre fast nur klassische Musik.«

»Bestimmt«, sagte Stefano, der gerade eine Tasse unter die *Gaggia* stellte. »Kylie Minogue und Snoop Doggy Dogg.« Er nahm eine *brioche* aus dem Korb und setzte sich neben seinen Vater. »Gibst du mir das Startkapital für ein Software-Unternehmen? Ich werde das Studium an den Nagel hängen.«

Trattoni verzog genervt das Gesicht. »Und weshalb diesmal?«

»Weil mir die Uni stinkt. Ich hab' wirklich Tag und Nacht für die Projektgruppe gearbeitet, und jetzt gibt uns der Professor keinen Leistungsnachweis.«

»Und warum nicht?«

»Weil die beiden anderen in der Gruppe nichts getan haben. Darf die Uni mich bestrafen, weil andere faul waren?«

Trattoni tauchte seine *brioche* in den Cappuccino und biß hinein. Das Schmalzgebäck schmeckte köstlich. »Eigentlich nicht. Sippenhaftung ist in Italien verboten. Soll ich mal mit deinem Professor sprechen?«

Stefano sah seinen Vater erst verblüfft, dann mitleidig an. »In welcher Welt lebst du eigentlich? Untersteh dich! Wenn du mit dem Prof redest, kann ich mein Diplom vergessen. Von wegen Gerechtigkeit! Wenn einer Professor ist, kann er mit den Studenten machen, was er will. Meinetwegen können die sich ihre Diplome in den Hintern stecken. Willkür ist das! Die reine Willkür. Gibst du mir 20.000 Startkapital?«

»Jederzeit«, sagte Trattoni. »Sobald du dein Diplom in der Tasche hast. Ohne abgeschlossenes Studium findest du nicht mal einen Job als Hilfsarbeiter. Da mußt du durch.«

Er stand auf und wandte sich Giulia zu. »Kochst du heute wieder mittags oder essen wir erst am Abend?«

»Am Abend. In einer Woche müssen alle Bilder in der Galerie an den Wänden hängen. Die Gouachen sind noch nicht mal gerahmt.«

»Kann ich dir dabei irgendwie helfen?«

Giulia sah ihn liebevoll an. »Danke für das Angebot. Doch das mache ich besser allein. Kümmere du dich mal lieber um deinen Tschechen. Muß ein schrecklicher Tod gewesen sein, in der Badewanne zu ertrinken.«

Trattoni nickte nachdenklich. »Jeder Tod ist schrecklich.« Er verabschiedete sich von seiner Familie und stieg langsam die Treppen hinunter. Der morgendliche Dunst waberte noch über den Kanälen. Doch es regnete nicht. Er ging zur Anlegestelle und wartete auf den nächsten Vaporetto der Linea 1. An Bord sah er, daß die meisten Plätze auf dem Heck frei waren. Als Trattoni sich dort hingesetzt hatte, wunderte er sich, daß er die Aktentasche auf dem Schoß hatte. Dann erinnerte ihn sein Notizbuch an die Noten des Tschechen, und er holte sein Handy aus der Manteltasche, um Signora Bonaventura anzurufen. »Ich komme heute erst nachmittags in die Questura. Vorher bin ich nicht zu erreichen.«

»No problema. Der Duce ist heute erst ab dem späten Nachmittag da. Angeblich eine Konferenz mit dem Bürgermeister.«

»Eher mit seiner Mätresse«, sagte Trattoni. Er schaltete das Handy aus, steckte es in die Tasche und merkte, daß die Aspirintabletten inzwischen gewirkt hatten. Seine Kopfschmerzen waren verschwunden.

Trattoni kannte die dunkle Seite der Serenissima besser als die meisten anderen, doch auch er hielt den vier Kilometer langen Canal Grande für die schönste Wasserstraße der Welt. Der gotische Palazzo Bembo mit seinen Loggien und Säulen... Der Palazzo Loredan mit einer Gedenktafel für die erste Frau, die im 17. Jahrhundert den Titel Doktor führen durfte... Der Palazzo Mocenigo, in dem Anfang des 19. Jahrhunderts Lord Byron seinen Don Juan geschrieben hatte...

Wie zu jeder Tageszeit waren auch jetzt auf dem Canal Lastkähne, Wassertaxis und schnelle Motorboote unterwegs. Viele Palazzi wurden als Hotel, Museum oder Bank genutzt, doch ihre jahrhundertealten Fassaden wirkten, als wären sie über jede moderne Geschäftigkeit erhaben. Vielleicht war es das, was die Touristen in Venedig suchten: eine in der Vergangenheit angesiedelte Utopie.

Diesmal ärgerte sich der oft ungeduldige Commissario nicht darüber, daß der langsame Vaporetto für drei Kilometer Wegstrecke länger als eine halbe Stunde benötigte. Er ging an der Anlegestelle Santa Maria del Giglio von Bord und betrat einen schwankenden *traghetto*, auf dem die Leute stehen mußten, während sie von einem Ufer zum anderen gebracht wurden. Von dort aus war es zum Palazzo Dario nicht mehr weit. Die zum Canal hin ausgerichtete Fassade des mehr als 500 Jahre alten Gebäudes war reich mit Marmor und Porphyrmedaillons geschmückt. Sein Tor befand sich am Landesteg, und als sich Trattoni diesem Tor näherte, hörte er aus dem Gebäude leise Klaviermusik. Bach oder Chopin. In solchen Fragen war er sich selten sicher. Er betätigte einen Seilzug, hörte einen Gong, wartete ein paar Minuten und läutete erneut ein paarmal, bis endlich ein langhaariger junger Mann eine in das Portal eingelassene schmale Holztür öffnete. Er hatte eine enge schwarze Samthose an, über der ein weißes, mit Stickereien verziertes weites Hemd hing. »Wir kaufen nichts. Wie sind Sie überhaupt hierhergekommen? Ich sehe kein Boot.«

Trattoni zückte seinen Dienstausweis. »Brauche ich nicht. Polizia. Commissario Trattoni. Ich möchte mit Conte Blandini sprechen.«

Der junge Mann sah ihn herablassend an. »Sind Sie angemeldet? Normalerweise empfängt der Conte keine Besucher.«

Der Commissario merkte, daß sein Blutdruck stieg. »Dann melden Sie mich gefälligst an. Sonst lasse ich Sie wegen Behinderung einer Ermittlung festnehmen.«

»Das wird nicht nötig sein«, sagte ein großer, grauhaariger, um die 60 Jahre alter Mann, der plötzlich hinter dem Bediensteten aufgetaucht war. Er hatte eine violette Jacke an, eine Kniebundhose und spitze Schuhe mit Silberschnallen. An der linken Hand trug er einen auffallend großen Silberring. Trattoni kam sich vor, als hätte man ihn in die Zeit der Dogen zurückversetzt.

»Francesco Blandini«, stellte sich der Grauhaarige vor. »Kann ich Ihnen behilflich sein? Kommen Sie, ich möchte mich nicht zwischen Tür und Angel mit Ihnen unterhalten.«

Trattoni folgte Blandini eine steile Treppe hinauf ins erste Obergeschoß. Das Treppenhaus wirkte verfallen, doch als der Conte die Tür zum Salon öffnete, glaubte Trattoni einen Augenblick, er wäre in ein Museum geraten. Der Fußboden bestand aus weißem Marmor, auf dem nur wenige erlesene Möbel standen. Ein Sofa. Zwei Sessel. Ein niedriger, rechteckiger Tisch: für den Commissario alles Barock. An der hohen Decke hingen zwei schwere Kronleuchter, und an jedem der vier hohen Fenster zwei Vorhänge aus schwerem Goldbrokat. An einer Wand stand unter einem großen Gemälde – dem Abendmahl von Paolo Veronese – ein Piano, das immer noch spielte, obwohl keiner davor saß.

»Yamaha«, sagte der Conte. »Wenn es nach den Japanern ginge, brauchten wir keine Pianisten mehr. Wollen Sie nicht ablegen? Wir haben zwar noch keine Zentralheizung, aber wie Sie vermutlich bemerkt haben, erfüllt ein guter Kachelofen noch nach 200 Jahren seine Aufgabe.«

Trattoni zog den Mantel aus, legte ihn zusammen mit seinem Hut auf einen der Barocksessel und holte die Noten aus seiner Aktentasche. »Beim Konservatorium wußte man damit nichts anzufangen. Sie sind meine letzte Hoffnung. Ich möchte wissen, was es damit auf sich hat.«

Blandini schien überrascht. »Sammeln Sie Autographen?«

»Die kann sich ein Polizist nicht leisten. Ich bin glücklich, wenn ich hin und wieder eine Kopie bezahlen kann. Die meisten Originale sind vermutlich ohnehin gefälscht.«

Blandini schüttelte den Kopf. »Keinesfalls alle. Von Zeit zu Zeit wird immer noch ein unbekanntes Meisterwerk gefunden. Mal eine Bachkantate in Deutschland, mal ein Händel in England. Wissen Sie, daß kürzlich bei Sotheby's das Manuskript von Rachmaninoffs zweiter Sinfonie angeboten wurde? Doch leider ließ Rachmaninoffs Enkel die Versteigerung verbieten. Angeblich ältere Besitzansprüche.«

Conte Blandini ging zu einem der Fenster, schob den Brokatvorhang zur Seite und betrachtete die Noten des Tschechen im Licht der hellen Wintersonne. »Zweifellos die Fotokopie einer gefälschten Mozartpartitur«, sagte er leise. »Dieses Oratorium hat Mozart niemals komponiert.«

»Meine Frau meint, die Noten erinnern an sein *Requiem.*«

»Das hat er auch nicht komponiert. Von seiner Hand stammt nur der *Introitus* mit dem anschließenden *Kyrie*. Er hat zwar angeblich Entwürfe für einige Sätze hinterlassen, aber wie er *Sanctus, Benedictus* und *Agnus Dei* angelegt hätte, weiß niemand. Wenn wir heute das Requiem hören, hören wir nur 100 Takte Mozart. Der Rest ist entweder von Joseph von Eybler, Maximilian Stadler oder Franz Xaver Süßmayr. Parallele Quinten wie in der Begleitung des *Sanctus* hätte Mozart nie geschrieben. Sogar seine Signatur hat sein Schüler Süßmayr gefälscht.«

Blandini blätterte in den Noten des Tschechen und deutete auf die Signatur. »Mozart, September 1791. Prag? Unsinn! Abgesehen davon, daß kein Werk so lückenlos dokumentiert ist wie das Mozarts – 1791 war er mit dem *Titus*, der *Zauberflöte* und zuletzt mit dem *Requiem* beschäftigt. Er hat zwar ein Werkverzeichnis geführt und seine Noten signiert, aber ich kenne kein Autograph, das er datiert hat. Ich sage Ihnen das nicht gern, aber Sie haben Fotokopien einer Fälschung erworben. Haben Sie sehr viel dafür bezahlt?«

»Nur 3000 tschechische Kronen. Meine Tochter nimmt Klavierunterricht, und ich wollte ihr eine Freude machen.«

Blandini hatte noch immer die Noten in der Hand und betrachtete sie, als wollte er sie nie wieder hergeben. »Eine sehr gut gemachte Fälschung. Die ersten Takte entsprechen genau denen des *Requiems*, aber danach ist der Fälscher eigene Wege gegangen. Wissen Sie, wie er sein Machwerk genannt hat? Freimaureroratorium. Mozart war Freimaurer und hat gelegentlich für sie komponiert. Die *Zauberflöte* enthält auch viele Freimaurergedanken, aber diese Noten... ich weiß nicht. Vielleicht wollte sich jemand ein paar Euro damit verdienen.«

Trattoni nickte. »Das vermute ich auch. Aber wenn diese Blätter tatsächlich von Mozart stammten... Wissen Sie, was so was wert wäre?«

»Mozart hat diese Noten nicht geschrieben. Ihre Frage ist eine rein hypothetische.«

»Dann geben Sie mir eine rein hypothetische Antwort. Was wäre so etwas wert?«

Blandini zögerte. »Es wäre unbezahlbar. Eine musikalische Sensation. Aber Mozart hat ein sehr genaues Werkverzeichnis geführt. Ich verstehe Sie, Commissario. Ich würde mich auch ärgern, wenn ich eine Fälschung gekauft hätte. Sie haben nicht viel dafür bezahlt. Mir sind Fehler schon teurer zu stehen gekommen.«

Trattoni nickte. »Wir machen alle Fehler. Aber wenn diese Noten echt wären... Was wären Sie wert?«

»Ein Vermögen.« Er zögerte. »Mindestens so viel wie ein echter van Gogh. 50, 60 Millionen Dollar, vermute ich. Eine solche Komposition würde unser Bild von Mozart revolutionieren. Sogar sein Tod erschiene in neuem Licht. Teile des *Requiem* in einer Komposition für Freimaurer? Unvorstellbar.«

»Und was hat es mit den Gesangstimmen auf sich?«

Der Conte zuckte mit den Schultern. »Keine Ahnung. Vermutlich deutscher Text. Dazu kann ich nichts sagen. Aber wenn Sie sich für Mozart interessieren... Bei mir können Sie seine *Fantasia* in f-Moll einmal von jenem Instrument hören, für das er sie komponiert hat.« Er führte Trattoni zu einer alten Orgelwalze, machte sich daran zu schaffen, und eine Musik erklang, wie sie der Commissario noch nie gehört hatte. Einem pompösen Vorspiel mit dröhnenden Akkorden folgte eine langsame Fuge, die in ein Gegenmotiv überging und sich nach sieben Minuten zu einem beide Motive übersteigenden Schluß steigerte.

Trattoni kannte ähnliche, von Walzen gesteuerte kleine Orgeln von den Jahrmärkten seiner Kindheit, auf denen sie meistens Marschmusik gespielt hatten. Daß ein so kleiner, von einem Uhrwerk betriebener Automat eine derart reine und genaue Musik wiedergeben konnte, hätte er nicht für möglich gehalten. Conte Blandini lauschte der Musik nahezu verzückt. »Die Walzen habe ich 20 Jahre gesucht, bis ich hörte, daß sie sich in einer Wiener Privatsammlung befanden. Sie sind mehr als 200 Jahre alt und erfüllen ihre Aufgabe immer noch.«

»Wie Ihr Kachelofen, Conte. Manchmal frage ich mich, was aus unserer Zeit so lange überleben wird.«

»Vermutlich nichts. Unsere Zeit ist eine Zeit des Niedergangs.«

Trattoni nahm ihm die Noten aus der Hand, und als er sie in seiner Aktentasche verstaute, kam Blandini wieder auf die Partitur zu sprechen. »Schade, daß Ihre

Noten nur die Kopie einer Fälschung sind. Aber wenn es Ihnen nichts ausmacht... Sie wissen, wie wir Sammler sind. Sie werden die Blätter gewiß nicht verkaufen wollen, aber für eine Kopie der Noten wäre ich Ihnen dankbar. Dieser musikalische Spaß wäre eine reizvolle Bereicherung meiner Mozartiana.«

»No problema«, sagte der Commissario. »Sobald unsere Sekretärin nichts anderes zu tun hat, kümmert sie sich darum.«

»Damit würden Sie mir eine große Freude machen.« Blandini zögerte. »Vermutlich sind Sie mit dem Vaporetto oder einem Wassertaxi zu uns gekommen. Darf ich Ihnen für die Rückfahrt mein Boot anbieten?«

Der Commissario war einverstanden. Blandini zog an einem breiten, bestickten Stoffband, das in einer Ecke von der Decke hing, und führte ihn ins Wassergeschoß, wo der langhaarige junge Mann neben einem Motorboot wartete. »Sehr liebenswürdig von Ihnen«, sagte Trattoni, als er sich von Blandini verabschiedete. »Sie bekommen die Kopie so schnell wie möglich. Wo haben Sie übrigens Ihren Veronese her?«

Blandini lächelte. »Ich habe nur eine sehr gute Replica. Erstklassige alte Kunst können sich nur noch Museen leisten. Und die Kirche natürlich.«

»Dann kann ich Ihnen nur gratulieren«, sagte der Commissario. »Meine Frau verkauft moderne Kunst, aber davon können die meisten Maler nicht mehr leben.«

Er setzte sich, inzwischen wieder in Hut und Mantel, hinter den jungen Mann ins Boot und umklammerte den Griff seiner Aktentasche. »Zur Questura«, sagte er. »Sie wissen vermutlich, wo sich die befindet.«

Das eiserne Tor zwischen dem Wassergewölbe und dem Canal Grande öffnete sich. Der Bootsmotor heulte auf. Das Boot verließ das Gewölbe, überquerte den

Canal und fuhr dann am anderen Ufer entlang. An der Basilica San Marco vorbei und am Dogenpalast bis es in den Rio dei Greci abbog, der in den Rio San Lorenzo überging, auf dem das Boot am Landesteg der Questura anlegte.

Trattoni stieg grußlos aus und eilte die Treppe hinauf ins Vorzimmer, wo Signora Bonaventura die Abwesenheit des Vice Questore nutzte. Sie strickte.

»Buon giorno, Signora. Ich brauche alles, was Sie über Francesco Blandini herausfinden können. Vor allem möchte ich wissen, wie es um seine finanziellen Verhältnisse bestellt ist.«

Die Sekretärin legte ihr Strickzeug zur Seite. »Das mache ich gern für Sie, Commissario. Soweit es der Datenschutz erlaubt. Ich will meinen Sohn nicht im Gefängnis zur Welt bringen müssen.«

»Dann nützen Recherchen nicht viel«, sagte Trattoni. Signora Bonaventura griff wieder nach ihrer Handarbeit. »Sehr richtig, Commissario. Genau das ist der Sinn des Datenschutzes. Lassen Sie den Conte von Ispettor Flaviano googeln. Das können heutzutage sogar schon die meisten Sizilianer.«

»Sagen Sie ihm, daß er das für mich erledigen soll. Bei dieser Gelegenheit kann er feststellen, ob Maletti seinen Plunder auch im Internet anbietet.«

Signora Bonaventura lachte. »Sie mögen den Ispettore nicht besonders, was?«

»Nein«, sagte Trattoni. »Ich verabscheue ihn.«

Er ging langsam in sein Büro, trank die Wasserflasche leer, hängte Hut und Mantel an den Haken, legte die Aktentasche auf den Schreibtisch und ließ sich auf den Stuhl dahinter fallen. Er studierte zuerst die Totenscheine, fand sie unverdächtig und gab die Toten zur Bestattung frei.

Sein Besuch bei Blandini beschäftigte ihn immer noch. Ob der Mann seinen Adelstitel zu Recht führte oder nicht, interessierte ihn nur am Rande. Solche Titel hatten die Österreicher während der Besatzungszeit ziemlich wahllos vergeben. Wie Blandini und seine Bediensteten sich kleideten, ließ ihn ebenfalls völlig kalt. Die Zeit der Kleiderordnungen war vorbei.

Nein, das Verhalten Blandinis war es, das ihn nachdenklich stimmte. Abgesehen davon, daß der Conte – wenn er denn einer war – ihm nichts zu trinken angeboten hatte, was der Commissario nicht gewöhnt war – hätte ein Sammler, der von einem anderen Sammler aufgesucht wird, sich nicht genauer nach dessen Interessen erkundigt? Ein Polizeibeamter mit der Kopie einer Mozartpartitur suchte Blandini gewiß nicht jeden Tag auf. Vor allem gefiel dem Commissario nicht, wie schnell er die Noten nach ein paar flüchtigen Blicken zur Fälschung erklärt hatte.

Trattoni wußte, mit welcher Sorgfalt Giulia jedes Gemälde prüfte, bevor sie es erwarb. Er hatte zumindest erwartet, daß Blandini die Noten durch ein Vergrößerungsglas betrachtet.

Aber weshalb hatte der Tscheche die Noten überhaupt nach Venedig mitgenommen? Hatte er sie wirklich nur bei Signora Cefano auf dem Klavier vergessen, wie sie behauptete, oder hatte er den Überfall erwartet und wollte sie in ihrer Wohnung in Sicherheit bringen, weil er nur diese Blätter besaß?

Alles höchst unwahrscheinlich, dachte Trattoni. Die Noten haben überhaupt nichts mit dem Mord zu tun. Der Mann wurde aus Eifersucht umgebracht. Aber hätte man ihn dann unter eine Brücke gehängt und sein Zimmer verwüstet?

Der Commissario holte sein Notizbuch aus der Tasche. Er wollte lesen, was er sich bisher über diesen Fall aufgeschrieben hatte, und als er den Namen Maletti las, fiel ihm ein, daß er den Antiquitätenhändler noch nicht vernommen hatte. Er sah auf die Uhr und rief Sergente Vitello an. »Ich brauche Sie für eine Vernehmung.«

»*Come desidera*, Commissario. Soll ich uns ein Boot besorgen?«

Trattoni sah aus dem Fenster. »Nicht nötig, Sergente. Der Verdächtige hat seinen Laden in San Marco. Bei dem schönen Wetter gehen wir zu Fuß.«

13.

Für einen Wintertag herrschte auf der Piazza ungewöhnlich viel Betrieb. Vor dem Caffè Florian tranken ebenso viele Touristen den teuersten Caffè der Welt wie vor dem Caffè Quadri. Manche hatten den Mantel ausgezogen, neben sich auf einen Stuhl gelegt, und streckten das Gesicht der Sonne entgegen, während sich andere mit den Tauben fotografieren ließen, die unablässig mit Mais gefüttert wurden. Ihr scharfer Kot hätte sogar den Marmor zerfressen, würde man ihn nicht jede Nacht mit dafür entwickelten Maschinen säubern.

»Was meinen Sie, Commissario«, fragte Vitello. »Haben Sie keinen Hunger?«

»Den habe ich immer«, sagte Trattoni, als ihm ein gut gekleideter Ausländer auffiel, bei dem ein junger Mann stand, der einen großen Stadtplan ausgebreitet hatte und offensichtlich eine Auskunft erteilte. Trattoni lächelte, als sich ein junges Mädchen, fast noch ein Kind, geschickt wie eine Katze an den Ausländer heranschlich und ihm die Brieftasche aus der Jacke zog.

Der Commissario lief mit einer Schnelligkeit über die Piazza, die ihm keiner zugetraut hätte, und ergriff das Mädchen hart am Arm. »Polizia«, sagte er, nach der ungewohnten Anstrengung schwer atmend. »Gib dem Mann seine Sachen zurück.«

Touristen, die auf beiden Seiten der Piazza unter den Kollonaden saßen, applaudierten so laut, daß die Tauben erschreckt aufflogen. Der junge Mann wollte in die Basilica flüchten, doch Vitello erwischte ihn vor dem Portal, als er in der Menge untertauchen wollte. Er legte ihm eine Handfessel an und brachte ihn zu Trattoni, der noch immer das Mädchen festhielt. »Wie alt bist du?«

»Das geht dich nichts an«, kreischte sie, dann schrie sie laut. »Hilfe! Der Mann will mich vergewaltigen!« Sie bückte sich, biß den Commissario in die Hand, der ihr blitzschnell eine kräftige Ohrfeige versetzte. »Das dürfen Sie nicht«, schrie sie. »Das ist Folter.«

»Nein«, sagte Trattoni. »Das war Notwehr. Gib die Brieftasche her.«

Das Mädchen zögerte, öffnete den Mantel und nahm die Brieftasche aus einem Leinenbeutel, den sie unter dem Mantel trug.

»Braves Kind. Wie alt bist du?«

Sie fing an zu weinen. »14«

Trattoni schüttelte den Kopf. »Unsinn. Du bist noch keine zwölf. Ist der andere dein Bruder?«

»Nein. Mein Mann.«

Der Commissario ließ das Mädchen los. »Du spinnst wohl. Ab nach Hause zu deinem Puppenwagen. Deinen Freund nehmen wir mit.« Sie sah ihn einen Moment ungläubig an und rannte weg. Er bestellte ein Boot zur nächsten Anlegestelle und gab dann dem Touristen die Brieftasche zurück. »Passen Sie in Zukunft gefälligst besser auf Ihre Sachen auf«, sagte er verärgert. »Beim nächsten Mal lasse ich Sie wegen Anstiftung zu einer Straftat festnehmen.« Dann wandte er sich dem jungen

Mann zu, den Vitello noch immer festhielt. »Warum machen Sie das?«

»Weil der Franzose wissen wollte, wie er zum Ponte di Rialto kommt. Ich hoffte, er würde mir ein bißchen Geld geben.«

»Für Drogen, was?«

»Die habe ich noch nie genommen. Ich habe bis vor zwei Monaten bei der *Chemico* gearbeitet und dort aufgehört. Ich will nicht an Krebs sterben.«

»Natürlich nicht. Das will keiner«, sagte Trattoni zu dem jungen Mann und dann, zu Vitello: »Lassen Sie ihn laufen. Er hat nichts gestohlen, und das Mädchen ist noch minderjährig.«

Vitello zögerte. »Und was machen wir mit dem Boot?«

»Das schicken wir zur Questura zurück. Das nehme ich auf meine Kappe. Wir haben Wichtigeres zu tun.«

Vitello löste die Handfessel des jungen Mannes, der sich bei Trattoni bedanken wollte, doch der Commissario sagte nur: »Verschwinde, bevor ich es mir anders überlege. Wenn wir dich noch mal erwischen, buchten wir dich ein.« Der junge Mann antwortete nicht, und als er sich entfernt hatte, sah Trattoni auf seine Armbanduhr.

»Jetzt wird es langsam Zeit für das Verhör«, sagte er, und auf dem Weg zur Merceria del Capitello erklärte er Vitello, weshalb er ihn mitgenommen hatte. »Eigentlich brauche ich für diese Vernehmung keinen Zeugen. Ich möchte lediglich, daß der Mann Ihre Uniform sieht, damit er nicht auf dumme Gedanken kommt.«

»Halten Sie ihn für Tomascheks Mörder?«

»Da bin ich mir noch nicht sicher. Aber der Tscheche war hinter seiner Frau her. Versetzen Sie sich mal in seine Situation. Wenn Antonella vor Ihnen einen anderen gehabt hätte…«

»Hat sie nicht. Wenn sie sich mit anderen herumgetrieben hätte, würde ich sie nicht mit der Feuerzange anfassen.«

»Das weiß ich. Aber wenn sie vor Ihnen einen anderen Mann geliebt hätte…«

»Dann hätte sie ihn geheiratet. Ich verstehe Ihre Frage nicht, Commissario.«

»Dann sagen Sie mir wenigstens, was Sie täten, wenn sich ein anderer Mann in Ihre Antonella verlieben und ihr nachstellen würde.«

Vitello wurde rot im Gesicht. »Dem würde ich sämtliche Knochen brechen.«

Trattoni wurde ungeduldig. »Das ist selbstverständlich. Ob Sie ihn ermorden würden, will ich wissen.«

»Trauen Sie mir das zu, Commissario?«

»Natürlich«, antwortete Trattoni. »Ich traue jedem Menschen jedes Verbrechen zu. Sonst wäre ich nicht Polizist geworden.«

Die beiden Männer erreichten die Antiquitätenhandlung, wo Trattoni den Sergente anwies, vor der Ladentür Stellung zu beziehen. Vitello wirkte verunsichert. »Ist das nicht Geschäftsschädigung?«

Trattoni nickte. »Das will ich doch hoffen. Ich möchte, daß der Mann nervös wird.« Er trat in den Laden und stutzte, als er einen Fliesenleger sah, einen jungen Mann mit fast mädchenhaft halblangem Haar, der in seinem dunkelblauen Arbeitsanzug vor einem vergoldeten Sessel auf dem Fußboden kniete und die Fayenceplatte neu verfugte, über die der Commissario nach seinem Gespräch mit Bianca Maletti gestolpert war. Neben dem Fliesenleger stand ein großer, kräftiger Mann von vielleicht 50 Jahren in Cordhose und Tweedjacke, der an einen Engländer – nein, an die Romane von Agatha Christie erinnerte. »Sie sind vermutlich der Commissario, der sich gestern mit meiner Frau unterhalten hat. Wenn Sie mir freundlicherweise in mein Büro folgen würden...« Er wandte sich dem Fliesenleger zu. »Einen Augenblick. Ich bin gleich wieder bei Ihnen.«

»Ich weiß nicht, was Sie unter einem Augenblick verstehen«, sagte Trattoni. »Unser Gespräch wird länger dauern.«

»Das hätten Sie wohl gern. Ich wüßte allerdings nicht...«

Der Commissario unterbrach ihn. »Sie brauchen nichts zu wissen, Signor Maletti. Es genügt, daß ich weiß. Haben Sie vor zehn Jahren den Klavierlehrer Ihrer Gattin zusammenschlagen lassen?« Der junge Mann sah neugierig von seiner Arbeit auf.

Malletti schüttelte den Kopf. »Das habe ich gewiß nicht. Aber ich möchte mich lieber in meinem Büro mit Ihnen unterhalten.«

Trattoni folgte ihm in den Raum hinter dem Einwegspiegel, wo er gestern mit Malettis Frau gesprochen hatte. Der Antiquitätenhändler bot ihm weder einen Stuhl an noch nahm er ihm den Mantel ab. Trattoni zog ihn aus, setzte sich, legte den Mantel auf seinen Schoß und griff nach seinem kleinen grünen Buch.

»Ihre Frau sagte mir, Sie hätten die Nacht zwischen vergangenem Sonntag und Montag in Milano verbracht. Besitzen Sie ein Auto?«

»Einen Lancia. Weshalb fragen Sie? Nehmen Sie etwa an, Bianca oder ich hätten ihren ehemaligen Klavierlehrer umgebracht? Sie scheinen das Gesetz nicht genau zu kennen. Falls Sie mich verdächtigen, brauche ich überhaupt nichts zu sagen, und falls Sie gegen meine Frau ermitteln, habe ich als ihr Ehemann ein Zeugnisverweigerungsrecht.«

Trattoni verzog genervt das Gesicht. »Bisher habe ich weder Sie noch Ihre Frau beschuldigt. Ich möchte lediglich einige Auskünfte von Ihnen. Nehmen wir an, der Klavierlehrer Ihrer Frau wäre Ihnen im Wege gewesen. Wie ich hörte, war er verrückt nach ihr.«

»Das waren viele. Aber diesem Tschechen ging es wohl eher um das Geld von Biancas Vater. Der Tomaschek hat sogar ihrer Familie zugesetzt. Sie könnten unsere Ehe wegen des Altersunterschieds zwischen meiner Frau und mir nicht zulassen. Lächerlich! Als ob sich Bianca von jemanden etwas vorschreiben lassen würde. Die macht, was sie will.«

»Und Sie?« fragte Trattoni. »Sind Sie ihr treu?«

»Was für eine Frage. Nach zehn Jahren Ehe? Wir respektieren und schätzen uns. Meine Frau hat ihre Freunde, und ich habe meine Freundinnen.«

»Ja«, sagte Trattoni. »Das gehört wohl heutzutage zu einer modernen Ehe. Ich bin froh, daß ich noch in einer altmodischen lebe. Haben Sie Ihr Geschäft mit Geld aus der Familie Ihrer Frau gegründet?«

»Diese Frage habe ich erwartet. Aber ich kann Sie beruhigen. Das hatte ich nicht nötig. Mein Vater führte eine angesehene Kunstgalerie in Rom, die jetzt mein Bruder übernommen hat. Wegen des Geldes habe ich Bianca bestimmt nicht geheiratet.« Er zögerte. »Abgesehen davon, besonders vermögend waren ihre Eltern nicht. Bianca sieht sehr gut aus und ist hochintelligent. Genau die Frau, die ein Mann wie ich an seiner Seite braucht.«

Trattoni wollte Maletti provozieren. »Und sexuell? Sie sind zehn Jahre verheiratet und haben keine Kinder. Etwas ungewöhnlich, nicht wahr?«

Maletti nahm einen Bleistift vom Tisch und fing an, damit zu spielen. »Durchaus nicht. Es gibt hierzulande keinen Fortpflanzungszwang. Aber ich möchte dieses unangenehme Gespräch abkürzen.« Er holte seine Brieftasche aus der Jacke und gab dem Commissario eine Visitenkarte. »Hier, die Adresse meiner Sekretärin. Gianna Ursini arbeitet in meinem Zweitbüro in Milano und wird Ihnen bestätigen, daß ich die Nächte während der Messe mit ihr verbracht habe. Wir hatten im Excelsior ein Doppelzimmer. Bianca weiß übrigens von dieser Beziehung.«

»Offensichtlich eine sehr offene Ehe. Die beiden sind vermutlich gute Freundinnen. Wissen Sie, wo sich Ihre Frau gerade aufhält?«

»Keine Ahnung. Wir kontrollieren uns nicht gegenseitig. Aber jetzt entschuldigen Sie mich bitte. Falls Sie weitere Auskünfte benötigen, bestehe ich auf einer richterlichen Vernehmung. Nehmen Sie es mir nicht übel. Mein Privatleben geht Sie überhaupt nichts an. Den Weg zur Tür finden Sie wohl alleine.«

Trattoni steckte sein Notizbuch ein. »Wir werden Ihre Angaben überprüfen. Nur noch eine Frage: Verstehen Sie etwas von alten Noten?«

»Nicht das Geringste. Ich bin Kunsthistoriker. Für Musik habe ich mich nie interessiert.«

Der Commissario zog seinen Mantel an und verließ schweigend das Büro. Im Laden kniete der Fliesenleger inzwischen in einer anderen Ecke auf dem Fußboden und schnitt auf einem dicken Brett eine Kachel zu. »Hat Signor Maletti tatsächlich den Klavierlehrer seiner Frau totgeschlagen?«

»Das habe ich keinesfalls behauptet. Arbeiten Sie oft für ihn?«

»Nicht häufiger als für andere. In manchen Läden

muß der Chef alle zwei Jahre den gesamten Fußboden erneuern. Ich darf nur kleinere Reparaturen machen. Die Politiker können uns erzählen, so viel sie wollen. In meinem Beruf weiß man, was hier los ist. Venedig versinkt langsam aber sicher in der Lagune. In 100 Jahren wird hier niemand mehr leben können.«

»Na und?« sagte Trattoni. »Dann sind wir beide längst tot und vergessen.« Er verließ die Antiquitätenhandlung, vor deren Tür Vitello stand. »Weshalb geben manche Leute so viel Geld für alte Möbel aus, Commissario?«

»Keine Ahnung. Vielleicht hätten sie lieber vor 500 Jahren gelebt. Aber jetzt möchte ich endlich etwas essen.«

Vitello kannte eine Osteria in der Via Merulana, in der meistens Gondoleri und Markthändler an den langen Tischen saßen. Die Kutteln dieses Lokals waren in Venedig berühmt, doch die beiden Polizeibeamten entschieden sich für *Maccheroni alla Molisana*. Trattoni spendierte eine Flasche *Verdicchio di Matelica*, trank ein Glas und stocherte dann lustlos in der Pasta herum. Der Antiquitätenhändler nahm ihn ebensowenig ernst wie gestern seine Frau. Entweder hatten beide nichts mit dem Mord zu tun, oder Maletti hatte ihn so perfekt inszeniert, daß er die Polizei nicht fürchtete.

Zweifellos war er kräftig genug, um einen Mann wie den Tschechen in der Badewanne zu ertränken. Aber was könnte ihn dazu veranlaßt haben?

Wenn Maletti, wie er leichthin gesagt hatte, tatsächlich mit seiner Sekretärin schlief und Bianca das tolerierte, wäre diese Ehe nur noch eine aus wirtschaftlichen Gründen aufrechterhaltene Zweckgemeinschaft. In solchen Ehen gab es keine Eifersucht.

Aber es konnte auch ganz anders sein. Carlo Maletti war nicht weniger intelligent als seine Frau. Es war möglich, daß beide so leidenschaftlich miteinander verstrickt waren, daß außereheliche Beziehungen ihre Lust aneinander steigerten. War es vorstellbar, daß Bianca den Mord an Tomaschek von ihrem Mann als Beweis seiner Liebe verlangt hatte? Das würde erklären, weshalb dieser Mord so theatralisch inszeniert worden war. Würde Bianca Maletti als nächstes die Sekretärin ihres Mannes auf ähnlich dramatische Weise umbringen, um ihm ihre Liebe zu beweisen?

Der Commissario spülte noch zwei Gabeln Pasta mit einem Glas Wein herunter und stand auf. »Wir müssen zurück in die Questura. Ich will mit dem Duce reden.«

Er eilte zur Bar, bezahlte für beide das Essen und den Wein, diesmal wartete er nicht auf das Wechselgeld. Inzwischen stand die Sonne fast senkrecht über den fünf Kuppeln der Basilica. Es war so warm, daß Trattoni scinen Mantel aufknöpfte und den Hut in die Hand nahm. Jetzt ging er so schnell zur nächsten Anlegestelle, daß Vitello nur mit Mühe Schritt halten konnte, und stieg mit dem Sergente in ein Wassertaxi, das sie zur Questura brachte. Vitello ging in die Wachstube, und Trattoni eilte die Treppen zu Berluscos Büro hinauf. Im Vorzimmer strickte Signora Bonaventura nicht mehr, sondern arbeitete am Computer.

»Ich muß sofort mit dem Duce sprechen. Ist er frei?«

»Er ist gerade ins Büro gekommen. Sehr schlechte Laune.«

»Die hat er immer«, sagte Trattoni und ging ohne anzuklopfen in das Büro seines Vorgesetzten, der an seinem Schreibtisch saß und den *Gazzettino* las.

»Sie müssen mir eine Dienstreise genehmigen«, sagte er ein wenig atemlos »Ich muß nach Milano.«

Der Vice Questore faltete langsam die Zeitung zusammen. »Und weshalb?«

»Um ein Alibi zu überprüfen. Der Tscheche war der Klavierlehrer der Frau des Antiquitätenhändlers Carlo Maletti.«

Berlusco blickte ihn erstaunt an. »Das bedeutet nichts. Meine Frau spielt auch sehr schlecht Klavier, aber ich käme nie auf die Idee, deswegen ihren Lehrer zu ermorden.«

»Deswegen nicht, Vice Questore. Aber die beiden hatten vor zehn Jahren ein Verhältnis. Ich weiß, daß Tomaschek damals Venedig nicht freiwillig verlassen hat. Vor etwa zehn Tagen ist er zurückgekommen und wurde hier vor etwa einer Woche umgebracht. Maletti ist bisher der einzige Verdächtige. Vermutlich Eifersucht oder Rache. Andere Feinde hatte der Tscheche weder hier noch in Prag.«

Der Vice Questore blickte Trattoni nachdenklich an. »Eifersucht? Glauben Sie etwa, daß eine Frau nach zehn Jahren ihren Ehemann noch eifersüchtig machen kann?«

»Meine Frau könnte das. Vor fünf Jahren haben wir die Ferien in Taormina verbracht, und der Eigentümer unseres Hotels hat sie zu einer Ätnatour eingeladen. Ich müsse mich wegen meines Alters ja vermutlich schonen. Eine Unverschämtheit, so was.«

Berlusco hob interessiert die Augenbrauen. »Und wie haben Sie reagiert?«

»Wie jeder vernünftige Ehemann. Ich habe gewartet, bis er einen Moment allein in seinem Büro saß und habe ihm bewiesen, daß ich meine Fäuste trotz meines

Alters nicht zu schonen brauche. Natürlich sind wir danach in ein anderes Hotel gezogen.«

»Interessant«, sagte Berlusco. »Körperverletzung plus tätliche Beleidigung.«

»Im Affekt und zur Verteidigung meiner Ehre«, antwortete Trattoni. »Inzwischen längst verjährt. Sonst hätte ich es Ihnen nicht erzählt, Vice Questore. Ich möchte lediglich nach Milano, um Malettis Alibi zu prüfen. Er will mit seiner Sekretärin im Hotel übernachtet haben, während hier der Tscheche umgebracht wurde. Weshalb übernachtet er in Milano im Hotel, wenn die Sekretärin in seinem Milaneser Büro arbeitet? Hat die Frau in Milano keine Wohnung?«

Vice Questore Berlusco rutschte nervös auf seinem Sessel hin und her. »Mir gefällt das nicht, Commissario. Abgesehen davon, daß ich Signor Maletti keinen Mord zutraue… Ich bin dagegen, in fremden Betten herumzuschnüffeln.«

»Sie verstehen mich falsch, Signor Berlusco. Im Bett der Sekretärin werde ich auf keinen Fall herumschnüffeln. Ich möchte lediglich wissen, ob Maletti die Nacht mit ihr verbracht hat. Natürlich verhöre ich sie in Anwesenheit eines Kollegen aus Milano.«

Der Vice Questore erschien von Minute zu Minute weniger gewillt, Trattoni die Dienstreise zu genehmigen, und der Commissario brachte das stärkste Argument vor, über das er verfügte.

»Es handelt sich immerhin um Mord. Falls Sie befürchten sollten, Ihre Kompetenzen zu überschreiten, müßten wir diesen Fall dem Staatsanwalt vortragen. Ich kann nicht ausschließen, daß auch Malettis Sekretärin gefährdet ist.«

Berlusco blickte Trattoni an, als zweifele er an dessen Verstand.

»Wieso halten Sie die Sekretärin für gefährdet?«

»Weil sie vermutlich auch verheiratet ist«, sagte Trattoni. »Diese Angelegenheit erfordert höchste Diskretion. Ich möchte Malettis Alibi überprüfen, ohne daß der Mann seiner Sekretärin es erfährt. Wir können das nicht auf dem Wege der Amtshilfe erledigen lassen.«

Endlich rang sich Berlusco zu einer Entscheidung durch. »Dann fahren Sie meinetwegen nach Milano. Und zwar gefälligst mit der Eisenbahn. Ihr Flug nach Prag hat uns genug Geld gekostet.«

Trattoni nickte. »Ich weiß, Vice Questore. Aber das war Ihre Idee. Nicht meine.« Er wartete noch einen Moment, ob sein Vorgesetzter das Gespräch fortsetzen wollte, und als das nicht der Fall war, verließ er dessen Arbeitszimmer und ging in sein Büro.

Er hängte Hut und Mantel an den Haken und hatte sich gerade hinter seinen Schreibtisch gesetzt, als Ispettor Flaviano in sein Zimmer kam. »Carlo Maletti ist laut Auskunft der *Alitalia* vergangene Woche am Samstag mit der ersten Maschine nach Milano geflogen und diese Woche Mittwoch mit der letzten zurückgekommen.«

»Das habe ich erwartet. Würden Sie nach Milano fliegen oder mit dem Auto fahren?«

Flaviano sah Trattoni erstaunt an. »Weder noch. Ich würde den Schnellzug nehmen.«

Trattoni nickte. »Ich auch. Flugzeuge sind heutzutage eine Zumutung, und auf der Autostrada steht man ständig im Stau. Sonst noch was?«

Ispettor Flaviano legte ihm ein paar Computerausdrucke auf den Tisch. »Maletti bietet seine Antiquitäten auch im Internet an. Mehrere Seiten voll schöner Fotos. Mit alten Handschriften handelt er nicht.

Sein Bruder in Rom bietet allerdings zwei Briefe von Gabriele d' Annunzio an Eleonora Duse, eine Komposition von Luigi Nono und ein Paar Unterhosen von Giacomo Casanova mit Expertengutachten an. Die Unterhosen kosten am meisten.«

So sehr der Commissario den Ispettore verabscheute, er nickte anerkennend. »Grazie, Ispettore. Gut, daß Sie sich auch das Geschäft seines Bruders vorgenommen haben.«

Ispettor Flaviano wirkte plötzlich unsicher. »Meine Freundin arbeitet bei der *Banca d'Italia*. Carlo Maletti überzieht regelmäßig seinen Dispo. Wenn sein Bruder ihm nicht von Zeit zu Zeit Geld überweisen würde, hätte ihm die Bank das Konto längst gekündigt.«

Jetzt mußte Trattoni den Wunsch unterdrücken, dem Sizilianer auf die Schulter zu klopfen. »Sehr gute Arbeit«, brummte er. »Lernt ihr das in Sizilien bei der Mafia?«

»Nein. Das habe ich von Ihnen gelernt. Meine Freundin hat auch Auskünfte über Francesco Blandini eingeholt. Seine Vorfahren haben ein großes Vermögen angesammelt, aber viel ist davon nicht mehr übrig. Blandini hatte Internetaktien und sehr viel Parmalat. Parmalat hat Milliarden Schulden. Euro, Commissario. Keine Lire. Blandini ist zu spät ausgestiegen.«

»Und was macht der Mann beruflich?«

Ispettor Flaviano zuckte mit den Schultern. »Noch kann er von seinem Vermögen leben. Ich habe ihn gegoogelt. Er hat Musikwissenschaft studiert und eine Mozartbiographie veröffentlicht. Er ist der Ansicht, daß Mozart ermordet wurde.«

Trattoni nickte. »Das vermuten viele. Verdächtigt auch er Antonio Salieri?«

»Keine Ahnung. Ich habe das Buch nicht gelesen.«

»Natürlich nicht«, antwortete der Commissario. Er überlegte einen Moment. »Stellen Sie fest, ob Maletti oder seine Sekretärin Gianna Ursini in Milano ein Auto gemietet hat. Sein eigenes wird er nicht benutzt haben, aber möglicherweise ihres.«

Diesmal holte Ispettor Flaviano sein Notizbuch aus der Tasche und schrieb hastig. »Sonst noch was, Commissario?«

Trattoni nickte. »Die Kreditkarten. Ich halte Maletti zwar nicht für so dumm, aber sogar mir unterläuft gelegentlich ein Fehler. Möglicherweise hat er an einer Tankstelle mit der Kreditkarte bezahlt.«

»Halten Sie ihn für den Mörder des Tschechen?«

»Das weiß ich noch nicht«, sagte Trattoni nachdenklich. »Eine Woche nach einem Mord weiß man das selten. Ich fahre übermorgen nach Milano. Halten Sie hier die Stellung. Sie können mich über mein Telefonino jederzeit erreichen.«

14.

Als der Commissario an der Anlegestelle S. Marcuola den Vaporetto verließ, begann der Nebel aus den Kanälen zu kriechen. Feine weiße Schwaden, die über dem nassen Pflaster schwebten wie dünne Zuckerwatte. Trattoni hatte sich damit abgefunden, daß seine Kniegelenke feuchte Kälte so zuverlässig anzeigten wie eine Wetterstation. Daran war nichts zu ändern, und was er nicht ändern konnte, interessierte ihn nur am Rande.

Nein, es war der Mord an dem Tschechen, der ihm immer weniger gefiel. Die meisten Ermittlungen waren schwierig und verlangten vor allem Geduld, unsäglich viel Kleinarbeit, bei der man schließlich irgendwann auf ein Motiv und Indizien stieß. In diesem Fall war alles anders. Trattoni zweifelte nicht daran, daß Tomascheks Begehren für Bianca Maletti leidenschaftlich gewesen war. Er hielt es für möglich, daß man ihn deshalb vor zehn Jahren bedroht hatte. Es war nicht ausgeschlossen, daß er deswegen Venedig verlassen mußte und vor zehn Tagen zurückgekehrt war, um sich Bianca erneut zu nähern.

Aber wäre das ein Grund für Maletti gewesen, Tomaschek zu ermorden, obwohl der Antiquitätenhändler längst mit seiner Sekretärin schlief?

Ja, dachte Trattoni, als er die Haustür erreicht hatte. Ein eifersüchtiger Mensch ist zu allem fähig. Aber andererseits... Wie ein eifersüchtiger Mann wirkt Maletti nicht. Möglicherweise verdächtige ich ihn zu unrecht. Möglicherweise irre ich mich und ermittle in der falschen Richtung. Möglicherweise – und schon der Gedanke daran trieb seinen Blutdruck in die Höhe – habe ich es diesmal mit einem jener Verbrechen zu tun, die jeder Kriminalbeamte fürchtet: mit einem perfekten Mord.

Er schloß die Haustür auf und begann seinen alltäglichen Kampf mit den Treppenfluchten. Er quälte sich von Absatz zu Absatz höher hinauf, doch dann, als er das dritte Obergeschoß erreicht hatte, stiegen ihm die feinen Düfte von Thymian, Oleander und Basilikum in die Nase, auf die er stets so reagierte wie die Pawlowschen Hunde auf ein Klingelzeichen. Sie aktivierten seine Speicheldrüsen. Er spürte seine Kniegelenke nicht mehr, ging schneller, schloß die Wohnungstür auf, warf Aktentasche und Hut auf die Flurgarderobe, entledigte sich seines Mantels und lief in die Küche, wo Giuliana und Luciana am Herd standen. Sogar wenn sie ihrer Mutter half, trennte sich seine Tochter nicht mehr von ihrem *iPod*.

»Na ihr beiden«, sagte er. »Kocht ihr heute in Stereo?«

Giulia nickte. »Für dich sogar in Hi-Fi. Nerv uns nicht, sondern bring das Geschirr in den Salon, deck den Eßtisch und mach den Wein auf.«

»*Va bene*«. Trattoni hatte mit dem geübten Blick des Kriminalbeamten längst erkannt, welches köstliche Gericht seine Frau mit Hilfe ihrer Tochter vorbereitete: *Sogliola alla Fiorentina*. Der Backofen war schon vorgeheizt. Jetzt legte Giulia vier Seezungenfilets in die feuerfeste Form und fügte Spinat hinzu, der bis dahin in einem kleinen Topf geköchelt hatte, während Luciana noch mit der Sauce beschäftigt war. Daß Giulia dazu Spaghetti servieren würde, war selbstverständlich.

Der Commissario nahm vier Teller aus dem Geschirrschrank, deckte im Salon den Tisch, überlegte, welcher Wein am besten zur Seezunge paßt und entschied sich für einen *Vermentino di Gallura*, den er aus Sardinien bezog. Die beiden jungen Männer, die alle drei Monate eine große, schwere Weinkiste die 100 Stufen zur Wohnung hochtrugen, taten ihm jedesmal leid. Er holte eine Flasche aus der Speisekammer, überlegte kurz, den Wein noch auf die Terrasse zu stellen, damit er weiter abkühlte, doch Giulia hatte die Seezungen schon in den Ofen geschoben.

Er trug die Flasche in den Salon, öffnete sie und wunderte sich nicht, als Stefano sich zu ihm gesellte. Wann und wo es etwas zu essen gab, das nahm er ebenso sensibel wahr wie sein Vater.

»Na, Adriano. Schon herausgefunden, wer den tschechischen Pianisten umgebracht hat?«

»Es gibt immerhin schon einen Verdächtigen«, sagte Trattoni und zögerte. »Hältst du es für möglich, daß ein Ehemann heutzutage noch den Mann tötet, der vor zehn Jahren der Geliebte seiner Frau war?«

Stefano grinste. »Wie Othello, was? Nein, Adriano. So leidenschaftlich ist in Venedig keiner mehr. Wenn es um sehr viel Geld ginge... Ja, dann traue ich manchem einen Mord zu. Aber wegen einer Frau? Nein. Das ist etwa so zu behandeln, wie ein Kompatibilitätsproblem. Wenn es an der Software liegt, kann man meistens die Version updaten. Falls sich Geräte nicht miteinander vertragen, ersetzt man eins durch ein anderes.«

»Ich weiß nicht«, sagte Trattoni nachdenklich. »Bei allem Respekt vor euren Computern, der Mensch unterscheidet sich gewaltig von ihnen.«

Stefano nickte. »Zweifellos. Was logische Entscheidungen betrifft, ist der Computer jedem Menschen überlegen. Es gibt bereits Rechner, die Schachweltmeister besiegen.«

»Das ist mir bekannt. Aber verlieben... Hat sich ein Computer jemals in einen anderen verliebt?«

Stefano stutzte. »Nicht, daß ich wüßte. Aber da werden die Menschen dem Computer immer ähnlicher. Ich habe neulich im Hörsaal das T-Shirt eines Kommilitonen gesehen. Weißt du, was da drauf gedruckt war? No sex please. I'm computer scientist. Guck dir doch mal unsere Geburtenzahlen an. Welche halbwegs intelligenten Menschen bringen denn heute noch Kinder auf die Welt?«

»Vielleicht intelligente Menschen, die das Leben lieben«, antwortete Trattoni gerade, als Giulia endlich die Seezungen mit Spinat in den Salon brachte und Luciana die große Schüssel Spaghetti auf den Tisch stellte. Luciana nahm die Stöpsel ihres *iPod* aus den Ohren. Trattoni füllte die Weingläser, und als er den ersten Bissen Seezunge verzehrte, nickte er zufrieden und machte Frau und Tochter ein Kompliment. War es nicht Glück, im Kreise seiner Angehörigen, ohne zu frieren oder Schmerzen ertragen zu müssen, ein vorzügliches Essen und einen guten Wein zu genießen?

Trattoni aß und trank. Als er satt war, wartete er, bis auch die anderen das Abendessen beendet hatten. Giulia wollte noch für zwei Stunden in ihre Galerie. Stefano und Luciana waren mit Freunden verabredet. Trattoni ging ins Schlafzimmer, wo er die Schuhe auszog, seine Jacke auf das Bett warf und in den bequemen

Kimono schlüpfte, den ihm die Kinder zum Geburtstag geschenkt hatten. Er ging zuerst in den Korridor, nahm seine Aktentasche von der Garderobe und schüttete den Inhalt auf den Fußboden. Die Noten sahen inzwischen ziemlich ramponiert aus, und er legte sie zur Seite. Blandinis Mozartbiografie, die er sich auf dem Weg zur Anlegestelle in einer Buchhandlung gekauft hatte, war noch eingeschweißt. Er riß die Platikfolie auf, warf sie auf den Fußboden und suchte zuerst aus dem Stapel alter Langspielplatten neben seinem Plattenspieler nach Musik, bei der er seinen Fall von Anfang an gründlich durchdenken wollte.

Wenn schon Mozart, dann aber seine beste Oper, dachte er, als er die erste Platte seines Don Giovanni-Albums auf den Plattenteller legte. Er ging ins Schlafzimmer, holte sein Notizbuch aus der Jackentasche, setzte sich in seinen bequemen abgewetzten Ledersessel und las, was er notiert hatte. Das Ergebnis der Autopsie Tomascheks. Die Unordnung am Tatort. Die weißen Handschuhe. Die Aussagen der Vermieterin. Er las noch die Aussagen der Witwe Tomaschekova, dann zog ihn die Musik immer mehr in ihren Bann. Obwohl Mozarts Don Giovanni von der zerkratzten Schallplatte so klang, als hätte man das Vinyl mit Sandpapier gereinigt; Mozart ist und bleibt unbesiegbar.

Trattoni lauschte der Ouvertüre, sah Don Giovanni mit dem Vater der Donna Anna kämpfen, schloß die Augen und zuckte zusammen, als der Verführer den Vater tötete. Zweifellos, dachte er, der Klavierlehrer Jiri Tomaschek dürfte in Venedig ähnlich gewütet haben wie Don Juan in Sevilla. Hatte der Vater der Frau des Antiquitätenhändlers die Rolle des Komturs übernommen, als er Tomaschek aus Venedig vertrieb? Als sein Mörder kam er nicht in Frage; er war seit sechs Jahren tot. Aber war nicht auch Annas Vater aus dem Reich der Toten zurückgekehrt, um Don Giovanni zu vernichten? War etwa Bianca eine Reinkarnation der Donna Anna und stand zwischen zwei Männern, dem verführerischen Klavierlehrer und dem vernünftigen Antiquitätenhändler? Hatte Maletti Tomaschek umgebracht, als der nach Venedig zurückgekehrt war, um den ehelichen Frieden – wenn es den denn gab – zu stören?

Trattoni lauschte der Musik, ließ sich von ihr abwechselnd in die höchsten Höhen heben und in den tiefsten Tiefen zerschmettern, bis er schließlich – nach dem Duett der Zerlina mit Giovanni in der neunten Szene, dem unvergleichlichen *Lá ci darem la mano* – in seinem Sessel einnickte und schlief, bis ihn seine Frau weckte.

»Vielleicht ist das ganze Leben eine Oper«, sagte er schlaftrunken, während Giulia den Plattenspieler ausschaltete.

»Jawohl«, antwortete sie. »In deinem Falle eine komische.«

Sie begleitete ihn ins Schlafzimmer, wo sich beide auszogen und in das breite Ehebett legten, das Giulia von den Großeltern geerbt hatte. »Ich glaube, meine nächste Ausstellung wird ein riesiger Erfolg.«

»Was stellst du denn aus?« fragte Trattoni mit schwerer Stimme.

»Eine junge Malerin, die dort anfängt, wo Giorgione vor 500 Jahren aufgehört hat«, antwortete sie, aber da war Trattoni längst eingeschlafen. Er träumte von dem Mann mit dem Aktenkoffer, der ihn in Prag verfolgt hatte, doch schon am Morgen dachte er unter der Dusche wieder an seinen Fall. Er zog sich an, ging in die Küche, wo Giulia ihn veranlaßte, seinen Blutzucker zu messen.

»290«, sagte sie besorgt. »Du mußt deine Tabletten wieder nehmen.«

»Auf keinen Fall. Erstens schmeckt mir dann das Essen nicht mehr, und zweitens bekomme ich davon Bauchschmerzen.«

»Und drittens sollen die Tabletten genau so wirken. Du ißt zu viel und bewegst dich zu wenig.«

»Das ist mir bekannt«, antwortete Trattoni. »Aber wenn ich nicht esse, kann ich nicht denken, und wenn ich nicht denken kann, überführe ich den Mörder des Tschechen nicht.« Er stellte eine große Tasse in die *Gaggia*, sah zu, wie der Caffè aus der Maschine tröpfelte und schäumte Milch auf. Als er am Küchentisch saß, aß er zwei *brioche*, doch diesmal schmeckten sie ihm nicht, obwohl er kein *Metformin* genommen hatte. So verdächtig ihm Maletti erschien, daß er den Tschechen aus Eifersucht umgebracht hatte, kam ihm jetzt wieder unwahrscheinlich vor.

Vermutlich zäume ich das Pferd von hinten auf, dachte er. Irgend etwas stimmt an der Sache nicht. Er verzehrte eine dritte *brioche* und sah Giulia fragend an. »Du kennst doch Bianca Maletti«, sagte er. »Hältst du es für möglich, daß der Tscheche gehofft hat, sie würde nach zehn Jahren Ehe seinetwegen ihren Mann verlassen?«

Giulia stand am Herd und briet Spiegeleier für Stefano und Luciana. »Nur wenn er über Nacht sehr reich geworden wäre«, sagte Giulia. »Denk doch an Fitzgeralds *Gatsby*. Der hat Daisy Buchanan auch nicht loslassen können, nachdem sie einen anderen geheiratet hatte. Sobald Gatsby ein Vermögen zusammengerafft hatte, wollte er sie für sich gewinnen. Manchen Männern ist nicht zu helfen.«

»Manchen Frauen auch nicht«, sagte Trattoni. Er

stand auf, ging in den Korridor und zog sich den Mantel an, doch Giulia kam ihm nachgelaufen. »Wo willst du hin? Hast du dich etwa zum Sonntagsdienst einteilen lassen?«

»Natürlich nicht«, antwortete Trattoni. Er zog den Mantel wieder aus, hängte ihn auf den Kleiderbügel und ging ins Schlafzimmer, wo er Jacke und Schuhe auszog und in seinem Kimono ins Arbeitszimmer ging. Mozarts *Requiem* besaß er nicht, aber sein *Don Giovanni* lag noch auf dem Plattenteller. Er schaltete den Verstärker ein, führte den Tonarm über die Einlaufrinne der Schallplatte. Bereits als er die drohenden Synkopen hörte, mit denen die Ouvertüre begann, dachte er nicht mehr an seine Familie, und als die auf- und absteigenden Streicherfiguren aus den beiden Lautsprechern tänzelten, holte er Fitzgeralds *The Great Gatsby* aus dem Bücherregal und setzte sich in seinen Sessel. Er hatte diesen Roman während seiner Studentenzeit gelesen und erinnerte sich schon nach wenigen Seiten wieder an Gatsby, der Daisy zwar mit seinem Reichtum beeindruckt, sie jedoch nicht daran hindern kann, sich für ihren Ehemann zu entscheiden.

Inzwischen dröhnten aus beiden Lautsprechern dunkle Bässe, die mit der Gewalt des Schicksals gegen verspielte Violinenfiguren zu kämpfen schienen, die – so vermutete Trattoni – der Leichtfertigkeit entsprachen, mit der Giovanni von einer Frau zur nächsten wanderte.

Nein, dachte er, während er den Plattenspieler so einstellte, daß er dieselbe Platte immer wieder abspielte, nein, ein Don Giovanni war Tomaschek nicht. Eher ein tschechischer Gatsby, der Bianca noch nach zehn Jahren begehrt hatte und nach Venedig zurückgekommen war, um sie endgültig für sich zu gewinnen.

Trattoni hatte schon als Kind viel gelesen und sich oft gefragt, ob Romane das Leben abbilden und widerspiegeln oder ob sie – wie Blaupausen – Entwürfe sind, nach denen Menschen, bewußt oder unbewußt ihre Gefühle deuten und ihr Leben zu gestalten versuchen. War er etwa nur Kriminalbeamter geworden, weil er als Kind zu viele Romane von Sir Arthur Conan Doyle gelesen hatte?

Diese Möglichkeit bereitete ihm leichtes Unbehagen, und er versuchte, sich wieder auf seinen Fall zu konzentrieren. Wenn Tomaschek ein Wiedergänger Gatsbys war – wo war dann sein Reichtum?

Inzwischen sangen Giovanni und Zerlina zum dritten Mal aus beiden Lautsprechern ihr unvergängliches Liebesduett, das von seiner Schallplatte so klang, als brieten sie dabei Spiegeleier. Trattoni griff nach seinem Notibuch, in dem auch notiert war, was Conte Blandini zu den Noten des Tschechen gesagt hatte. Wertlose Fotokopien einer Fälschung.

Allerdings, auch das hatte Trattoni sich aufgeschrieben, eine bislang unbekannte Partitur von Mozarts Hand wäre zig Millionen wert. Er bückte sich, um die zerknitterten und mittlerweile verschmutzten Noten vom Boden aufzuheben, und als er die Titelseite betrachtete, zitterten seine Hände so stark, daß er nur noch verschwommen lesen konnte, was da kaum leserlich – allerdings nicht in Mozarts Handschrift geschrieben – stand: Mozart, September 1791.

Er blätterte in Blandinis Mozartbiografie, und als er las, daß sich Mozart zu dieser Zeit in Prag aufgehalten hatte, stieg sein Blutdruck in zuvor selten erreichte Höhen. Oder sollte es Adrenalin sein, was ihn überflutete? War das der entscheidende Durchbruch bei der Aufklärung des Mordes?

Er las Mozarts Werkverzeichnis und das Köchel-Verzeichnis. In beiden fand er Freimaurerkantaten, allerdings kein Freimaureroratorium. Er nahm sich wieder sein kleines grünes Buch vor, und als er las, daß Tomaschek als Aushilfsbibliothekar im Kloster Strahov gearbeitet hatte, war ihm, als verdichteten sich seine diffusen Vermutungen immer mehr zu einer Hypothese, die ihm – jedenfalls nach dem derzeitigen Stand der Ermittlung – immer schlüssiger erschien: Wenn Tomaschek in der Klosterbibliothek die Mozarthandschrift gefunden und ihren Wert erkannt hatte, war er nach Venedig gekommen, um das Original der Partitur für ein Vermögen herzugeben, das Bianca und ihm eine gemeinsame Zukunft ermöglichen sollte. Die Kopie, die der Commissario jetzt in den Händen hielt, hatte der Tscheche vermutlich lediglich für Verhandlungen mit potentiellen Käufern angefertigt.

Hatte Trattoni eine Woche lang in völlig falscher Richtung ermittelt? War, was er für einen Mord aus Eifersucht gehalten hatte, etwa in Wirklichkeit ein Raubmord, durch den sich der oder die Täter das Original der Partitur verschafft hatten? Ein Raubmord würde zumindest als schlüssig erscheinen lassen, daß der oder die Täter Tomascheks Leiche mit 30 Münzen in der Tasche unter eine Brücke gehängt hatten, um die Polizei in die Irre zu führen.

Daß Conte Blandini die Partitur für eine Fälschung hielt, nahm Trattoni nicht mehr ernst. Er hatte oft erlebt, in welchem Maße sich Experten irrten. Sogar im Köchel-Verzeichnis waren Violinkonzerte aufgelistet, deren gefälschte Noten Kenner anfangs für echt gehalten hatten. Nichts sprach dagegen, daß ein solcher Sachverständiger diesmal zur Abwechslung in entgegensetzter Richtung irrte.

Inzwischen klang aus den Lautsprechern Elviras Arie *Ah, fuggi il traditor*, von regelmäßigem Knakken begleitet, das auf einen besonders tiefen Kratzer zurückzuführen war. Trattoni störten solche Begleitgeräusche nicht, er schätzte sie sogar, weil sie ihn – wie Venedig – daran erinnerten, daß alles von Menschen Geschaffene vergänglich ist.

Am wichtigsten war jetzt zu klären, ob Mozart die Partitur geschrieben hatte und wie Tomaschek in ihren Besitz gelangt war. Überhaupt, was hatte ein Freimaureroratorium in einer Klosterbibliothek zu suchen?

Trattoni wartete noch, bis ihn sein Magen an den fälligen *pranzo* erinnerte, für den am Sonntag abwechselnd eines der beiden Kinder zuständig war. Er aß zwei *tramezzini*, trank einen Cappuccino und ging mit einem dritten *tramezzino* in der Hand in das Zimmer seiner Frau, die an ihrem Arbeitstisch ein Passepartout für eine Gouache zuschnitt.

»Möglicherweise hat Tomaschek eine bisher unbekannte Mozartpartitur gefunden und wurde deshalb umgebracht. Ich muß noch mal nach Prag.«

Giulia blickte ihn skeptisch an. »Ich dachte, du willst nach Milano, um mit der Sekretärin Malettis zu sprechen.«

Trattoni nickte und biß in das Sandwich. »Na und? Man wird doch wohl seine Absichten ändern dürfen. Ich will endlich wissen, was es mit diesen Noten auf sich hat. Mit der Sekretärin kann ich immer noch reden, wenn ich aus Prag zurück bin. Ist Stefano in seinem Zimmer? Der muß heute ausnahmsweise mal für mich im Internet recherchieren. Der Duce braucht von dieser Reise überhaupt nichts zu erfahren.«

15.

Wie Trattoni gehofft hatte, landete der Airbus der *Alitalia* pünktlich um neun Uhr auf dem Flughafen Ruzyne in Prag. Der Beamte des Grenzschutzes ließ ihn wieder passieren, ohne auch nur einen Blick in den Reisepaß zu werfen. Alte Männer mit Hut und Aktentasche erscheinen der Grenzkontrolle vermutlich unverdächtig, dachte der Commissario. Er stellte sich an das Ende der kleinen Menschenschlange vor dem Wechselschalter, tauschte 500 Euro in Tschechische Kronen ein, und als er aus der Ankunftshalle trat, fiel leichter Nieselregen. Er stieg in eines der Taxis, die in langer Reihe warteten. Der Fahrer – ein unrasierter junger Mann – nickte kurz, nachdem Trattoni ihm das Ziel genannt hatte. Zum Clam-Gallas-Palais.

Als das Taxi das Flughafengelände verließ, fühlte sich der Commissario müde und erschöpft, obwohl er den kurzen Flug nicht als unangenehm empfunden hatte. Grund hierfür war wohl, daß er schon am Vorabend mit der Eisenbahn nach Mailand gefahren war und dort im Flughafenhotel übernachtet hatte, um am Morgen die erste Maschine nach Prag zu erreichen.

Entweder war das Bett im Hotel zu weich für mich, dachte er jetzt, oder ich bin für solche Strapazen zu alt. Doch es waren nicht nur die körperlichen Gebrechen seines Alters, die ihn nachdenklich stimmten. Er hatte sich Stefano zum ersten Mal unterlegen gefühlt, als er sah, mit welch spielerischer Leichtigkeit sein Sohn durch das Internet surfte und dabei nicht nur schnell herausfand, daß sich der Tempel der Freimaurerloge *Most* seit einigen Jahren im Clam-Gallas-Palais befand. Sogar die Privatanschrift und Telefonnummer des Logenvorstehers – bei den Freimaurern nennt man ihn *Meister vom Stuhl* – fand Stefano auf der Website der internationalen Klinik in Prag.

Dr. Beran, so der Name des Meisters, war zwar erstaunt gewesen, als Trattoni am Telefon sagte, er wolle mit ihm reden, doch als der Commissario angedeutet hatte, daß man in Venedig die Kopie einer unbekannten Partitur gefunden habe, die möglicherweise von der Hand Mozarts stamme und vermutlich freimaurerische Ideen enthalte, war er zu einem Gespräch bereit gewesen. »Wenn Sie deswegen tatsächlich morgen nach Prag kommen wollen, am besten würde es mir um halb elf in unserem Logenraum passen. Sagen Sie dem Taxifahrer, er soll Sie zum Clam-Gallas-Palais bringen. Den kennt in Prag jedes Kind.«

Jetzt blickte Trattoni durch die Windschutzscheibe, über die von Zeit zu Zeit die Scheibenwischer rutschten. Die großen Plattenbauten vor der Innenstadt kamen ihm diesmal noch trostloser vor als bei seinem ersten Aufenthalt in Prag. Es dauerte nicht lange, bis das Taxi wieder an der Moldau entlangfuhr, und als ihm bewußt wurde, daß noch nicht einmal eine Woche vergangen war, seit er mit Kommissar Odranek auf dem Burghügel gestanden und über die Stadt geblickt hatte, erschrak er. Was habe ich hier eigentlich zu suchen?, fragte er sich. Tomaschek ist in Venedig ermordet worden. Ich sollte lieber dort ermitteln. Aber andererseits, in Prag hatte er mit der Hochzeitsanzeige das erste Glied der Indizienkette gefunden, die ihn zu Maletti geführt hatte. Jetzt ging es darum, sich Gewißheit über die Noten zu verschaffen.

Das Taxi fuhr über den Altstädter Ring, bog in die schmale Husova ab und hielt vor einem Barockpalais, dessen Portal von zwei großen Herkulesfiguren aus verwittertem Stein bewacht wurde, die auf ihren Schultern – nein, nicht das Gewicht der Welt, sondern nur einen mit Vasen, Putten und Wappen geschmückten Balkon trugen. Trattoni bezahlte den Taxifahrer, ließ sich den Fahrpreis – 800 Kronen – quittieren, und als er aus dem Auto stieg, regnete es nicht mehr. Er blickte auf seine Armbanduhr. Noch nicht einmal halb zehn. Der Freimaurer erwartete ihn erst in einer Stunde.

Der Commissario betrachtete einen Augenblick die Fassade des alten Palais, ging über die Straße und dort langsam an der Mauer des Clementinums entlang, dem mehr als zwei Hektar großen Hauptquartier der Jesuiten. Er wußte, daß die Padres von hier aus die Protestanten in ganz Böhmen verfolgt und nicht nur zahllose Ketzer verbrannt hatten, sondern auch mehr als 30.000 Bücher. Als Trattoni daran dachte, daß Mozart sowohl das Palais als auch das ehemalige katholische Machtzentrum gekannt hatte, daß er möglicherweise mit seinen Noten an beiden Gebäuden vorbeigegangen war, ja vielleicht sogar dort Konzerte gegeben hatte, wurde er nachdenklich. Er ging über den Marienplatz, auf dem nur wenige Touristen vor den uralten Barockgebäuden standen.

Als er das Neue Rathaus – Art déco, was denn sonst – bewunderte, begegnete ihm ein Mann, der mit fünf Hunden spazierenging. Trattoni bemerkte, daß er seit zehn Stunden nichts mehr gegessen hatte. Er fand ein kleines Kaffeehaus, in dem er bei einem wäßrigen Cappuccino zwei Stück viel zu süße Sachertorte aß und sich auf seinen Besuch bei den Freimaurern vorbereitete.

Die Kopie der Noten vom Klavier der Signora Cefano war ein Beweisstück, das er nicht aus der Hand geben wollte. Kein Problem. In der Bibliothek schräg gegenüber dem Rathaus entdeckte er ein hochmodernes Fotokopiergerät. Er versuchte vergeblich, den Apparat zu bedienen, bis ein junger Mann ihm zu Hilfe eilte, der den Stapel Noten in ein Fach legte, auf zwei Tasten drückte, und nach fünf Minuten besaß der Commissario zwei Partituren, mit denen er zum Clam-Gallas-Palais ging. Dr. Beran, ein großer, grauhaariger Mann Mitte 50, stand schon unter einer der Herkulesfiguren.

»Wir müssen leider noch ein paar Minuten auf unseren *musikalischen Bruder* warten«, sagte er lächelnd in flüssigem Englisch, nachdem sich die beiden Männer miteinander bekannt gemacht hatten. »Bruder Pintas ist Direktor des hiesigen Konservatoriums. Sie wissen vermutlich, was Musiker von Pünktlichkeit halten. Franz verspätet sich grundsätzlich, aber selten um mehr als eine Viertelstunde. Er möchte unbedingt Ihre Noten sehen. Er spricht Deutsch und versteht von Musik mehr als ich. Sie haben doch nichts dagegen?«

»Nicht das geringste. Verraten Sie mir, was ein *musikalischer Bruder* ist?«

»Unser Zeremonienmeister«, antwortete Dr. Beran. »In einer Freimaurerloge besteht eine ausgeprägte Hierarchie. Es ist ein großes Glück, daß Professor Pintas zu uns gehört. Wir wählen ihn jedes Jahr wieder in dieses Amt. Woher haben Sie eigentlich die Noten, von denen Sie am Telefon sprachen? Von einem Bruder?«

»Ich weiß nicht, ob der Mann einer war«, antwortete Trattoni. »Seine Vermieterin, bei der er die Kopie vergessen hat, wußte nicht viel mehr als seinen Namen. Jiri Tomaschek. Kennen Sie ihn?«

»Nur flüchtig. Er hat vor sehr langer Zeit unser Gelöbnis abgelegt und sich wenig später schlafen gelegt. Das passiert manchmal. Manche kommen mit völlig falschen Hoffnungen zu uns und bleiben weg, wenn sie erleben, wie wir arbeiten.«

»Schlafen gelegt?« fragte Trattoni. »Was meinen Sie damit? Zur ewigen Ruhe? Und was bedeutet Arbeit bei Ihnen? Mauern Freimaurer wirklich?«

Diesmal lachte der Logenmeister laut. »Ach was. Arbeit bedeutet bei uns geistige Arbeit an sich selbst und am Gebäude der Schöpfung, bei der sich die Brüder gegenseitig helfen und unterstützen. Schlafen legt sich ein Bruder, der an der Arbeit nicht mehr teilnimmt. Falls er nicht wegen schwerer Verstöße gegen unsere Grundsätze schuldig geworden ist, kann er jederzeit wieder zu uns kommen.«

Trattoni hätte am liebsten sein kleines grünes Buch aus der Tasche geholt, um sich Notizen zu machen, doch das hätte der Logenmeister vermutlich mißverstanden. »Ich weiß«, sagte Dr. Beran nachdenklich. »Viele halten uns Freimaurer immer noch für Angehörige einer Geheimgesellschaft, aber außer unseren Ritualen ist überhaupt nichts geheim. Und was diese Rituale betrifft... Ein Psychologe würde sie vermutlich als mit Symbolen geführte Meditationen bezeichnen. Daß der katholischen Kirche unser unabhängiges Denken genausowenig gefällt, wie es vielen Fürsten, den Nazis und den Kommunisten gefallen hat, steht auf einem anderen Blatt.«

Der Meister berichtete noch, wie dankbar die Loge sei, daß man ihr im Palais, in dem sich das Stadtarchiv befinde, mehrere Räume für ihre Zusammenkünfte überlasse, als sich Professor Pintus zu ihnen gesellte: ein kleiner, glatzköpfiger Mann im Alter von etwa 60 Jahren, der sich wortreich für seine Verspätung entschuldigte. Er habe vergeblich einen Parkplatz gesucht und sein Auto schließlich im Parkverbot abgestellt.

Die beiden Meister führten Trattoni durch das verwinkelte alte Gebäude, Treppen hinauf und wieder hinunter, bis sie vor einer Tür stehenblieben, die Dr. Beran aufschloß. Er schaltete das Licht ein und führte den Commissario in einen Vorraum, der an die Garderobe eines kleinen Theaters erinnerte. Als die Männer den Mantel ausgezogen hatten, öffnete der *Meister vom Stuhl* die Tür eines großen, mit schweren schwarzen Ledersesseln und zahlreichen Stühlen ausgestatteten Raums, in dem rechts und links neben dem Eingang zwei unterschiedlich geformte Säulen standen. Neben jeder Säule war ein Sessel, von dem aus – so erklärte Dr. Beran – während der Arbeit ein Aufseher den Norden und der andere den Süden bewachte. Die Fenster waren durch schwere Vorhänge verhüllt, aber an der Decke hingen große Kronleuchter, die jetzt den Saal in helles Licht tauchten. Vor der Wand gegenüber des Eingangs, auf einem Podest, zu dem mehrere Stufen hinaufführten, stand vor einer Art Thron ein Tisch, auf dem ein hölzerner Hammer, ein Buch und eine kleine Stofftasche lagen, wie Trattoni sie im Schrank Tomascheks gefunden hatte. In drei hohen Leuchtern befand sich jeweils eine Kerze, die vermutlich während der Logenarbeit entzündet wurde.

Die Wand hinter dem Podest beherrschten ein Dreieck mit hebräischer Inschrift, eine Abbildung der Sonne und des Mondes sowie die Buchstaben A.U.T.O.S.A.G., die – so erklärte der Logenmeister dem Commissario – für den Satz »Zur Ehre des Großen Baumeisters aller Welten« standen.

»Sie werden sich vielleicht wundern, daß wir Sie als Außenstehenden in diesen Raum lassen«, sagte Dr. Beran. »Aber unsere Tempel sind keine religiösen Orte. Bevor die Zeremonie der Logenöffnung ordnungsgemäß durchgeführt wurde, hat dieser Raum keine besondere Bedeutung.« Er rückte drei Sessel zu einer kleinen Gruppe zusammen, die Männer setzten sich, und Trattoni holte die Kopie seiner Kopie aus der Aktentasche.

»Ich gehe davon aus, daß Sie meinen Besuch bei Ihnen vertraulich behandeln«, sagte er zögernd, während er dem Meister die Noten reichte. »Ich möchte wissen, wie Sie diese Blätter beurteilen. In Venedig hat mir ein Sammler gesagt, die Partitur sei die Fälschung einer Mozarthandschrift, aber ich verlasse mich nur ungern auf eine einzige Meinung. Der Mann, der mir diese Auskunft erteilte, hat zwar eine Mozartbiografie veröffentlicht, aber auch Experten können sich irren. Im Köchel-Verzeichnis ist dieses Oratorium nicht aufgeführt. Halten Sie es für möglich, daß es sich um ein unbekanntes Werk Mozarts handelt? Den deutschen Text kann ich leider nicht lesen. Wenn Mozart dieses Oratorium nicht angeblich 1791 in Prag geschrieben hätte, wäre ich bestimmt nicht zu Ihnen gekommen.«

Der Logenvorsteher nickte und reichte die Partitur an den Musikprofessor weiter, der sie einen Augenblick betrachtete, bevor er hastig aufstand.

»Im September 1791 war Mozart aus Anlaß von Krönungsfeierlichkeiten bei uns in Prag. Zu den Noten möchte ich jetzt noch nichts sagen. Lassen Sie mir ein paar Tage Zeit?«

Trattoni blickte auf seiner Armbanduhr. »Höchstens einige Stunden. Ich muß spätestens um halb sieben wieder am Flughafen sein.«

Professor Pintas protestierte leise, doch Dr. Beran nickte. »Dann treffen wir uns wieder um fünf Uhr. Kennen Sie sich ein wenig aus in Prag, Mister Trattoni? Ich muß mich jetzt um meine Klinik kümmern, aber wenn Sie sich für Mozart interessieren... Die *Bertramka* wurde zwar mehrfach umgebaut, aber in dieser Villa hat Mozart bei seinem letzten Aufenthalt in Prag gewohnt.«

Der Commissario nickte. »Das weiß ich. Dort will ich mich sowieso noch umsehen.«

»Dann treffen wir uns am besten um fünf in der Villa Bertramka«, schlug der Professor vor. »Wenn die Noten von Mozarts Hand stammten... Ich wüßte keinen besseren Ort in Prag, um darüber zu reden.«

Dagegen hatte Trattoni nichts. Er zog sich wie die Logenbrüder im Vorraum den Mantel an, setzte sich den Hut auf und eilte mit seiner Aktentasche so schnell durch die Korridore, daß die beiden Freimaurer kaum Schritt halten konnten. Vor dem Tor des Palais verabschiedete er sich von ihnen, wartete, bis sie außer Sicht waren, und hielt das nächste Taxi an. Er setzte sich neben den Fahrer, gab ihm 500 Kronen und suchte in seinem Notizbuch den Namen des Klosters, in dem Tomaschek gearbeitet hatte. »Strahov«, sagte er und dann auf Englisch. »So schnell wie möglich.« Der Fahrer nickte. Nach wenigen Minuten fuhr das Taxi wieder an der Moldau entlang und über eine lange breite Brücke nach Malá Strana, der alten, romantischen Kleinseite der Stadt, von der aus Böhmen lange regiert wurde.

Bereits vom Hradschin aus sah Trattoni den langgestreckten Gebäudekomplex des Klosters, das sich schon im 12. Jahrhundert an dieser Stelle befunden hatte und seither zu einer großen barocken Anlage ausgebaut worden war, in deren Konvent 80 Mönche des Ordens der *Prämonstratenser* lebten.

Er betrat das Klostergelände durch den Haupteingang, bezahlte 40 Kronen und zögerte, als ihn die Kassiererin aufforderte, seine Aktentasche abzugeben, für die sie ihm ein Kärtchen mit einer Nummer aushändigte. Er schloß sich einer kleinen Gruppe von Engländern an, die das Kloster besichtigte, und kam sich zuerst vor, als wäre er in ein Museum geraten. In zahlreichen Vitrinen wurden Mineralien, konservierte Fische und Hummer, ja sogar die präparierten Reste eines Dodo ausgestellt. Die etwa 30jährige Tschechin – eine gutaussehende Frau, durch deren schwarzes Haar sich einige blonde Strähnen zogen –, die den Besuchern die Ausstellungsstücke erklärte, sagte lächelnd, diese etwa ein Meter großen Vögel seien flugunfähig und zutraulich gewesen.

1681 habe ein Spanier das letzte Tier dieser Spezies erschlagen. Dodos seien seither ausgerottet. Als Trattoni hörte, daß die auf dem Boden brütenden Vögel ursprünglich keine Feinde hatten und weder zur Flucht noch zur Verteidigung fähig waren, wurde er schlechtgelaunt. Seine Stimmung hellte sich erst auf, als die Tschechin von den unzähligen Büchern und Handschriften sprach, die Mönche seit mehr als 800 Jahren hier zusammengetragen hätten. Der ursprüngliche kleine Kern lateinischer, deutscher und tschechischer Codici sei inzwischen zu einer derart großen Büchersammlung gewachsen, daß zwei riesige Hallen nicht ausreichten, die mehr als 200.000 Bände aufzubewahren.

Als der Habsburger Kaiser Josef II. zahlreiche Klöster in Böhmen aufgelöst habe, seien auch deren Buchsammlungen von den Mönchen des Klosters Strahov aufgekauft worden. Obwohl Kutscher den Weg zum Kloster manchmal mit Büchern gepflastert hätten, wenn ihr Fuhrwerk im Morast zu versinken drohte, seien die Sammlungen des Klosters inzwischen so umfangreich, daß sie in der Bibliothek keinen Platz mehr hätten.

Die unersetzlichen Manuskripte und Erstdrucke, so sagte die Tschechin, bewahre man in einem nur Spezialisten zugänglichen Raum auf. Auch in den beiden Bibliothekshallen sehe man Besucher nicht gern. Sie könnten aber in die Büchersäle blicken. Die Tschechin erklärte ausführlich die Fresken an der mit Stuck verzierten Decke des Gewölbes im Theologischen Saal, eine allegorische Darstellung des Konflikts zwischen menschlichem Bücherwissen und göttlicher Weisheit. In mehreren hohen Büchertürmen aus Holz, die kunstvolle, teilweise vergoldete Schnitzarbeiten zierten, standen die alten, meist in Leder gebundenen Bände senkrecht. Die sechs großen Globen, jahrhundertealte Darstellungen der Erde und des Sternenhimmels, beeindruckten den Commissario weniger als ein großes, waagerecht angebrachtes Kompilierungsrad aus Holz, wie es schreibende Mönche benutzt hatten, bevor der Buchdruck erfunden worden war. Auf ein solches Rad konnte ein Mönch jene Bücher legen, aus denen er zitieren wollte, das Rad drehen und von einem Buch nach dem anderen abschreiben.

Als die Tschechin erklärte, daß im philosophischen Saal der Bibliothek die obersten Regale nur über hinter Buchattrappen verborgene Wendeltreppen zu erreichen seien, erlosch Trattonis Interesse allmählich. Er blieb hinter der Gruppe zurück, sonderte sich von ihr ab und gelangte über eine Treppe in ein Kellergewölbe mit mehreren Türen, die alle verschlossen waren. Er öffnete die erste mit seiner Stahleinlage und trat in einen Raum voll alter Bücher. In Leder gebundene Folianten, teilweise mit Goldschnitt. Kleine schmale, in rohes Leinen gebundene Breviere, sogar Beutelbücher, die Mönche im Mittealalter am Gürtel ihrer Kutte befestigt hatten, lagen nicht nur auf Regalbrettern und dem Fußboden, sondern auch auf einem langen Tisch. In einer Ecke des niedrigen Raumes stand eine Wanne, in der in einer säuerlich riechenden Flüssigkeit ein Autograph schwamm, eine Handschrift auf vergilbtem Papier. Der Commissario entdeckte neben der Wanne ein Paar Stoffhandschuhe, streifte sie über die Hände und hob gerade eine alte verstaubte Handschrift vom Fußboden auf, als zwei Mönche in den Raum traten. Sie waren in weiße Kutten gekleidet, redeten wütend auf Trattoni ein, schimpften laut auf Tschechisch, dann auf Englisch, und erst als der Commissario sich auf Italienisch zu entschuldigen versuchte, beruhigten sie sich.

»Hier unten haben Fremde nichts zu suchen«, sagte der ältere der beiden Priester in unverfälschtem weichen Veneziano. »Wie sind Sie überhaupt hier hereingekommen?« Er blickte seinen jungen Begleiter an und sprach leise auf Tschechisch mit ihm. Trattoni vermutete, daß er den Novizen tadelte, den Raum nicht abgeschlossen zu haben, doch er mochte nicht zugeben, daß er die Tür mit sanfter Gewalt geöffnet hatte. »Entschuldigen Sie bitte«, sagte er, legte die Handschrift behutsam auf den Tisch und hob beide Hände, die noch immer in den Handschuhen steckten, in die Höhe seines Kopfes.

»Ich wollte hier nichts beschädigen oder gar stehlen. Ich bin Commissario in Venedig und interessiere mich für alte Manuskripte. Sagen Sie, haben Sie in Ihren Beständen auch Noten?«

Der Priester nickte. »Und ob wir die haben«, sagte er, offensichtlich erfreut, wieder einmal in seiner Muttersprache reden zu können. »Wir haben bereits zwei Choräle aus dem 17. Jahrhundert wiedergefunden, die wir für endgültig verloren hielten. Wir können uns ja erst jetzt wieder um unsere Schätze kümmern. Wir wissen noch nicht einmal genau, was alles hierher gebracht wurde, als die Kommunisten nach dem Krieg sämtliche Klöster schlossen.« Er deutete auf die Wanne. »Wir verfügen zwar leider nicht über die Mittel, jedes alte Manuskript perfekt zu rekonstruieren, aber wir tun, was wir können. Ein Bad in Calciumhydroxid kann verhindern, daß die Schrift gänzlich ausbricht. Danach versuchen wir, das Papier so gut wie möglich mit Papiermasse anzufasern.«

Der Commissario hätte sich gern Notizen gemacht, doch er wollte den Priester nicht misstrauisch machen. »Und Außenstehende?« fragte er leichthin. »Machen Sie das alles allein, oder kann sich das Kloster wenigstens Hilfskräfte leisten?«

»Leisten könnten wir uns das«, antwortete der Priester. »Aber wir verzichten seit einiger Zeit darauf. Wir müssen leider davon ausgehen, daß uns mehrere Manuskripte gestohlen wurden, bevor wir sie auch nur registrieren konnten. Sie sehen ja, wie es hier aussieht. Wir versuchen zu retten, was zu retten ist.«

»Dann werde ich Sie nicht länger von der Arbeit abhalten«, sagte Trattoni. »Entschuldigen Sie bitte, daß ich mich hierher verlaufen habe.« Er deutete eine knappe Verbeugung an, verließ den Raum, stieg die Treppen zum Erdgeschoß hoch und ging aus dem Bibliotheksgebäude in den Klostergarten, durch den jetzt Mönche in weißen Kutten zu einer nahen Kirche eilten, aus der leise Orgeltöne herüberwehten.

Wo Mönche sind, müßte es eigentlich eine gute Küche geben, dachte Trattoni und hätte am liebsten das Refektorium gesucht, um dort eine warme Mahlzeit zu essen, doch er verzichtete darauf. Nein, dachte er. Ich befinde mich hier keinesfalls in einem Roman von Umberto Eco. Er verließ das Klostergelände und hatte bereits ein Taxi angehalten, als er sich an seine Aktentasche erinnerte. Er gab dem Taxifahrer 500 Kronen, forderte ihn erst auf Englisch, dann durch Handzeichen auf, vor dem Kloster zu warten und eilte zur Kassiererin, die ihm seine Tasche wieder aushändigte. Inzwischen vermutete er, daß Tomaschek die Noten in diesem Kloster gestohlen und nach Venedig gebracht hatte. Aber wo befanden sie sich jetzt? Hatten seine Mörder die Partitur in ihren Besitz gebracht? Und überhaupt, was hatte ein Freimaureroratorium in einem Kloster zu suchen? Hatte man Mozart die Noten vor mehr als 200 Jahren entwendet? War er von Jesuiten für einen Ketzer gehalten und vergiftet worden, weil er dieses Oratorium komponiert hatte? Oder hatte Tomaschek die Partitur den Freimaurern gestohlen, woraufhin sich diese ihr Eigentum zurückgeholt und am Dieb auf grausame Weise gerächt hatten?

Obwohl es nicht einmal fünf Minuten dauerte, bis Trattoni wieder auf die Straße kam, hatte der Taxifahrer nicht auf ihn gewartet. Auch gut, dachte der Commissario. Es regnet nicht, und ich bewege mich sowieso zu wenig. Es war kurz vor drei. In der Villa Bertramka erwartete man ihn erst um fünf. Genug Zeit, um vorher noch eine Kleinigkeit zu essen.

16.

Schweinebraten, Speckknödel und Sauerkraut, die drei S der böhmischen Küche, kämpften in seinem Magen gegeneinander, wie sich in der Burgvorstadt Gotik, Renaissance und Barock in Pracht und Schönheit zu übertreffen bemühten.

Zu seiner mächtigen Mahlzeit hatte Trattoni einen halben Liter *Urquell* getrunken. Als er aus dem Restaurant kam, schneite es. Er hielt nach einem Souvenir für Luciana Ausschau, blickte in ein Schaufenster nach dem anderen. In jedem wurde der 250. Geburtstag Mozarts auf andere Weise gefeiert. Er sah Kaffeetassen mit dem Portrait des genialen Musikers und Pralinenpackungen mit jenen Mozartkugeln, um die zwei Zuckerbäcker – einer aus Salzburg, der andere aus Bad Reichenhall – jahrelang vor Gerichten gestritten hatten. Inzwischen war längst geklärt, daß nur die Kugeln aus Salzburg echt und alle anderen eine Fälschung sind. Johann Sebastian Bach wird posthum mit einer anderen Praline, dem Bachwürfel, geehrt.

Der Commissario kaufte für Giulia Karlsbader Oblaten und ein *paperweight*, in dem – wenn man es umdrehte – winzige weiße Styroporflocken auf die Prager Burg samt Veitsdom niedergingen. Er hatte gerade ein dünnes Armband mit bunten Kugeln aus böhmischem Glas für Luciana bezahlt und das Geschäft verlassen, als sein Mobiltelefon klingelte. Er zögerte einen Augenblick, schaltete es ein und erschrak, als er die Stimme seines Ispettore erkannte. »Malettis Sekretärin hat vor zehn Tagen in Milano einen Mercedes gemietet und mit ihrer Kreditkarte bezahlt. Hat Sie Ihnen das während des Verhörs gesagt?«

»Nicht direkt«, antwortete Trattoni ausweichend. »Sonst noch was?«

»Und ob«, sagte Ispettor Flaviano aufgeregt. »Der Mietwagen wurde vorige Woche in der Nacht zwischen Sonntag und Montag von einer Radarkontrolle fotografiert. Gegen ein Uhr auf der A 4 Richtung Milano vor Vicenza. Überschreitung der erlaubten Höchstgeschwindigkeit. Sind Sie noch in Milano, Commissario? Am liebsten würde ich den Antiquitätenhändler heute Nachmittag festnehmen.«

»Sehr gute Arbeit, Ispettore. Ist Maletti auf dem Foto einwandfrei zu erkennen?«

»Leider nicht. Die Windschutzscheibe war beschlagen. Der Fahrer hatte nur soviel Kondenswasser abgewischt, daß er die Straße sehen konnte. Eine Art Sehschlitz. Aber Malettis Sekretärin ist bestimmt nicht von Milano nach Venezia gefahren. In diesem Mietwagen nicht. Sie hat ein eigenes Auto. Ich möchte Maletti festnehmen. Dringender Tatverdacht und Verdunklungsgefahr. Soll ich mit dem Vice Questore sprechen?«

»Nein«, antwortete Trattoni. »Maletti wird jetzt noch nicht festgenommen. Ich kann seine Sekretärin leider erst heute Abend länger vernehmen. Bis dahin hat die Sache Zeit.«

»*Come desidera*, Commissario«, sagte Flaviano enttäuscht. »Es ist Ihr Fall.«

»Sehr richtig«, antwortete Trattoni. »Und das bleibt es auch.« Er schaltete das kleine Funktelefon aus, steckte es in die Manteltasche und hielt ein Taxi an. »Zur Villa Bertramka.« Der Taxifahrer nickte, und Trattoni stieg in das Auto.

In Prag habe ich überhaupt nichts zu suchen, meldete sich eine innere Stimme. Es ist nicht meine Aufgabe, nach mehr als 200 Jahren den Tod Mozarts aufzuklären. Doch wie so oft widersprach ihr schnell eine andere Stimme.

Aus Eifersucht wurde Jiri Tomaschek gewiß nicht umgebracht, raunte sie. Und wenn man ihn wegen der Partitur ermordet hat, muß ich wissen, ob sie von der Hand Mozarts ist oder eine wertlose Fälschung.

Trotzdem, dachte Trattoni, ich hätte gestern in Milano Malettis Sekretärin verhören müssen. Das muß ich nachholen.

Das Taxi fuhr langsam über die Stadtautobahn, an einem Einkaufszentrum vorbei und hielt schließlich vor einer kleinen Pforte. Der Commissario zahlte, und als er hoch über sich die Gondel einer Seilbahn sah, hielt er sich seine Aktentasche über den Kopf. Inzwischen lag eine dünne Decke aus schmutzigem braunem Schnee auf der Straße. Der Commissario sah eine zweigeschossige, in gelb und weiß gestrichene Villa mit roten Dachziegeln. Vor der Fassade eine breite Terrasse, die auf beiden Seiten über eine schmale Treppe zu erreichen war. Ein Holzschild wies auf die Kasse hin. Trattoni sah, daß auch in diesem kleinen Raum Tassen, Postkarten, CDs, Tage- und Notizbücher, ja sogar Bleistifte mit dem Kopf Mozarts angeboten wurden. Über solchen Kitsch ärgerte er sich auch in Venedig regelmäßig. Schmeckte eine Praline aus Pistazien-Marzipan und Nougat etwa besonders gut, wenn sie in

Stanniolpapier mit dem Portrait eines toten Musikers eingewickelt war?

Trattoni bezahlte die geringe Eintrittsgebühr, stieg langsam die verschneite Treppe hinauf auf die Terrasse und trat durch eine Tür in den Eingangsbereich, wo ihn nicht nur eine Mozartbüste begrüßte, sondern auch eine alte Frau, die ihn aufforderte, die Schuhe aus- und Filzpantoffeln anzuziehen, um das Parkett zu schonen. Sie deutete auf einen Stuhl, stellte ihm ein Paar Pantoffeln hin, ließ den Commissario nicht aus den Augen und lächelte, als sie zwei Löcher in den Socken sah, durch die sich Trattonis große Zehen gebohrt hatten. Der Commissario trat in das erste der kleinen Zimmer, studierte Plakate und Theaterzettel des Künstlerehepaars Duschek, bei denen Mozart während seiner Aufenthalte in Prag zu Gast war. Franz Xaver Duschek, Pianist und Klavierlehrer, hatte eine seiner Schülerinnen geheiratet, die 22 Jahre jüngere Sängerin Josepha Hambacher.

Trattoni – jetzt, am Nachmittag, der einzige Besucher der Gedenkstätte – ging von einem Bilderrahmen, die alle Originale und Kopien jahrhundertealter Dokumente unter Glas schützten, zum nächsten. Er las, daß Mozart auf der Orgel des Klosters Strahov gespielt hatte, und als er in einem der Rahmen Noten für eine Szene aus Mozarts Don Giovanni sah, holte er Tomascheks Partitur aus der Aktentasche und verglich die Handschriften. Das Schriftbild des Freimaureroratoriums ließ zwar deutlich erkennen, daß die Hand des Komponisten gezittert hatte, aber es glich der Handschrift Mozarts auf dem Don-Giovanni-Blatt in derartig vielen Details, daß Trattoni sich fragte, weshalb Conte Blandini die Noten Tomascheks für gefälscht hielt.

Allerdings wußte der Commissario, daß er kein Graphologe war und der sogenannte gesunde Menschenverstand in solchen Angelegenheiten nur ein schlechter Ratgeber ist. Von Professor Pintus erwartete er ein fundierteres Urteil.

Trattoni ging von einem Zimmer in das nächste, bewunderte eine Harfe, dann ein Bassetthorn, und als er das alte Cembalo sah, auf dem Wolfgang Amadeus Mozart im Palais des Grafen Nostitz gespielt hatte, konnte er der Versuchung nicht widerstehen, die Tasten zu berühren. Er hatte gerade angefangen, mit einem Finger das Kinderlied *Alle meine Entchen* zu spielen, als er – aus der Richtung des einen Spaltbreit geöffneten Fensters – kräftige Akkorde hörte, die er auf ein Klavier, wenn nicht sogar auf einen Konzertflügel zurückführte, eindeutig Mozarts Adagio im Viervierteltakt aus dem *Requiem*. Der Commissario betrachtete noch nachdenklich eine Locke Mozarts, verließ dann das Zimmer, in dem das Ehepaar Mozart zuletzt 1791 übernachtet hatte, zog sich im Vorraum die Schuhe wieder an und ging auf die Terrasse, die Treppen hinunter und dann immer in die Richtung, aus der die Klaviermusik kam.

Vor einer Tür im Erdgeschoß hörte er sie am lautesten, er zögerte, öffnete sie und trat in einen kleinen Konzertsaal. An einem schwarzen Flügel spielte ein langhariger junger Mann. Neben ihm stand Professor Pintus, und in der ersten Reihe saß Logenmeister Dr. Beran. Den Kopf gesenkt und die Augen geschlossen lauschte er so konzentriert, daß er es nicht einmal wahrnahm, als Trattoni den Hut abnahm und sich neben ihn setzte.

Die dünnen, feingliedrigen und langen Finger des Pianisten glitten über die Tasten, spielten Anapästrhythmen, Triller und Triolen, denen langsame Sätze in Es-Dur folgten.

Professor Pintus blickte wie der Pianist auf die Noten, hob von Zeit zu Zeit das oberste Blatt vom Notenständer. Noch war die Musik leicht und spielerisch, suchte ein Thema, näherte sich ihm und verließ es, tändelte wieder eine Weile, ging zu ihm zurück, um es zu vertiefen, wurde dabei ernster und erreichte eine Breite und Tiefe, die Trattoni an einen mächtigen Strom wie die Moldau erinnerte. Sie versetzte den Commissario in nahezu feierliche Stimmung, und auch seine Gedanken wurden ruhiger und geordneter.

Er war überzeugt, den Mord an Tomaschek nahezu aufgeklärt zu haben. Der Tscheche hatte im Kloster Strahov die alten Noten gefunden und ihren Wert erkannt. In Tschechien hätte er sie nicht verkaufen können, denn der Staat wachte mit Argusaugen über sein Kulturgut. Eine Versteigerung war unmöglich. Dadurch wären die Kulturbehörden auf ihn aufmerksam geworden. Er konnte die Partitur nur an einen reichen Sammler verkaufen, aber den mußte er erst finden.

Wäre der Tscheche erfahrener gewesen, hätte er sich unauffällig in der Sammlerszene umgesehen und die Blätter in Paris, London, New York, Chicago oder sogar Wien an den Mann zu bringen versucht.

Tomaschek hatte daran entweder nicht gedacht oder der damit verbundene Aufwand hätte seine wirtschaftlichen Möglichkeiten überstiegen. Er war in die Stadt gereist, in der er lange gelebt hatte, deren Sprache er beherrschte und mit der er vertraut war. Dort hatte er sich vermutlich zuerst an Bianca Maletti gewandt, deren Mann höchstwahrscheinlich sein Mörder war. Die Sekretärin des Antiquitätenhändlers würde vermutlich behaupten, dieser habe die Nacht mit ihr verbracht, doch die meisten Frauen lügen für ihren Geliebten. Daß ihr Mietwagen nachts auf der Autobahn zwischen Mailand und Venedig angehalten wurde, bewies noch nichts. Es rechtfertigte noch keine Festnahme, aber zumindest weitere Verhöre, bei denen sich das Ehepaar Maletti und die Sekretärin des Antiquitätenhändlers möglicherweise in Widersprüche verwickelten oder einer der Verdächtigen den Druck eines Verhörs nicht länger aushielt und ein Geständnis ablegte.

Ja, dachte der Commissario. Das macht Sinn. Es erklärt auch die Unordnung im Apartment. Tomaschek hatte das Original der Partitur nach Venedig gebracht, und der oder die Mörder haben es gesucht. Unter die Brücke haben sie die Leiche nur gehängt, um mich in die Irre zu führen. Sie wollten den Verdacht auf die Freimaurer lenken, damit ich den Mörder unter denen suche.

Der langhaarige Pianist spielte inzwischen in hellem C-Dur, der glasklaren Tonart ohne Alterierung, dem stilles, ergriffenes, nahezu andächtiges C-Moll folgte, bis die Musik abriß, bis sie so plötzlich und unerwartet endete wie das Leben des Tschechen und der junge Mann am Flügel die Hände in den Schoß legte und mit geschlossenen Augen in sich zusammensank. Er blieb noch einen Augenblick erschöpft auf dem Hocker vor dem Flügel sitzen, stand schließlich auf, nickte kurz und ging langsam aus dem Konzertsaal.

Professor Pintus legte die Noten zusammen und wandte sich zuerst an den *Meister vom Stuhl*. Er habe immer gehofft, so sagte der *musikalische Bruder* gerührt, ein begnadeter Komponist würde irgendwann den Weg vom Profanen zur Meisterschaft der höchsten Freimaurergrade in einem Kunstwerk gestalten. Er schätze Mozarts Freimaurerkantaten und habe dafür gesorgt, daß Musik aus der *Zauberflöte* auch in Prag für die Logenarbeit unverzichtbar ist, aber dieses Oratorium übertreffe seine größten Hoffnungen.

»Wir dürfen nicht übersehen, daß wir nur das Klavier hören konnten. Die Partitur ist in sämtlichen Teilen abgeschlossen. Die Gesangsstimmen sind von einzigartiger Qualität. Der Text muß von einem Großmeister stammen. Ein Meister niedriger Grade wäre zu dieser Sicht des Lebens und Sterbens kaum fähig.«

Trattoni nickte. »Hat Mozart dieses Werk geschrieben?«

Jetzt wurde Professor Pintus unsicher. »Mit an Sicherheit grenzender Wahrscheinlichkeit. Ein endgültiges Urteil würde ich mir ohne Untersuchung der Originale niemals anmaßen. Das Notenbild ist für mich eindeutig später Mozart.« Er deutete auf eine Zeile. »Ataxie, Mikrographie und die häufigen Veränderungen des Schriftspiegels sind eindeutige Anzeichen einer Vergiftung, vermutlich ein Quecksilbertremor. Das Bild gleicht verblüffend seiner *Kleinen Freimaurerkantate* aus dem Jahre 1791. Die ersten 80 Takte des Oratoriums entsprechen denen im *Requiem*. Das mindert aber den Rang beider Arbeiten nicht. Mozart hat nicht selten Motive aus einem Werk verändert in ein anderes übernommen. Das Autograph dieser Partitur ist unbezahlbar.«

»So genau will das unser Freund aus Venedig vermutlich gar nicht wissen«, unterbrach Dr. Beran den *musikalischen Bruder* und blickte Trattoni an. »Der materielle Wert von Noten interessiert mich nicht. Mir geht es allein um den geistigen Inhalt eines Kunstwerks, der nicht von Namen und Rang seines Urhebers bestimmt wird. Ich frage mich lediglich, wer dieses bedeutende Werk 200 Jahre der Welt vorenthalten hat. Können Sie uns wenigstens verraten, wie sie in seinen Besitz gelangt sind und in wessen Händen sich das Autograph befindet?«

Trattoni zögerte. »Nein. Bei mir wurde lediglich die Kopie als Fundsache abgeliefert. Ob die Handschrift noch existiert, ist mir nicht bekannt. Mein Vorgesetzter weiß nichts von meinem Besuch bei Ihnen. Wenn Sie mir versprechen, darüber Stillschweigen zu bewahren, überlasse ich Ihnen diese Noten. Ich kann sie weder lesen noch sammele ich solche Sachen. Abgesehen davon – der Titel der Partitur läßt erkennen, für wen sie bestimmt war.«

Dr. Beran nickte, er sei derselben Meinung. Mozart habe das *Requiem* im Auftrag eines Grafen komponiert, der seine Frau betrauerte, aber das Freimaurer-oratorium sei aus eigenem Antrieb geschaffen. Möglicherweise aus Dankbarkeit für den Wiener Bruder Michael Puchberg, der einzige in Wien, der ihm geholfen habe, wenn er Geld brauchte.

»Sie können nicht wissen, wie wichtig diese Partitur für uns ist«, sagte der Vorsteher der Freimaurer-loge. »Wir möchten Ihnen zumindest Ihre Reisekosten erstatten.«

Trattoni lehnte das Angebot höflich ab. Er griff nach seiner Aktentasche, setzte sich den Hut auf und bat, ihm ein Taxi zu rufen. Beide Männer protestierten. Sie bestanden darauf, ihn zum Flughafen zu bringen, was der Commissario widerstrebend zuließ. Die drei Männer gingen langsam zu einem Parkplatz in der Nähe der Villa Bertramka. Der Schnee fiel noch dichter als vor zwei Stunden. Trattoni rutschte zweimal aus und wäre hingefallen, hätte ihn nicht Dr. Beran davor bewahrt, indem er ihn am Arm ergriff. Obwohl das

Schneegestöber dafür sorgte, daß Dr. Beran sehr vorsichtig fuhr, erreichten sie den Flughafen so zeitig, daß Trattoni noch eine Visitenkarte mit der Anschrift der Galerie seiner Frau in sämtlichen Taschen des Mantels und des Anzugs suchen konnte. Er fand sie schließlich in seiner Geldbörse. »Eine Bitte habe ich noch«, sagte er leise, als er sich verabschiedete und dem Professor die Karte in die Hand drückte. »Falls dieses Oratorium jemals von einem Orchester und Vokalisten öffentlich aufgeführt wird, lassen Sie es meine Frau bitte wissen. In unserer Familie ist sie für die Kultur zuständig.«

Er stapfte durch den Schnee in die Abflughalle, blickte auf einen der Monitore, und als er sah, daß der Flug nach Mailand schon aufgerufen war, eilte er zum Flugsteig, wo die ersten Passagiere schon an Bord gingen. Er zeigte seinen Flugschein und bekam eine Bordkarte, die ihm einen Platz in der letzten Reihe des Flugzeugs zuwies. Auch diesmal brachte er nur Hut und Mantel im Gepäckfach unter und behielt seine Aktentasche auf dem Schoß. Er machte zwar gelegentlich Fehler, aber sehr selten denselben Fehler zweimal.

Wie er erwartet hatte, startete das Flugzeug – wegen des Wetters – verspätet, aber es landete auf Mailands Flughafen Malpensa wie geplant kurz nach neun. In der Ankunftshalle suchte Trattoni in seiner Aktentasche den Zettel, auf dem ihm Stefano die Zugverbindungen zwischen Mailand und Venedig ausgedruckt hatte. Der nächste Zug würde den Zentralbahnhof um 23.00 Uhr verlassen und Venedig um 5.30 Uhr erreichen. Der Schnellzug, der für die vergleichsweise kurze Strecke nur knapp drei Stunden brauchte, fuhr nachts nicht. Dem Commissario graute davor, fast sieben Stunden in einem Eisenbahnwagen zu verbringen, in dem es nicht einmal etwas zu essen gab. Es schien ihm vernünftiger, noch mit Malettis Sekretärin zu sprechen, bevor er nach Venedig zurückfuhr. Dann brauchte er den Vice Questore wenigstens nicht zu belügen, wenn der sich nach dem Ergebnis des Verhörs erkundigte. Er überlegte kurz und griff nach seinem Notizbuch, zwischen dessen Seiten er die Visitenkarte fand, die ihm der Antiquitätenhändler gegeben hatte.

Im Büro würde Signora Ursini um diese Zeit nicht mehr sein, aber auf der Visitenkarte war auch ihre Privatadresse angegeben. Er dachte an die Möglichkeit, dort anzurufen und seinen Besuch anzukündigen, denn schließlich war es schon spät, doch er entschied sich dagegen. Falls sie – wie er vermutete – verheiratet war, würde er sagen, daß er sich lediglich für Malettis Geschäfte interessiere und nur unter vier Augen mit ihr reden könne.

Der *Malpensa-Shuttle* brachte ihn in 20 Minuten zum Zentralbahnhof. Dort verzehrte der Commissario in aller Ruhe ein *tramezzino*, trank dazu einen Cappuccino, und rief zu Hause an. Giulia sei noch in der Galerie und mache sich Sorgen, weil er sich den ganzen Tag nicht gemeldet habe, sagte Luciana verärgert.

»Das war leider nicht möglich, weil ich bis jetzt gearbeitet habe. Sag' Giulia bitte, daß ich vermutlich erst morgen früh zurückkommen kann. Mit dem langsamen Nachtzug fahre ich nicht. Ich hab übrigens in Prag ein wunderschönes Armband für dich gekauft.«

»Danke«, sagte Luciana. »Aber glaub' ja nicht, daß ich bei *mamma* deshalb für dich um gutes Wetter bitte. Bestechen lasse ich mich auch von dir nicht.«

»Ich weiß«, sagte Trattoni. »Richte ihr einen Gruß von mir aus und träum schön.«

Als er von der Bahnhofshalle zum Taxistand ging, regnete es so stark, daß er sich die Aktentasche über den Kopf hielt. Er stieg in das vorderste der Taxis, dessen Fahrer sich weigerte, ihn zur Wohnung der Sekretärin zu bringen. Die Fahrt dorthin sei zu kurz und lohne sich nicht. Er müsse danach wieder ganz am Ende der Reihe vor dem Bahnhof parken und erneut lange auf den nächsten Fahrgast warten. Trattoni nickte. »Das sehe ich ein. Ich bekomme meine Auslagen erstattet. Wenn Sie mir eine Quittung ausstellen, bezahle ich Ihnen eine Fahrt vom Flughafen in die Stadt. Wir müssen alle über die Runden kommen. Haben Sie Familie?«

»Drei Kinder«, sagte der Taxifahrer und deutete auf ein Foto, das er – wie ein buntes Bild der Madonna mit Heiligenschein – an das Armaturenbrett geklemmt hatte. »Und mein Vater braucht leider Tabletten, die keine Krankenversicherung bezahlt.« Der Fahrer ließ den Motor an, und Trattoni holte sein Mobiltelefon aus der Tasche und schaltete es aus, damit ihn während des Verhörs der Sekretärin niemand stören konnte.

17.

Signora Ursini bestand darauf, daß er seinen Ausweis durch den Briefschlitz in der Wohnungstür warf. Danach dauerte es noch ein paar Minuten, bis sie die Tür so weit öffnete, wie es die Sicherheitskette zuließ.

»Was will die Polizei um diese Zeit von mir?« fragte sie verärgert. »Ist so was überhaupt erlaubt?«

»In bestimmten Fällen ist es das«, antwortete Trattoni. »Ich möchte mich mit Ihnen nur über das Auto unterhalten, das Sie vorletzte Woche gemietet haben.«

Sie schloß die Tür für einen Moment, löste die Sicherheitskette und ließ ihn in in die Wohnung, wo er unaufgefordert den Hut und den nassen Mantel ablegte. »Wir müssen leider vermuten, daß dieses Fahrzeug für ein Verbrechen benutzt wurde.«

Signora Ursini, eine gepflegte schlanke Frau zwischen Mitte vierzig und Mitte fünfzig, sah ihn erschrocken an. Sie trug einen langen grauen Rock und einen Kaschmirpullover, jedoch keinen Schmuck, nicht einmal einen Ring. »Für ein Verbrechen? Wieso? Ich habe den Wagen bereits am Mittwoch bei Avis zurückgegeben. Einen Unfall hatte ich nicht. Wenn etwas passiert wäre… Ich wäre nicht einfach weggefahren, sondern hätte die Polizei gerufen. Das muß man doch in solchen Fällen, nicht wahr?«

Trattoni nickte und lächelte. »Ich habe keinesfalls behauptet, Sie hätten das Verbrechen begangen. Ich möchte lediglich vermeiden, daß Sie wegen einer Falschaussage bestraft werden.«

Sie führte ihn in den Salon ihrer kleinen Wohnung, die dem Commissario gefiel. Sie war mit wenigen alten Möbeln ausgestattet, für Trattoni eindeutig Barock. An antiken Messingstangen über den Fenstern üppige gelbgrün gestreifte Vorhänge. Zwei Stehlampen rechts und links eines braunen Ledersofas verbreiteten gedämpftes Licht. An den Wänden zwei abstrakte Gemälde und, gegenüber des Sofas, ein Fernsehgerät mit Flachbildschirm.

Signora Ursini deutete auf einen der beiden Sessel vor dem niedrigen Couchtisch aus Marmor, doch Trattoni setzte sich auf das Sofa und holte das kleine grüne Buch aus der Tasche, suchte in seiner Jacke nach einem Kugelschreiber und war verblüfft, als er einen Bleistift mit Mozarts Kopf fand. Den mußte er in der Villa Bertramka versehentlich eingesteckt haben. »Verzeihen Sie mir bitte diese Frage, aber Signor Maletti hat ausgesagt, er habe die Nacht zwischen dem 27. und 28. Januar mit Ihnen im Hotel Excelsior verbracht. Stimmt das?«

»Ja. Das ist richtig. Ich weiß nicht, wie gut Sie sich in Milano auskennen. Das Hotel liegt direkt am Messegelände und meine Wohnung…«

Der Commissario legte das Notizbuch aus der Hand. »Das verstehe ich. Glauben Sie mir bitte, für mich sind solche Gespräche genauso unangenehm wie vermutlich für Sie. Haben Sie die Nacht mit Signor Maletti in einem Doppelzimmer verbracht?«

Er sah, daß sie errötete und stand auf. »Entschuldigen Sie, dürfte ich mir kurz die Hände waschen?«

Sie blickte ihn verwirrt an. »Im Flur die Tür gegenüber der Garderobe.«

Trattoni öffnete zuerst die Tür daneben und blickte in ein Schlafzimmer mit einem sehr breiten Kleiderschrank und einem sehr schmalen Bett. Nein, dachte er. Ein Liebesnest ist diese Wohnung bestimmt nicht.

Er ging ins Badezimmer und sah auf einer Konsole über dem Marmorbecken zwei Cremedosen und Parfümfläschchen. Er öffnete den Spiegelschrank, in dem gleichfalls nichts darauf hindeutete, daß gelegentlich ein Mann in der Wohnung übernachtete. Der kleine violette Rasierapparat war dasselbe Modell, das Giulia manchmal benutzte.

Trattoni drehte den Wasserhahn auf, ließ das Wasser ein paar Minuten fließen, ging zurück in den Salon und setzte sich wieder. »Weshalb haben Sie eigentlich das Auto gemietet?« fragte er leise. »Sie haben doch einen kleinen *Lancia*. War der in der Werkstatt?«

»Mein Auto nicht. Aber der Wagen meines Chefs. Während der Messe hatte er viel zu tun, und da habe ich das Auto auf meinen Namen gemietet. Ist das verboten?«

»Keinesfalls. Aber zurück zu der Nacht zwischen Sonntag und Montag. Sie sagten, Sie hätten mit Signor Maletti in einem Doppelzimmer übernachtet...«

Signora Ursini errötete erneut und nickte. »Wir sind etwa um 23.00 Uhr...« Sie zögerte. »Wir sind etwa um 23.00 Uhr schlafen gegangen und haben am Morgen 6.30 Uhr gefrühstückt. Danach sind wir zu unserem Messestand gefahren...«

Trattoni sah die Sekretärin ernst an. »Und Sie könnten einen Eid darauf leisten, daß Sie die ganze Nacht mit Ihrem Chef im Bett gelegen haben?«

»Ja«, sagte sie. »Das könnte ich. Aber weshalb fragen Sie mich das alles?«

»Weil in der Nacht zwischen Sonntag und Montag ein Mann in einer Badewanne ertränkt wurde und Ihr Chef mein Hauptverdächtiger ist. Ich bewundere Ihre Loyalität, aber es geht um Mord. Sie schaden sich, wenn Sie Ihren Chef jetzt schützen. Der Mietwagen wurde in der fraglichen Nacht auf der Autobahn zwischen Venedig und Milano fotografiert. Saßen Sie hinter dem Lenkrad, oder war es Signor Maletti?«

Es dauerte einen Moment, bis sie antwortete, und was sie sagte klang wie auswendig gelernt. »Jetzt fällt es mir wieder ein. Signor Maletti sagte plötzlich nachts, er müsse noch mal aufstehen und mit einem Kunden in Padova sprechen. Er habe auf der Messe ein englisches Sofa entdeckt, das dieser Mann seit Jahren suche.«

»Und da fährt er mitten in der Nacht los?« fragte der Commissario und griff wieder nach seinem Notizbuch. »Kennen Sie den Namen des Kunden und seine Anschrift?«

»Leider nicht. Signor Malletti sagte nur, er sei ein alter Bekannter von ihm.«

»Das wird er mir erklären müssen, aber ich vermute nicht, daß er das kann. Seien Sie mir nicht böse, Signora, aber Sie schaden sich, wenn Sie für Ihren Chef lügen. Sie wirken auf mich nicht wie ein billiges Flittchen, sondern wie eine kluge Frau. Falls Sie tatsächlich in einem Hotelzimmer mit Maletti übernachtet haben sollten, hat einer von Ihnen auf dem Sofa oder in einem Sessel geschlafen.«

»Auf dem Fußboden«, sagte sie leise. »Aber ich sollte bestätigen, daß ich die ganze Nacht mit ihm im Bett gelegen habe. Aber das stimmt nicht. Ich wollte wie immer in meiner Wohnung übernachten, aber er hat gesagt, er brauche mich während der Messe rund um die Uhr, und er hat mir ein höheres Gehalt versprochen.«

Die Sekretärin wurde immer nervöser. Die Frau tat ihm leid. »Hat er Ihnen wenigstens gesagt, warum Sie für ihn lügen sollen?«

»Für das Finanzamt. Er sagte, man würde mich wahrscheinlich danach fragen, und diese Leute arbeiteten mit gemeinen Tricks. Es wäre für die Steuer wichtig, daß er die ganze Nacht bei mir im Hotel war... Gern habe ich das bestimmt nicht gemacht, doch bei dem Mangel an Arbeit heutzutage... Ich bin seit acht Jahren seine Sekretärin, und in meinem Alter... In meinem Alter findet man so schnell nichts Neues.«

»Wenn man wegen einer Falschaussage vorbestraft ist auch nicht«, sagte Trattoni. Er war inzwischen so müde, daß ihm fast die Augen zufielen, und er hätte die Sekretärin gern um eine Tasse Caffè gebeten, doch das wollte er nicht. Er steckte sein Notizbuch in die Jakkentasche, stand langsam auf, und als Signora Ursini ihn fragte, ob Maletti wegen ihrer Aussage verhaftet würde, zuckte er mit den Schultern.

»Das weiß ich noch nicht«, sagte er schlaftrunken. »Auf alle Fälle hat er jetzt kein Alibi mehr.« Er ging in den Flur, zog sich den Mantel an, und als er sich den Hut aufgesetzt hatte, gab er ihr seine Visitenkarte. »Falls jemand versuchen sollte, Sie unter Druck zu setzen oder zu bedrohen, damit Sie vor Gericht für Maletti lügen... Sie können mich jederzeit anrufen. Gibt es hier in der Nähe ein gutes Hotel? Mein Zug nach Venedig fährt erst morgen früh um sechs.«

Signora Ursini blickte auf die Visitenkarte. »Während der Modemesse finden Sie so spät in ganz Milano kein freies Zimmer mehr.« Sie schien mit sich zu kämpfen. »Meinetwegen können Sie es sich noch für ein paar

Stunden hier auf dem Sofa bequem machen. Bestimmt besser als auf einer Bank im Bahnhof.«

»Da haben Sie leider recht«, sagte der Commissario, während er den Mantel auszog, an die Garderobenleiste hängte und seinen Hut wieder auf den Schuhschrank legte. »Aber meine Frau hat mir gesagt, daß ich leider ziemlich laut schnarche.«

»Das macht nichts«, sagte sie. »Bei dem Wetter würde ich nicht mal einen Hund aus dem Haus jagen. Wenn wir beide Türen zumachen, können Sie so laut schnarchen wie Sie wollen.«

Trattoni nickte dankbar, zog seine Schuhe aus und lächelte, als er hörte, daß Signora Ursini ins Schlafzimmer ging und die Tür hinter sich abschloß. Eine kluge Frau, dachte er. Sie würde für Maletti keinen Meineid riskieren, den man ihr nachweisen konnte. Daß Maletti in der Nacht zu einem Kunden nach Padova gefahren war, hielt er für ausgeschlossen. Leute, die sich für englische Sofas interessieren, verfügen über ein Telefon. Sogar jede Schülerin hat heutzutage ein Mobiltelefon in der Tasche. Falls es diesen Kunden gab – vielleicht ein Freund oder Bekannter Malettis –, würde er ihm kein falsches Alibi liefern, sobald er erfuhr, weshalb gegen den Antiquitätenhändler ermittelt wurde. Wenn es um Mord ging, logen nur Mütter für ihre Kinder und Frauen für ihre Ehemänner.

Trattoni nahm sich vor, morgen früh als erstes Maletti festzunehmen und in der Questura zu verhören. Falls er kein Geständnis ablegen sollte, würde der Commissario sich einen Haftbefehl besorgen, Maletti wegen dringenden Tatverdachts sowie Verdunklungsgefahr in Untersuchungshaft nehmen lassen und weiter ermitteln.

Er zog die Jacke aus, legte sich auf das Sofa und war schon eingeschlafen, als Signora Ursini leise mit einer Wolldecke aus dem Schlafzimmer kam und ihn zudeckte.

Er schlief noch tief und fest, als er eine Hand an seiner Schulter spürte und eine leise Stimme hörte. »Es ist fünf Uhr. Sie haben gesagt, Ihr Zug fährt um sechs.«

Er fuhr erschrocken hoch und lächelte schuldbewußt, als er Signora Maletti erkannte. »Das tut mir leid. Meinetwegen hätten Sie nicht so zeitig aufstehen müssen.«

Sie nickte. »Ich weiß. Aber ich brauche nicht viel Schlaf. – Ich habe ein Handtuch für Sie ins Badezimmer gelegt. Und einen Caffè mache ich Ihnen auch noch.«

»Sehr freundlich von Ihnen. Wenn ich Geschäftsmann wäre... Eine Sekretärin wie Sie würde ich jedem Konkurrenten abwerben.« Er zögerte. »Wie sind denn die wirtschaftlichen Verhältnisse Ihres Chefs? In Venedig hieß es, er sei ziemlich überschuldet. Wenn Malettis Bruder nicht von Zeit zu Zeit Geld überweisen würde...«

Sie spielte nervös mit einer dünnen Kette, die sie heute um den Hals trug. »Dazu möchte ich nichts sagen. Frauen wie Bianca Maletti stellen hohe Ansprüche, und der Handel mit Antiquitäten... Wenn sogar die Experten des British Museum davon ausgehen, daß mindestens die Hälfte der Antiquitäten und Kunstwerke entweder gefälscht oder gestohlen ist... Die Leute werden vorsichtiger.«

»Ich würde alte Möbel auch nicht kaufen«, sagte Trattoni. »Aber Sie haben gerade Signora Maletti erwähnt. Ihr Chef behauptet, er lebe in einer modernen Ehe, in der beide eigene Wege gehen. Können Sie das bestätigen?«

Signora Ursini schüttelte unwillig den Kopf. »Ich spreche ungern über andere Leute. Aber Bianca... Manchmal habe ich sie beneidet, weil sie sich immer genommen hat, was sie wollte, aber andererseits... Mein Chef hat mir leid getan. Er vermutete wohl, daß sie eigene Wege ging, aber er hat ihr nie etwas nachweisen können. Ich glaube, zuletzt war ihm egal, mit wem sie schlief.«

Trattoni sah auf seine Armbanduhr. »Den Eindruck hatte ich auch. Aber wenn wir hier noch länger plaudern, verpasse ich meinen Zug.«

Er zog sich seine Jacke an, ging ins Badezimmer, zögerte einen Moment, entfernte mit ihrem kleinen Rasierapparat den größten Teil der Bartstoppeln aus seinem Gesicht, hielt ihn unter kochendheißes Wasser, trocknete ihn ab und legte ihn zurück in den Spiegelschrank. Es gefiel ihm nicht, daß er das Vertrauen der Sekretärin mißbrauchte, aber in Venedig kannten ihn viele Leute, denen er nicht unrasiert begegnen wollte.

Als er das Badezimmer verlassen hatte, saß Signora Ursini am Küchentisch. Er blickte auf die Küchenuhr. »Viel Zeit habe ich nicht mehr, aber für einen Caffè reicht es noch.« Er stellte eine Tasse unter die Kaffeemaschine, schaltete sie ein und schäumte Milch auf. Sie deutete auf den Brotkorb, und als er in eine *brioche* biß, die sie aufgebacken hatte, fühlte er sich einen Moment, als wäre er zu Hause. Diese Frau muß irgendwann einmal verheiratet gewesen sein oder mit einem Mann zusammengelebt haben, dachte er. Aber er wollte keine alten Wunden aufreißen. Er bedankte sich für das Nachtlager und das Frühstück, und als sie ihn fragte, wie sie sich verhalten solle, falls Maletti wissen wollte, ob die Polizei schon bei ihr gewesen sei und was sie gesagt habe, nickte er.

»Eine kluge Frage. Sie sagen am besten, ein Polizeibeamter sei noch nicht bei Ihnen gewesen. Und wenn Malettis Rechtsanwalt mit Ihnen Kontakt aufnimmt… Am besten sagen Sie ihm, daß Sie für niemanden einen Meineid leisten. Dann dürfte er darauf verzichten, sie als Zeugin anzugeben. Eine Frage habe ich noch, Signora. War Signor Maletti Freimaurer?«

Die Sekretärin blickte Trattoni verblüfft an. »Wie kommen Sie denn darauf? Nein, er hat sich zwar zweimal darum bemüht, von ihnen aufgenommen zu werden, aber das wurde ohne Angabe von Gründen abgelehnt. Seither haßte er die Loge und sagte, irgendwann fände er eine Möglichkeit, sich für seine Abweisung zu rächen.«

»Danke. Mehr möchte ich von Ihnen im Augenblick nicht wissen. Sie haben mir sehr geholfen.« Er zog den Mantel wieder an, setzte seinen Hut auf, griff nach der Aktentasche, und als er das Haus verließ, regnete es nicht mehr. In den Schaufenstern, an denen er auf dem Weg zum Zentralbahnhof vorbeiging, wurde inzwischen die nächste Frühjahrsmode angeboten. In einem Laden erinnerten die bunten Lichter der Dekoration noch an das vergangene Weihnachtsfest.

Trattoni hatte nach der Christmette mit seiner Familie bis spät in der Nacht getafelt und am nächsten Tag von Magentropfen und trockenen Brötchen gelebt, doch Signora Ursini? Er dachte an die vielen Leute, die sogar Weihnachten allein waren, und als er in der Bahnhofshalle ein Blumengeschäft fand, das schon so früh geöffnet hatte, bezahlte er einen großen Blumenstrauß und bat, ihn der Sekretärin zu bringen, zusammen mit einer Visitenkarte, auf die er nur ein Wort schrieb: Danke.

Der Schnellzug nach Venedig wartete bereits am Bahnsteig. Der Commissario hatte vor der Hinfahrt eine Rückfahrkarte gekauft, ohne sich einen Sitzplatz reservieren zu lassen, aber das war diesmal nicht wichtig. Der Zug war fast leer. Trattoni setzte sich – wie auf jeder Reise, deren Kosten ihm die Questura erstattet – in ein Abteil der ersten Klasse, wo er sein kleines grünes Buch aus der Jackentasche holte und sich den Fall Tomaschek durch den Kopf gehen ließ. Vermutlich hatte Maletti den Tschechen selbst ertränkt. Aber welchen Anteil hatte Malettis Frau daran?

Eine Notiz erinnerte den Commissario an die Weinflasche, die beiden Likörgläser und die Sambucaflasche in Tomascheks Apartment, an denen die Spurensicherung keine Fingerabdrücke gefunden hatte. Der oder die Täter hatten sie sorgfältig abgewischt. Trattoni wußte, daß Bianca Maletti diesen Likör trank. Sie hatte sogar Kaffeebohnen griffbereit in ihrem Büro, aber ein Mann wie Maletti? Der Commissario hielt es für unwahrscheinlich, daß ein Hühne, ein großer und kräftiger Mann wie Maletti, einen süßen Anislikör trank. Ein Alibi konnten weder er noch seine Frau vorweisen. Aber wäre eine intelligente Frau wie Bianca so dumm, aus Geldgier bei einem Mord mitzuwirken?

Brescia... Verona...Padova... Der Schnellzug raste durch die verschneite Landschaft, und je länger Trattoni über den Fall nachdachte, desto unsicherer fühlte er sich. Daß Signora Ursini Malettis Geliebte war, hielt er für ausgeschlossen. Aber jetzt wußte er wenigstens, weshalb sich Maletti die Mühe gemacht hatte, Tomascheks Leiche unter die Brücke zu hängen. Er wollte den Mord den Freimaurern in die Schuhe schieben, hatte wohl gehofft, die Zeitungen würden darauf hereinfallen und ausführlich über den Ritualmord berichten.

Wenn er an einem derartig komplizierten Fall arbeitete, beneidete Trattoni oft die Detektive der Agatha

Christie, die sämtliche Verdächtigen in einem Salon versammeln konnten und den Täter schließlich durch ihren Scharfsinn überführten.

Als der Zug in Mestre hielt, erinnerte der Geruch der Chemiewerke in Maghera den Commissario daran, daß er in zehn Minuten aussteigen mußte. Er stand auf, zog sich den Mantel an, setzte sich den Hut auf, und als er durch das schmutzige Fenster sah, blickte er auf eine dichte weiße Nebelwand.

Ich werde heute Maletti festnehmen, dachte er, als er mit seiner Aktentasche ausstieg. Dringender Tatverdacht besteht, und Malettis Versuch, seine Sekretärin zu einer Falschaussage zu verleiten, rechtfertigt für jeden Haftrichter Verdunklungsgefahr.

Am liebsten wäre er direkt zur Questura gefahren, um sich vom Vice Questore die vorläufige Festnahme genehmigen zu lassen, doch er wollte Berlusco nicht in einem Anzug aufsuchen, in dem er geschlafen hatte. Der Nebel war so dicht, daß er kaum die Hand vor den Augen sehen konnte. Die Vaporetti fuhren bei diesem Wetter nicht. So ging er langsam nach Hause, möglichst nahe an den Wänden entlang. Diesmal spürte er schon nach den ersten zehn Stufen des Palazzo seine Knie, doch daran war nichts zu ändern. Er quälte sich die restlichen 90 Stufen hinauf, schloß die Wohnungstür auf, und Giulia kam aufgeregt aus ihrem Zimmer. »Was ist denn los?... Warum bist du nicht schon gestern zurückgekommen... Weshalb war dein Mobiltelefon die ganze Nacht ausgeschaltet? Schläfst du neuerdings mit anderen Frauen? Das müßtest du mir sagen, Adriano. Ehrlichkeit ist das mindeste, was jede Frau mit Recht von ihrem Mann erwarten kann.«

Trattoni versuchte zu lächeln. »Soll das etwa ein Kompliment sein? Du weißt sehr genau, daß mich flüchtiger Sex mit fremden Frauen nie interessiert hat. Ich habe lediglich den letzten Schnellzug in Milano verpaßt.«

»Darum geht es überhaupt nicht. Ispettor Flaviano versucht seit gestern Nacht ständig, dich zu erreichen. Vor einer Stunde habe ich mit Signora Bonaventura gesprochen. Du sollst unbedingt ihr privates Mobiltelefon anrufen, bevor du in die Questura kommst. Ich habe natürlich gefragt, was los ist, aber das wollte sie mir nicht sagen. Über dienstliche Angelegenheiten dürfe sie mit Außenstehenden nicht sprechen. Bin ich für sie eine Außenstehende?«

»Quatsch«, sagte Trattoni. »Seit sie verheiratet ist und ihr erstes Kind erwartet, ist sie kaum noch wiederzuerkennen.«

Er ging ins Schlafzimmer, zog sich ein sauberes Hemd und einen anderen Anzug an und brachte den Karton mit den Karlsbader Oblaten in die Küche. Das *paperweight* wollte er Giulia am Abend persönlich übergeben. Das Armband für Luciana legte er ihr auf den Nachttisch. Wo vor einer Woche noch Tom Cruise von der Wand über dem Bett seine weißen Zähne gezeigt hatte, blickte jetzt grimmig – nein, nicht der Übersetzer, sondern Bruce Willis von einem riesigen Plakat, mit einem Pumpgun in beiden Händen.

Trattoni wählte die Nummer des privaten Mobiltelefons von Signora Bonaventura, die versprach, ihn in einigen Minuten anzurufen. Jetzt wurde er nervös. Die Sekretärin wußte selbstverständlich, daß in der Questura – wie in den meisten Polizeidienststellen – jeder Anruf aufgezeichnet wurde, doch darum kümmerte sie sich sonst nicht. Es dauerte eine Weile, bis sein Telefon wieder klingelte, und dann glaubte er einen Augenblick, der Boden schwanke unter seinen Füßen.

»Der Antiquitätenhändler Carlo Maletti wurde heute Nacht gegen 23.00 Uhr in seinem Geschäft erschossen aufgefunden«, flüsterte Signora Bonaventura. »Seine Frau liegt mit einem Nervenzusammenbruch im Krankenhaus, und der Vice Questore will beide Fälle dem Sizilianer übertragen. Nur damit Sie Bescheid wissen.«

18.

Dichter Nebel brachte zwar in Venedig das Leben nicht vollkommen zum Stillstand, aber vieles dauerte erheblich länger als sonst. Die *motoscafi* fuhren trotz ihrer Radaranlagen langsamer. Die Fußgänger verharrten vor jedem Schritt auf dem Standbein und prüften, ob das Spielbein festen Grund ertasten konnte. Sogar der Konditor, der mit einer silbernen Zange eine Schokoladentrüffel nach der anderen behutsam in eine vergoldete Schachtel auf der Wage legte, ließ sich dabei sehr viel Zeit. Als 250 g feine Pralinen für Signora Bonaventura in der Schachtel lagen, packte er sie umständlich in buntes Papier und wickelte eine Silberkordel um das kleines Päckchen.

Trattoni verließ die Konditorei und hörte das dumpfe Tuten der Nebelhörner von den großen Schiffen auf dem Canale delle Fondamenta Nuove zwischen dem Krankenhaus und der Friedhofsinsel San Michele, auf der man den Antiquitätenhändler in wenigen Tagen bestatten würde. Der Commissario erreichte die Questura kurz nach zehn. Wie jeden Morgen grüßte ihn der Uniformierte vor dem Portal. Trattoni nickte kurz, und als er die Treppen zu seinem Büro hochging, kam ihm Sergente Vitello entgegen. »Ein Jammer, daß Sie gestern nicht hier waren, Commissario. Ispettor Flaviano benimmt sich, als wäre er der Questore.«

»Das habe ich vermutet. Kommen Sie mit.«

Vitello begleitete seinen Vorgesetzten in dessen Büro, wo Trattoni die Aktentasche auf den Schreibtisch legte und dahinter Platz nahm, nachdem er sich von Hut und Mantel befreit hatte.

»Waren Sie am Tatort, Sergente?« fragte er und deutete auf den Besucherstuhl vor dem Schreibtisch. »Um welche Zeit wurde Maletti erschossen?«

»Der Arzt sagte, vermutlich zwischen 22.00 und 23.00 Uhr. Wieso wissen Sie überhaupt, daß er erschossen wurde?«

»Weil sich in Venedig alles sehr schnell herumspricht. Und wer hat das Verbrechen angezeigt?«

»Der Juwelier, dem das Geschäft neben der Antiquitätenhandlung gehört. Er hat gegen 23.00 Uhr seinen Laden abgeschlossen und fand es ungewöhnlich, daß bei Maletti noch alles hell erleuchtet war. Er wollte wohl mit seinem Nachbarn ein Schwätzchen halten und hat uns gleich angerufen. Maletti liege tot im Büro hinter der Antiquitätenhandlung, hat er gesagt. Mehr nicht.«

»Und Signora Maletti? Wo war die um diese Zeit?«

»Die hat ein Alibi«, sagte der Sergente. »Sie hatte drei Leute zum Essen eingeladen und mit ihnen Karten gespielt.« Vitello holte einen zerknitterten Zettel aus der Jackentasche seiner blauen Uniform. »Eine Zarife Elias und das Ehepaar Martucci.« Er sah wieder auf seinen Zettel. »Alles Ärzte. Dottoressa Elias arbeitet im Casa di Cura San Marco und Dottor Martucci...«

»Ich weiß«, sagte Trattoni. »Ich kenne alle drei.«

Vitello blickte auf den Fußboden. »Es war für mich sehr schwer, der Frau vor diesen Leuten zu sagen, was passiert ist.«

»Sie?« fragte Trattoni erstaunt. »Hätte das Flaviano nicht machen können?«

»Nein. Der blieb noch am Tatort. Er ist eine Stunde später in die Wohnung gekommen, doch da hatte die Ärztin ihre Freundin schon ins Krankenhaus bringen lassen. Die war überhaupt nicht mehr ansprechbar.«

»Danke, Sergente. Mehr will ich nicht von Ihnen wissen.«

Vitello salutierte, verließ das Zimmer, und Trattoni hatte gerade den Hörer abgenommen, um Dottor Martucci anzurufen, als Ispettor Flaviano hereinkam. Trattoni schüttelte langsam den Kopf. »Was haben Sie sich denn dabei gedacht, Ispettore? Läßt man in Sizilien einer Ehefrau durch uniformierte Polizisten mitteilen, daß Sie zur Witwe geworden ist? Passiert dort jeden Tag dreimal, was?«

Flaviano blickte Trattoni kühl an. »Darüber möchte ich nicht mit Ihnen reden. Ich hatte meine Gründe. Vice Questore Berlusco will augenblicklich mit Ihnen sprechen.«

»Mit mir? Sergente Vitello sagte mir gerade, Sie hätten am Tatort alles Erforderliche veranlaßt und den Fall übernommen.«

Flaviano nickte zufrieden. »Das stimmt. Mit mir hat sich der ViceQuestore heute Morgen eine Stunde unterhalten.«

Vermutlich über Motorboote, Rennpferde oder den Bürgermeister, dachte Trattoni. Sobald der Ispettore gegangen war, rief er Dottor Martucci an. »Ich habe leider nicht viel Zeit, Guido. Ich wußte nicht, daß du mit den Eheleuten Maletti befreundet bist.«

»Bin ich nicht. Aber als Zarife uns zum Abendessen bei Signora Maletti eingeladen hat, habe ich nicht nein gesagt. Mit Zarife versteht sich auch meine Frau ganz gut. Du weißt doch, wie das hier ist. Im Winter ist man für jede Ablenkung dankbar.«

»Und wie lange warst du bei Signora Maletti zu Gast?«

»Wir haben um acht gegessen und danach Karten gespielt, bis dieser Polizist kam und der Frau in Anwesenheit ihrer Gäste sagte, was passiert ist. Signora Maletti ist in Ohnmacht gefallen.«

»Echt oder gut gespielt?«

Diesmal dauerte es etwas länger, bis der Pathologe antwortete. »Schwer zu sagen. Die meisten Menschen brauchen einige Zeit, bis sie die Tragweite einer solchen Nachricht voll begreifen, und diese Ohnmacht kam für mich ziemlich plötzlich. Aber das würde ich nie vor Gericht aussagen. Die Menschen sind verschieden, Adriano. Und von Neurologie und Psychiatrie verstehe ich sehr wenig. Aber wir waren den ganzen Abend mit Signora Maletti zusammen. Sie hat ihren Mann mit Sicherheit nicht erschossen.«

»Danke Guido«, sagte Trattoni, und als er den Hörer aufgelegt hatte, fiel ihm auf, daß er sich heute bereits zum dritten Mal bedankt hatte. Gab es etwa wirklich ein Gesetz der Serie?

Er holte die Pralinen für Signora Bonaventura aus der Aktentasche, und als er die Treppe zum Büro seines Chefs hinaufging, dachte er an eine Bemerkung Giulias. Signora Maletti war tatsächlich hochintelligent.

Dottoressa Elias hatte ihr vermutlich erzählt, daß seine Frau und er mit dem Ehepaar Martucci befreundet waren, und sie hatte beide zum Abendessen eingeladen, um sich ein unwiderlegbares Alibi zu verschaffen.

Nein, dachte er. Mit eigener Hand gemordet hat sie gewiß nicht. Aber sie dürfte in beide Verbrechen verwickelt sein.

Er trat in das Vorzimmer, legte Signora Bonaventura schweigend die Pralinen auf den Tisch und ging ohne anzuklopfen in das Zimmer seines Vorgesetzten. Berlusco saß in seinem grauen Anzug von *Brioni* hinter dem Schreibtisch, faltete betont langsam den *Gazzettino* zusammen und blickte den Commissario feindlich an, bevor er zu sprechen begann. »Vermutlich wissen Sie, daß Carlo Maletti vergangene Nacht erschossen wurde. Sie treiben sich in Milano herum, hier werden die Leute umgebracht, und Ihr Mobiltelefon ist die ganze Nacht ausgeschaltet. Ist Ihnen wenigstens bewußt, daß Sie Maletti auf dem Gewissen haben?«

»Ich wüßte nicht weshalb«, antwortete Trattoni. »Aber das werden Sie mir vermutlich erklären.«

»Allerdings«, sagte Berlusco. »Wenn Sie Flaviano gestern Mittag nicht untersagt hätten, Maletti festzunehmen, würde er noch leben. Was haben Sie sich dabei bloß gedacht?«

»Ich habe an das Gesetz gedacht«, antwortete Trattoni. »Zu diesem Zeitpunkt hatten wir gegen Maletti noch nichts in der Hand.

»Und der Mietwagen? Sie wissen, daß dieses Auto fotografiert wurde.«

»Das stimmt. Dieses Auto hat Malettis Sekretärin gemietet, aber auf auf dem Foto ist nicht zu erkennen, wer im Wagen saß. Sollte ich Flaviano etwa das Auto festnehmen lassen? Nachher ist man meistens klüger. Ich weiß erst seit gestern Abend, daß der Antiquitätenhändler den Wagen benutzte. Das hat Signora Ursini eindeutig erklärt. Sie bestätigt sein Alibi nicht.«

Berlusco sah ihn mißtrauisch an: »Haben Sie sich wieder als Damenflüsterer bewährt? Ich dachte immer, das funktioniert nur bei Pferden. War sie seine Geliebte?«

»Ich glaube nicht. Maletti wollte sie überreden, für ihn zu lügen, doch das macht sie nicht. Er verbrachte keinesfalls die ganze Nacht mit ihr im Hotel, wie er mir gegenüber behauptet hat. Er ist zur Zeit des Mordes an Tomaschek nicht mit ihr zusammengewesen. Ich wollte ihn heute Morgen festnehmen. Übrigens, eine sehr gescheite Frau, diese Sekretärin, wenn Sie mir diese Bemerkung gestatten.«

Berluscos Stimme zitterte.« Ihnen gestatte ich überhaupt nichts mehr. Ich werde beide Fälle Ispettor Flaviano übertragen.«

Trattoni nickte. »Wie Sie wünschen, Vice Questore. Ich schätze den Sizilianer außerordentlich, aber er lebt erst seit einem halben Jahr bei uns. Er kennt weder die Verhältnisse hier noch unsere Mentalität. Wenn ich nicht länger daran arbeiten soll, muß das ein Fähigerer übernehmen.«

Der Vice Questore schien überrascht. »Und an wen denken Sie dabei?«

Der Commissario brachte die Worte nur mit Mühe heraus: »An Sie selbstverständlich, Vice Questore. Signora Maletti hat zwar für die Zeit des Mordes an ihrem Mann ein unanfechtbares Alibi, aber ich vermute, daß sie in beide Verbrechen verwickelt ist. Sobald die Ärzte das erlauben, müßte sie vernommen werden. Malettis Geschäfte sollten auch geprüft werden. Ispettor Flaviano sagte mir, daß Maletti nur dank der Hilfe seines Bruders noch nicht Insolvenz anmelden mußte. Möglicherweise hat er sich bei Leuten verschuldet, die ihre Forderungen mit der Waffe eintreiben. Aber ich vermute eher, daß der Mord an Maletti mit dem Mord an Tomaschek verknüpft ist. Wenn Sie diese Fälle übernehmen, unterstütze ich Sie selbstverständlich, so gut ich kann.«

Jetzt rutschte Vice Questore nervös auf seinen Sessel hin und her. »Dann vernehmen Sie meinetwegen noch die Witwe Maletti und schließen den Fall Tomaschek danach ab«, sagte er zögernd. »Man wechselt die Pferde nicht mitten im Fluß. Aber aus dem Mord an Maletti halten Sie sich raus. An dieser Sache arbeitet Ispettor Flaviano, und dabei bleibt es. Abgesehen davon... Er vermutet wie ich, daß Maletti auf den Tschechen eifersüchtig war. Deshalb hat er ihn ertränkt. Ich gehe davon aus, daß Maletti heute Nacht aus Blutrache erschossen wurde. In solchen Sachen kennt sich ein Sizilianer besser aus als wir beide.«

Der Commissario nickte. »*Come desidera*, Vice Questore. Ich werde mich bei meinen Ermittlungen auf den Fall Tomaschek beschränken. Für den Mord an Maletti ist der Ispettore zuständig.«

Berlusco wurde auf einmal unsicher. »Aber Sie behalten ihn dabei im Auge. Der Mann ist fähig, aber er muß noch einiges lernen.«

»Da haben Sie recht, Vice Questore«, sagte Trattoni. Er wartete noch einen Moment, ob auch Berlusco das Gespräch für beendet hielt und ging ins Vorzimmer. Signora Bonaventura saß nicht an ihrem Tisch, und so ging er langsam wieder in sein Büro. Als er seine Aktentasche sah, erinnerte er sich an die Noten und brachte sie in der untersten Schublade seines Schreibtischs unter. Er überlegte einen Augenblick, ob er verantworten konnte, daß er bisher mit niemandem in der Questura – nicht einmal mit seinem Vorgesetzten – über die Partitur gesprochen hatte, doch das hielt er nach wie vor für das klügste.

Wenn Berlusco erführe, daß diese Noten existierten, würde er die Freimaurer in Kenntnis setzten. Einer von ihnen – oder sogar der Vice Questore höchstpersönlich

– würde sich an einen Sachverständigen wenden, und über kurz oder lang bekäme die Presse Wind davon. Das würde die Ermittlungen noch mehr erschweren.

Nein, dachte er. Auf eine Schlagzeile wie *Commissario Trattoni entdeckt unbekanntes Mozartoratorium* kann ich sehr gut verzichten. Das fehlt mir gerade noch. Er setzte sich an den Schreibtisch und zeichnete hastig sechs Totenscheine ab, ohne sie gründlich zu prüfen. Wenn im Winter Nebel über Venedig lag, starben jedes Jahr viele alte Leute. Entweder an Lungenentzündung oder an den Medikamenten dagegen.

Sergente Vitello hatte ihm während seiner Abwesenheit sechs große Wasserflaschen neben den Aktenschrank gestellt. Trattoni trank eine Flasche leer, zog sich den Mantel an und setzte den Hut auf. Auf der Treppe zum Erdgeschoß dachte er daran, daß Flaviano nach Abtransport des Toten die Antiquitätenhandlung vermutlich versiegelt hatte, doch das war kein Problem. Über solche Siegelmarken verfügte er auch. Er ging zurück in sein Zimmer, steckte mehrere Marken in die Manteltasche und ging dann nach unten in die Wache, wo Vitello an einem Tisch saß und mit zwei Kollegen Karten spielte. »Bei dem Wetter geht zwar niemand gern nach draußen«, sagte der Commissario zu ihm. »Aber ich kann das heute leider nicht vermeiden. Ich will mich in der Antiquitätenhandlung umsehen, und es wäre schön, wenn Sie mitkämen.«

Der Sergente legte die Karten aus der Hand und setzte sich die Mütze auf. »Selbstverständlich, Commissario. Für Sie tue ich alles.«

»Fast alles«, korrigierte Trattoni. »Aber das ist jetzt nicht so wichtig.«

Der Nebel war weniger dicht als vor zwei Stunden, trotzdem standen auf der Piazza die Stühle noch vor den Kaffeehäusern angekettet auf den Tischen, und die Kioske der Souvenirverkäufer waren geschlossen. Trattoni hatte den Eindruck, daß bei diesem Wetter sogar die Tauben langsamer flogen als sonst.

Vor den Schaufenstern der Antiquitätenhandlung waren die beiden Gitter heruntergelassen, aber die Glasscheiben nicht beschlagen. Hinter ihnen sah es noch genauso aus wie während Trattonis Besuch bei Maletti vor drei Tagen. In Unordnung gebracht oder zerstört hatten seine Mörder im Laden nichts. In das Büro hinter dem Einwegspiegel konnte man von der Straße aus nicht blicken.

Auf den Vorhängeschlössern, die das Gitter vor den Schaufenstern sicherten, klebten wie auf dem Zylinderschloß der Ladentür eine Siegelmarke der Questura.

»Na?« fragte Trattoni. »Kommen wir da ohne Schlüssel rein?«

Der Sergente schüttelte den Kopf. »Nein. Es gibt zwar noch eine zweite Tür im Hausflur, aber die ist aus Eisen und hat auch ein Zylinderschloß. Das muß ein Schlosser machen.«

Trattoni überlegte einen Moment. »Malettis Schlüssel hat der Sizilianer vermutlich mitgenommen. Aber die Schüssel seiner Frau...«

»Daran habe ich auch schon gedacht, Commissario. Meine Antonella hat ihr Schlüsselbund immer in der Handtasche. Die Handtasche der Signora Maletti hat die Ärztin mit ins Krankenhaus genommen.«

Der Commissario nickte anerkennend. »Sie haben sehr gut aufgepaßt, Sergente. Haben Sie schon mal daran gedacht, die Uniform an den Nagel zu hängen und einer von uns zu werden?«

»Nicht bevor ich verheiratet bin, Commissario.« Er deutete auf das schmale Schaufenster eines Juweliers schräg gegenüber der Antiquitätenhandlung. »Mit dem Mann, der Maletti gefunden hat, sollten Sie vielleicht auch sprechen. Flaviano hat den Juwelier kaum ausreden lassen. Als ob der Maletti ermordet hätte. Dazu wäre er aber kaum im Stande. Er geht am Stock, und eine .45ACP ist verdammt schwer.«

Trattoni nickte. »Wer läuft denn bei uns mit so was rum? Hat man Maletti damit erschossen?«

»Für mich sieht es danach aus«, antwortete der Sergente. »Von seinem Gesicht ist nicht mehr viel übrig. Ich bin kein Sachverständiger, aber die Spurensicherung hat das Projektil sichergestellt.«

»Gute Arbeit«, sagte der Commissario. »Jetzt braucht Flaviano nur noch die Waffe zu finden, zu der es paßt. Das dürfte erheblich schwieriger sein.«

Während des kurzen Gesprächs gingen die beiden Männer über die Straße. Das Schaufenster des Juweliers war gleichfalls vergittert. Trattoni betrachtete einen Moment die ausgestellten Schmuckstücke und klingelte an der verschlossenen Ladentür. Eine gut gekleidete, etwa 50jährige Frau öffnete sie, allerdings erst nachdem sie Vitellos Uniform und Trattonis Dienstausweis gesehen hatte. »Sie wollen vermutlich mit Signor Navarro sprechen. Macht es Ihnen etwas aus, mit in die Werkstatt zu kommen? Bei diesem Wetter kann der Chef nicht gut laufen.«

»Dann hat er wahrscheinlich Rheuma wie ich«, sagte Trattoni. Die beiden Männer folgten der Angestellten in ein Zimmer, wo ein alter Mann, eine Lupe im rechten Auge und eine Wolldecke über den Knien, an einer kleinen Werkbank saß.

»Wir wollen Sie keinesfalls lange aufhalten«, sagte der Commissario in seinem weichen Veneziano, während er das Notizbuch aus der Jackentasche holte.

»Aber wir brauchen leider noch einige Auskünfte von Ihnen. Wissen Sie noch, um welche Zeit Sie Signor Maletti tot aufgefunden haben?«

»Gegen 23.00 Uhr. Das habe ich alles schon Ihrem Kollegen gesagt. Ich hatte mein Geschäft abgeschlossen, und als bei Maletti noch Licht war, wollte ich ihn fragen, ob bei ihm alles in Ordnung ist.«

»Sind Sie mit ihm befreundet?«

Der Juwelier nahm die Lupe aus dem Auge. »Wir sind gute Nachbarn. Und heutzutage... Heutzutage passiert so viel, da kann man nicht vorsichtig genug sein.«

»Da haben Sie recht«, sagte Trattoni. »In die Galerie meiner Frau wurde schon dreimal eingebrochen. Können Sie sich das vorstellen, Signore? Sogar Bilder von jungen unbekannten Malern werden neuerdings gestohlen. Aber Giulias Laden ist nicht so gut gesichert wie Ihr Geschäft, und ihre Nachbarn sind leider nicht so aufmerksam wie Sie. Hatten Sie den Eindruck, daß bei Maletti etwas passiert sein könnte? Haben Sie Schüsse gehört?«

»Nein. Schüsse nicht. Aber normalerweise schließt Carlo oder seine Frau das Geschäft um 20.00 Uhr zu, und das Licht ist spätestens eine halbe Stunde später aus. Das hat er gestern auch gemacht. Um 19.30 Uhr war bei ihm alles dunkel. Ich habe noch länger gearbeitet, und als ich nach Hause gehen wollte und wieder Licht bei ihm sah...«

»War sein Laden hell erleuchtet?«

Der Juwelier stutzte. »Nein. Nur das Büro. Ich dachte gleich an Einbrecher und bin in sein Geschäft gegangen. Ziemlich dumm von mir, was? Wenn ich die Einbrecher gesehen hätte, hätten die mich wahrscheinlich auch erschossen.«

Der Commissario schüttelte den Kopf. »Vermutlich nicht. Das machen Einbrecher meist nur, wenn jemand sie erwischt, der sie kennt. Sonst laufen sie meistens einfach weg. Und Malettis Frau? War Signora Maletti gestern im Geschäft?«

»Nein. Die habe ich gestern den ganzen Tag nicht gesehen. Die ist nur im Laden, wenn er nicht da ist. Er hat noch ein Büro in Milano. Sein Bruder lebt in Roma, und beide fahren zu jeder wichtigen Messe.«

Trattoni steckte sein kleines grünes Buch ein. »Danke, Signor Navarro. Sie haben uns sehr geholfen. Wenn ich das nächste Mal eine Kette oder einen Ring für meine Frau brauche…«

Der Juwelier lächelte zum ersten Mal. »Selbstverständlich, Commissario. Ich mache Ihnen einen Freundschaftspreis.«

Die Angestellte ließ die beiden Polizeibeamten aus dem Laden, verriegelte die Tür hinter ihnen, und als sie über die Straße zu Malettis Geschäft gingen, erzählte Vitello, daß Ispettor Flaviano den Juwelier am liebsten festgenommen hätte. »Ich war dabei, Commissario. Dem Ispettore hat der Mann nur gesagt, daß er mit Maletti noch ein Glas trinken wollte. Sonst nichts.«

»Na und?« sagte Trattoni. »Flaviano würde ich auch nicht alles erzählen.«

Eine alte Frau, die über Malettis Laden wohnte, ließ sie ins Haus und begleitete sie mißtrauisch zu der Stahltür im Erdgeschoß, durch die man auch vom Flur aus in die Antiquitätenhandlung gelangen konnte. Auch diese Tür war verschlossen und versiegelt, aufgebrochen worden war sie nicht.

Vitello sagte, er vermute, Maletti habe seinen Mörder in den Laden gelassen, doch Trattoni war anderer Meinung. »Nein. Ich nehme an, daß der Täter durch diese Tür in das Geschäft gegangen ist, um dort etwas zu stehlen, nachdem Maletti beide Türen abgeschlossen hatte und weggegangen war. Der Dieb hat nicht damit gerechnet, daß er zwei Stunden später zurückkommen würde, und hat ihn erschossen. Die beiden müssen sich gekannt haben. Sonst wäre das kaum passiert. Und der Täter hatte einen Schlüssel. Entweder zu dieser Hintertür oder zur Ladentür. Ich frage mich nur noch, woher er den hatte.«

Der Sergente sah seinen Vorgesetzten nahezu bewundernd an. »Wo haben Sie das gelernt, Commissario? Wie Sie sich mit den Leuten verstehen und sie zum Reden bringen... Lernt man so was auf der Polizeischule?«

»Leider nicht. Eher von Georges Simenon. Sein Kommissar Maigret hält zwar nicht viel von Kriminaltechnik, aber er merkt schnell, was mit einem Menschen los ist.«

Inzwischen war der Nebel auch auf der Piazza vom Winde weggeblasen. Die Souvenirhändler machten gute Geschäfte. Vor der Basilica di San Marco wartete eine lange Menschenschlange. Die Tauben bekamen wieder ihre Maiskörner, und Commissario Trattoni ging mit Sergente Vitello wieder in die Osteria da Gadda, wo sie schon vor vier Tagen nach dem Verhör Malettis gegessen hatten.

Beide entschieden sich für *Polenta Veneziana*, mit Schinken, Wurst und Käse überbackenen Maisbrei, dessen würziges Aroma Trattoni sonst das Wasser im Munde zusammenlaufen ließ, doch heute schlang er den *pranzo* nur hastig herunter, weil er Hunger hatte. So vergeßlich er manchmal war, an die Arroganz Malettis hatte er während der vergangenen Tage immer wieder gedacht. Daß dieser Mann jetzt tot war, bedauerte er nicht nur, weil er jedes Menschenleben für einmalig und kostbar hielt. Mit dem Tod des Hauptverdächtigen war der Fall Tomaschek noch komplizierter geworden.

»Sie waren doch in Malettis Laden, Sergente«, fragte Trattoni. »Wurde dort etwas gestohlen?«

»Ich glaube nicht. Flaviano hat in der Ladenkasse 600 Euro gefunden. Die hat der Mörder nicht mal angerührt. Aber in Malettis Büro... Hinter dem großen Spiegel sah es aus wie in New Orleans nach dem Hurrikan. Alle Schränke und Schubladen offen... Auf dem Fußboden Aktenordner und Korrespondenz. Sogar die Bilder hatte der Mörder von der Wand genommen. Haben Sie eine Ahnung, was der gesucht hat?«

»Etwas sehr wertvolles«, antwortete der Commissario ausweichend. »Ich frage mich nur, ob er es gefunden hat.« Er trank den letzten Schluck aus seinem Weinglas, stand auf, zog den Mantel an und setzte sich den Hut auf. »Gehen Sie nach dem Essen in die Wache zurück«, sagte er zu Vitello. »Ich werde noch eine halbe Stunde spazierengehen. Der Arzt hat mir viel Bewegung verordnet.« Er verließ die Bar, und als er eine Viertelstunde später bemerkte, daß er dort nicht bezahlt hatte, holte er sein kleines grünes Buch aus der Tasche. *Schulden bei Vitello wegen pranzo,* notierte er sich. *Polenta* und *vino nostrano.*

19.

Commissario Trattoni hatte sich kaum hinter dem Schreibtisch niedergelassen, als Ispettor Flaviano ins Zimmer kam. »Ich habe vor zwei Stunden Signora Maletti vernommen«, sagte er unsicher.

»Nach ihrer Aussage hatte ihr Mann keine Feinde. Schulden hatte er nur bei seinem Bruder.«

»Und Spuren? Wenn man gründlich sucht, findet man meistens etwas.«

»Diesmal nicht. Der Täter hat sich vermutlich einen Schlüssel nachmachen lassen, mit dem er durch die Hintertür in das Geschäft gelangen konnte. Dort hat ihn Maletti überrascht. Er muß den Täter gekannt haben, sonst hätte der ihn nicht erschossen. An einigen Katalogen auf dem Fußboden befinden sich weiße Textilfasern. Der Mörder hat wahrscheinlich Baumwollhandschuhe angehabt. Das Projektil konnten wir sicherstellen.«

Trattoni nickte. »So könnte es gewesen sein. Hat Ihnen die Witwe gesagt, wer außer ihr und Maletti Schüssel für das Geschäft hatte?«

»Nur die Putzfrau. Signora Maletti hält sie für zuverlässig, aber ich werde sie trotzdem vernehmen.« Flaviano sah Trattoni nachdenklich an. »Ich vermute, daß der Täter in Malettis Büro hinter dem Laden etwas gesucht hat. Ich habe die Witwe darauf angesprochen... Ob im Büro Schuldscheine aufbewahrt wurden, irgendwelche Urkunden oder Papiere, die jemanden belasteten, aber ihres Wissens nach gibt es so etwas nicht. Nur die übliche Geschäftskorrespondenz. Größere Geldbeträge schuldet ihnen auch niemand.«

Trattoni fühlte sich nach jedem Satz Flavianos weniger wohl. Der Sizilianer verhielt sich genauso, wie er sich an dessen Stelle verhalten hätte. Unfähig war Flaviano nicht. Nur noch nicht erfahren genug. Der Commissario überlegte, ob es nicht an der Zeit wäre, dem Ispettore die Ergebnisse seiner bisherigen Ermittlungen zu offenbaren, doch da redete Flaviano auf einmal in vorwurfsvollem Ton von der auf Anweisung Trattonis unterbliebenen Festnahme Malettis, die dem Antiquitätenhändler das Leben gerettet hätte, und es fiel dem Commissario schwer, sein Schuldgefühl zu verbergen.

»Gestern Mittag hatte er noch ein Alibi«, sagte er schroff. »Jeder Richter hätte ihn aus der Haft entlassen. Machen Sie sich um meinen Fall keine Sorgen. Kümmern Sie sich lieber um Ihren. Jeder Mörder hat ein Motiv. Hatte Maletti neidische Konkurrenten? Hatte seine Frau einen Liebhaber? War jemand an seinem Laden interessiert? Sie werden noch mit vielen Leuten reden müssen, Ispettore. Den meisten Mördern kommt man über ihr Motiv auf die Spur. Ich muß mich leider weiter um den toten Tschechen kümmern und habe noch einige Fragen an die Witwe Maletti. Ist sie noch im Krankenhaus oder wieder zu Hause?«

»Sie wurde heute gegen 10.00 Uhr entlassen«, antwortete Flaviano. »Die Ärztin hat ihr zwar ein starkes Beruhigungsmittel verordnet, aber sie erscheint mir vernehmungsfähig.«

Trattoni stand auf und zog sich hastig den Mantel an. »Grazie, Ispettore. Falls Signora Maletti mir etwas mitteilen sollte, das für Ihren Fall von Bedeutung sein könnte, halte ich Sie selbstverständlich auf dem laufenden«, sagte er noch an der Tür, bevor er an Flaviano vorbei aus dem Zimmer stürzte und die Treppe so schnell hinuntereilte, als wäre der Teufel hinter ihm her.

Ich hätte gestern nicht nach Prag fliegen dürfen, dachte er, während er an Bord der Polizeibarkasse ging, die auf dem Rio di San Lorenzo vor der Questura in Bereitschaft lag. Wenn ich Signora Ursini schon am Vormittag verhört hätte, hätte ich Maletti nach Flavianos Anruf verhaften lassen, und er würde vermutlich noch leben.

Hätte, hätte, hätte, dachte er. Reue ist Verstand, der sich verspätet hat. Er holte sein Notizbuch aus der Tasche und sagte dem Bootsführer, er solle ihn nach Cannaregio bringen und dort in der Nähe des Palazzo Lezze absetzen.

Er blieb zuerst an Deck und sah den Möwen zu, die kreischend über dem Canal Grande im Wind segelten. Am Himmel hingen dicke dunkelgraue Wolken. Eine Zeitlang bewunderte er den Bootsführer, der die Barkasse geschickt an langsamen, tief im Wasser liegenden Frachtkähnen vorbeisteuerte und dabei zweimal den Zusammenstoß mit einem Motorboot vermied.

Als er die ersten Regentropfen im Gesicht spürte, ging Trattoni in die Kabine, wo sich sein Schuldgefühl – er hielt es für ein Relikt aus seiner katholischen Kindheit – wieder regte.

Er zweifelte nicht daran, daß der Antiquitätenhändler noch am Leben wäre, hätte er ihn verhaften lassen, was nur wegen der nicht genehmigten zweiten Reise nach Prag unterblieben war. Von dieser Reise würde zwar höchstwahrscheinlich niemand in der Questura etwas erfahren, aber das änderte für ihn wenig an den Folgen seines Alleingangs.

Vielleicht habe ich mich zu sehr um die Noten gekümmert und zu wenig um die Verdächtigen, überlegte er. Ich habe mich in eine Nebensache verrannt und dabei die Hauptsache aus den Augen verloren. Wenn ich Malettis Sekretärin gestern früh vernommen hätte, und nicht erst am späten Abend, wäre er noch am Leben.

So quälte er sich mit Selbstvorwürfen, bis die Barkasse am Fondamento des Canale della Misericordia anlegte. Jetzt regnete es stärker, und Trattoni war dankbar, als der Bootsführer ihm unaufgefordert einen Regenschirm in die Hand drückte. Er sagte dem uniformierten Kollegen, er solle auf ihn warten, ging von Bord und schlenderte mit aufgespanntem Regenschirm am Palazzo Lezze vorbei zu dem Gebäude aus rotem Backstein, dessen Anschrift er sich notiert hatte.

Trattoni hatte kaum auf den Klingelknopf neben dem Namen Maletti gedrückt, da fragte auch schon aus der Wechselsprechanlage eine Frauenstimme mit slawischem Akzent, wer er sei und was er wolle.

»Polizia«, sagte Trattoni. »Ich möchte mit Signora Maletti sprechen.« Es dauerte nur Sekunden, bis er die Haustür öffnen konnte, und als er die Treppen zum zweiten Obergeschoß hinaufstieg und wieder den stechenden Schmerz in seinen Knien spürte, überlegte er, ob es nicht das beste wäre, sich pensionieren zu lassen, sobald der Fall Tomaschek abgeschlossen war.

Vor der Wohnungstür empfing ihn eine kleinwüchsige alte Frau in einem grauen Wollkittel. »Signora Maletti hat sich gerade hingelegt«, sagte sie. »Können Sie nicht später noch mal wiederkommen?«

»Leider nicht. Ich habe heute noch sehr viel zu tun.«

»Dann warten Sie meinetwegen im Salon. Aber es wird eine Weile dauern.«

Sie stellte Trattonis Regenschirm in einen Schirmständer neben der Wohnungstür, nahm ihm Hut und Mantel ab und führte ihn in das Wohnzimmer, wo sie auf ein imposantes schwarz bezogenes Mahagonisofa deutete, das – gegenüber von zwei schweren Sesseln und einem Tisch aus unechtem Marmor – zur Sitzgruppe gehörte. »Wollen Sie einen Caffèe?«

Der Commissario setzte sich. »Meinetwegen. Bitte keinen Zucker. Ich bin Diabetiker.«

Die alte Frau nickte, und als sie aus dem Zimmer gegangen war, fühlte sich Trattoni noch bedrückter. Durch zwei kleine Fenster fiel nur wenig Licht in das Zimmer. Der mächtige Bücherschrank und eine große Kommode waren ebenso aus Mahagoni wie der riesige Schreibtisch unter einem der kleinen Fenster. Der dunkelbraune Teppich auf dem Fußboden, der unter jedem Schritt Trattonis leise geknarrt hatte, ließ das Zimmer so düster erscheinen, daß er sich fragte, wie sich eine junge Frau in dieser Umgebung fühlen mochte. Er jedenfalls hatte den Eindruck, in ein Museum geraten zu sein. Er erhob sich aus dem Sessel, ging zum Bücherschrank und hatte gerade nach den in hellbraunes Schweinsleder gebundenen Erzählungen von Edgar Allan Poe gegriffen, als Bianca Maletti ins Zimmer kam und ein Tablett mit zwei Tassen Caffè auf den Marmortisch stellte. Sie hatte ein schwarzes Kleid mit weißem Kragen, schwarze Strümpfe und schwarze Schuhe an und bedauerte wahrscheinlich, daß sie ihren Hut mit schwarzem Witwenschleier – Trattoni vermutete, daß sie den längst gekauft hatte – nur aufsetzen konnte, bevor sie aus dem Haus ging.

»Sie sind heute schon der zweite Kriminalbeamte, der mich besucht«, sagte sie langsam mit schwacher Stimme. »Was wollen Sie diesmal von mir wissen?«

Trattoni war sich nicht sicher, ob sie ihre Müdigkeit nur vortäuschte oder ob sie so langsam redete, weil die Ärztin ihr ein starkes Beruhigungsmittel gegeben hatte.

»Mein herzliches Beileid«, sagte der Commissario und setzte sich wieder. »Ich möchte wissen, was hier passiert ist, während Ihr Mann angeblich in Milano war. In der Nacht, während Signor Tomaschek umgebracht wurde, ist Ihr Mann in einem Mietwagen auf der Autobahn zwischen Milano und Venezia fotografiert worden. Seine Sekretärin hat mir bestätigt, daß er sie überreden wollte, ihm ein falsches Alibi zu verschaffen.«

Signora Maletti nahm beide Tassen vom Tablett, stellte sie auf den Tisch, und als sie Caffè eingoß, tat sie das mit ruhiger Hand.

»Das ist möglich«, sagte sie mit schläfriger Stimme, und dann: »Meine Haare in Jiris Bett haben Sie vermutlich auch gefunden. Zugegeben, ich habe mit ihm geschlafen. Aber ich habe ihn nicht umgebracht. Bestimmt nicht. Dafür liebte ich ihn viel zu sehr.«

Trattoni fiel beinah die Tasse aus der Hand. »Bitte ersparen Sie uns das«, sagte er. »Wir sind hier nicht in einem Roman von Ruth Rendell.« Er holte sein Notizbuch aus der Jackentasche. »Nun erzählen Sie mal. Ich bin ganz Ohr.«

»Da gibt es nicht viel zu erzählen. Vor 14 Tagen rief mich Jiri im Geschäft an, um mich auf einen Caffè einzuladen. Er sei für ein paar Tage in Venedig und würde mich gern wiedersehen. Da bin ich natürlich hingegangen.«

»Hat er Ihnen gesagt, weshalb er hier war?«

»Keine Ahnung. Ich glaube, er wollte sich um eine Stellung am Konservatorium bemühen. Carlo fuhr wie jedes Jahr zur Messe nach Milano, und als er weg war...« Sie versuchte zu lächeln. »Wie Sie wissen, ist Carlo viel älter als ich. Er war zwar rasend eifersüchtig, aber sonst spielte sich zwischen uns nichts mehr ab. Und als er abgereist war... Ich habe mit Jiri im Gritti zu Abend gegessen und bin danach mit ihm in sein Apartment gegangen.«

»Sehr schön«, sagte Trattoni. »Und weshalb haben Sie mich vorige Woche belogen?«

»Weil ich weder einen Ehebruch zugeben noch meinen Ehemann belasten wollte. Keine Frau würde so etwas tun. Und davon einmal ganz abgesehen... Ich lag noch im Bett, aber Jiri hatte sich schon angezogen und ließ gerade für mich Wasser in die Badewanne, da hörte ich die Stimme meines Mannes. Er brüllte laut Jiris Namen, hämmerte mit beiden Fäusten gegen die Tür des Apartments, und als er sich am Schloß zu schaffen machte, bin ich aus dem Bett gesprungen und mit meinen Sachen in den Kleiderschrank geflüchtet.«

Der Commissario glaubte ihr kein Wort. »Ja«, sagte er. »Wie in einer Komödie von Goldoni. Wir haben zwar Erde im Schrank gefunden, aber ich nehme nicht an, daß Sie die Schuhe anbehalten, wenn Sie mit einem Mann ins Bett gehen.«

»Manchmal schon«, sagte Signora Maletti. »Die Strümpfe übrigens auch, falls es Sie interessiert. Also, ich habe im Schrank gesessen und gezittert, während Jiri und Carlo sich laut stritten...«

»Über was haben sie sich gestritten?«

»Keine Ahnung. Das war mir völlig egal. Dann hörte ich keine Geräusche mehr. Ich bin noch eine

Viertelstunde im Schrank geblieben, und als ich mich herauswagte, waren mein Mann und Jiri nicht mehr da. Ich habe mich angezogen und bin nach Hause gegangen.«

»Und Sie wollen mir erzählen, daß Sie eine halbe Stunde in einem verschlossenen Kleiderschrank atmen konnten?«

»Konnte ich, Gott sei Dank. Ein alter venezianischer Kleiderschrank ist nicht so dicht wie ein Kühlschrank.«

»Das werde ich prüfen lassen«, sagte der Commissario. »Und wie sah es im Apartment aus, als Sie aus dem Schrank kamen?«

Sie sah ihn erstaunt an. »Wie meinen Sie das? Jiris Koffer stand nach wie vor neben dem Bett. Sonst habe ich nichts bemerkt. Ich wollte nur noch so schnell wie möglich nach Hause.«

Sie überlegte einen Augenblick. »Warten Sie... Also das Bad... Ich wollte wieder Make-up auflegen, aber im Badezimmer war der Fußboden so naß, daß ich dort nicht reingehen konnte.«

Der Commissario blickte in sein kleines grünes Buch. »Und als Sie mit dem Tschechen im Bett lagen, haben Sie beide Sambuca getrunken, was?«

»Nur ich«, sagte die Frau. »Jiri mochte keinen Likör. Für sich hatte er eine Flasche Wein gekauft.«

»Eine sehr ergreifende Geschichte«, sagte Trattoni, während er sein Notizbuch zuklappte. »Der Tod Ihres Mannes macht Ihnen offensichtlich nicht viel aus. Weshalb haben Sie Carlo eigentlich geheiratet, wenn Sie ihn nicht lieben?«

»Weil man Liebe nicht essen kann«, erwiderte Bianca Maletti. »Meine Eltern hatten nicht viel Geld. Ich durfte nicht studieren, und Jiri konnte mir keine

Sicherheit bieten. In welcher Welt leben Sie eigentlich, Commissario?«

Trattoni erhob sich vom Sessel, ließ sich von Signora Maletti Hut und Mantel geben und hatte schon nach dem Regenschirm gegriffen, als er sich ihr noch einmal zuwandte.

»Für die Aufklärung des Mordes an Ihrem Gatten ist in erster Linie Kollege Flaviano zuständig. Ich weiß nicht, ob er Ihnen das gesagt hat, aber wir vermuten, daß der Täter in Ihrem Geschäft etwas suchte. Falls er es dort nicht gefunden hat... Es ist möglich, daß er es auch in Ihrer Wohnung sucht. Wenn ich an Ihrer Stelle wäre... Ich würde verreisen, bis wir den Mörder festgenommen haben.«

»Daran habe ich auch schon gedacht«, sagte sie ohne das geringste Anzeichen von Furcht. »Aber danke für den Hinweis. Übrigens, wann können wir meinen Mann bestatten lassen? Sein Bruder hat mich vorhin angerufen und danach gefragt.«

»Das müssen Sie Ispettor Flaviano fragen. Ich bin für den Fall zwar nicht zuständig, aber ich würde mich trotzdem ganz gern mal in Ihrem Geschäft umsehen. Könnten Sie mir bis morgen den Schlüssel zum Laden überlassen?«

»Selbstverständlich«, sagte sie. »Aber das dürfte nicht notwendig sein. Ihr Ispettore hat die Schlüssel meines Mannes mitgenommen.«

»Davon hat er mir nichts gesagt. Aber danke für den Hinweis.« Der Commissario setzte sich den Hut auf, ging die Treppe hinunter ins Erdgeschoß, wo in einer Ecke eine der zweirädrigen Sackkarren stand, auf denen man in Venedig schwere Lasten transportiert. Mit dieser Karre hatte man Tomascheks Leiche wahrscheinlich aus dem Apartment zur Brücke gebracht.

Trattoni überlegte, ob er sie beschlagnahmen und die Spurensicherung nach Fasern des Teppichs suchen lassen sollte, den Flaviano sichergestellt hatte, doch er verzichtete darauf – so viel Zeit, auf die Ergebnisse zu warten, hatte er nicht.

Er war schon fünf Minuten in Richtung seiner Wohnung gegangen, als ihm einfiel, daß die Polizeibarkasse noch am Palazzo Lezze auf ihn wartete. Er ging zum Boot zurück, gab dem Bootsführer den Regenschirm und verabschiedete sich. »Ich brauche Sie heute nicht mehr«, sagte er freundlich. »Ich wohne hier ganz in der Nähe.«

Inzwischen zogen die ersten dünnen Nebelfäden über die Kanäle, und Trattoni wollte nur noch nach Hause. Sonst freute er sich auf dem Heimweg meistens schon auf das Abendessen, doch diesmal dachte er über seinen Fall nach.

Weshalb hatte Carlo Maletti die Likörflasche und die Gläser abgewischt? Wenn er sie nicht angefaßt hatte, war das nicht notwendig. Daß Maletti, nachdem er die Leiche des Tschechen an die Brücke gehängt hatte, zurück in das Apartment gegangen war, um dort die Partitur zu suchen, war nicht unmöglich. Aber von wem hatte er überhaupt erfahren, daß Tomaschek mit den Noten nach Venedig gekommen war? Vermutlich von Bianca, dachte er. Und um die Partitur in seinen Besitz zu bringen, hat Maletti den Tschechen ertränkt, die Noten gesucht und höchstwahrscheinlich gefunden. Eindeutig Raubmord. Doch wer hatte acht Tage später etwas – wahrscheinlich die Noten – in der Antiquitätenhandlung gesucht und Maletti erschossen?

Entweder hatte Maletti einen Komplizen, oder es gab jemanden, der wußte, daß Tomaschek das Freimaureroratorium gestohlen und Maletti es sich angeeignet hatte.

Es war jedoch ebenso möglich, daß die Eheleute Maletti den Tschechen gemeinsam ermordet hatten und Bianca ihren Mann umbringen ließ, damit er nicht verhaftet werden konnte und sie durch seine Aussagen belastete.

Trattoni vermutete bei der Arbeit gelegentlich, in einem holographischen Universum zu leben, in dem alles miteinander verbunden war. Er konnte allerdings nicht ausschließen, daß er durch sein Denken, Fühlen und Handeln solche Verbindungen überhaupt erst herstellte.

Inzwischen hatte er den Palazzo erreicht, und er begann seinen Kampf mit den 100 Stufen, der ihn diesmal an den alten Griechen Sisyphos denken ließ, der ständig einen Fels auf einen Berg wälzen mußte, von dem er im letzten Moment immer wieder hinabrollte. War sein Leben wesentlich anders?

Er hatte gerade Hut und Mantel abgelegt, als Luciana aus ihrem Zimmer kam und ihren Vater umarmte. »Danke für das wunderschöne Armband aus Prag, *papà*«, sagte sie. »Das werde ich von jetzt an Tag und Nacht tragen.«

»Freut mich, daß es dir gefällt«, sagte Trattoni, und dann, als er sah, daß seine Frau nicht wie sonst um diese Zeit am Küchenherd stand, fragte er: »Ist Giulia nicht zu Hause?«

»Die ist noch in der Galerie. Sie wird heute erst sehr spät nach Hause kommen, weil sie noch die Bilder aufhängen will. Soll ich dir was zu essen machen? Ich kann dir aber leider nur Gemüse und Tofu anbieten. Und Spaghetti natürlich.«

»Lieb von dir. Aber du weißt ja, was ich von Tofu halte. Ein Teller Spaghetti genügt.«

Er folgte ihr in die Küche, nahm eine *brioche* aus dem Brotkorb und wunderte sich, daß die Kaffemaschine nicht warm war. Er schaltete sie ein, setzte sich an den Küchentisch, und als er sah, daß dort immer noch die Packung Oblaten lag, die er seiner Frau mitgebracht hatte, regten sich seine Schuldgefühle wieder.

So sehr er den eigenmächtigen Flug nach Prag bereute, daß er in der Wohnung der Sekretärin Malettis übernachtet und mit ihr gefrühstückt hatte, bedrückte ihn noch mehr.

Luciana ließ Wasser in einen Topf laufen, stellte ihn auf den Herd und holte eine Handvoll Spaghetti aus dem riesigen Glas im Küchenschrank. Sie riß eine Packung tiefgekühltes Gemüse auf, schüttete es in eine Pfanne, und stellte sie neben den Topf auf den Herd.

Was würde ich denn empfinden, wenn Giulia eine Nacht in der Wohnung eines fremden Mannes verbracht hätte, dachte Trattoni. Wenn sie am Morgen in einem zerknitterten Kleid nach Hause gekommen wäre, sich ein anderes angezogen hätte und ohne sich von mir zu verabschieden in die Galerie gegangen wäre? Würde ich ihr glauben, daß sie nur auf seiner Couch geschlafen hatte?

Trattoni stand auf und ging ins Schlafzimmer. Sein zerknitter Anzug lag immer noch dort, wo er ihn am Morgen hingeworfen hatte. Er hob ihn vom Bettvorleger auf, versuchte, die Falten zu glätten und hängte ihn am Kleiderbügel in den Schrank.

Was soll ich Giulia bloß antworten, wenn sie mich fragt, weshalb ich sie gestern nicht angerufen und wo ich übernachtet habe.

Er setzte sich auf die Bettkante und überlegte noch, wie er sich Giulia gegenüber am klügsten verhielte, als Luciana ins Schlafzimmer kam und ihm sagte, daß das Essen fertig sei. Er nickte, folgte ihr in die Küche und setzte sich zu ihr an den Tisch. Sie hatte ihm eine Flasche Wein hingestellt, doch er aß nur lustlos die Spaghetti und rührte den Wein nicht an. Er hätte sich gern mit seiner Tochter unterhalten, aber Luciana hatte wieder ihre Stöpsel in den Ohren, und so zog er sich nach dem Essen in sein Zimmer zurück. Er schaltete die Stereoanlage ein, legte Mozarts Don Giovanni auf den Plattenteller, holte sein Notizbuch aus der Tasche, setzte sich vor die Lautsprecher – und schlief wenig später ein.

Ein lautes Geräusch ließ ihn aufwachen, und er schreckte aus seinem Sessel hoch. Es war stockfinster. Er tastete nach der Stehlampe neben dem Sessel, knipste das Licht an, blickte auf seine Armbanduhr, und als er sah, daß es fast Mitternacht war, schaltete er die Musikanlage aus. Er wollte ins Schlafzimmer gehen und war überrascht, als ihm im Flur Giulia im Mantel und mit einem Ölgemälde in den Händen entgegenkam. »Was ist denn?«, fragte er schlaftrunken. »Willst du so spät noch mal in die Galerie?«

Sie lachte laut, stellte das Bild ab und zog den Mantel aus.

»Nein. Von dort komme ich gerade zurück. Hat ziemlich lange gedauert, aber jetzt hängt alles an den Wänden. Ich muß nur noch die Einladungen verschikken. Diesmal werde ich alles verkaufen. So was hat man in Venedig noch nie gesehen. Hier, schau dir das mal an.«

Sie drehte das Bild um, das sie an die Wand gestellt hatte, eine großformatige Arbeit in Acryl, die Trattoni an Giorgiones *La Tempesta* erinnerte. Wie auf diesem rätselhaften Ölgemälde, über dessen Inhalte Kunsthistoriker seit 500 Jahren streiten, zuckte auch auf dem

Acrylbild ein Blitz aus einem blaugrünen Himmel. Die junge Mutter stillte ihren Säugling aber nicht auf einer grünen Wiese, sondern in einem offenen Cabriolet auf dem Parkplatz eines Autokinos. Der Mann, der sich bei Giorgione von ihr halb abwendet, hatte auf dem Acrylbild keinen Hirtenstab, sondern einen Werkzeugkasten in der Hand. Trattoni stutzte. Der Mann kam ihm bekannt vor.

Er ging näher an das Acrylbild heran, trat ein paar Schritte zurück, trug das Gemälde schließlich in sein Zimmer, richtete das helle Licht der Leselampe darauf und nickte erstaunt.

Der Fliesenleger, dachte er. Die Künstlerin, die in Giulias Galerie ausstellt, kennt den jungen Mann, der in der Antiquitätenhandlung den Fußboden repariert hat. Er hat für sie Modell gestanden. Jetzt erinnerte sich der Commissario daran, daß er nach seinem Gespräch mit Bianca Maletti in dem Laden über eine der Keramikplatten gestolpert war. Aber weshalb hatte sich nur diese eine Fayence gehoben? Wenn sich das Fundament gesenkt hätte, weil die Eichenpfähle verrottet waren – hätte sich dann nur eine Platte leicht gehoben?

Trattoni brachte das Bild in den Flur zurück, stellte es wieder an die Wand. Er zog den Mantel an, setzte den Hut auf, steckte seine Lederhandschuhe in die Manteltasche und wickelte sich einen dicken Schal um den Hals, bevor er ins Badezimmer ging, wo Giulia sich vor dem Spiegel abschminkte.

»Ich muß leider nochmal raus«, sagte er halblaut. »Ich glaube, ich habe etwas übersehen. In spätestens zwei Stunden bin ich wieder zurück.«

20.

Während der Wintermonate gab es um Mitternacht auf dem Canal Grande nur wenig Verkehr. Frachtkähne, die Waren in die kleine Stadt brachten, weckten die Anwohner erst ab 3.00 Uhr morgens. Die Gondeln, auf deren harter Bank im Sommer Verliebte im Schein der jeweils am Bug befestigten Laterne eine Nacht in Venedig genossen, lagen um diese Jahreszeit festgebunden an den Landestegen.

Noch immer wurden viele Wohnungen von Kanonenöfen geheizt, aber Brände brachen meist tagsüber aus. Nachts waren Feuerwehrboote auf dem Canal meist nur unterwegs, wenn ein Gastwirt oder Boutiquebesitzer während der Hauptsaison zu wenig verkauft hatte und jetzt Geld von seiner Versicherung benötigte.

Deshalb konnte der Fahrer des Wassertaxis, das den Commissario zur Questura brachte, nur ein paar 100 Meter mit einem Ambulanzboot um die Wette fahren, bis die Ambulanz in einen der schmalen *rii* abbog. Wenig später legte das schnelle kleine Motorboot auf dem Rio di San Lorenzo an. Trattoni zahlte, stieg aus, und als er sich der Questura näherte, sah er, daß dort zwei Polizisten Wache hielten.

Vermutlich war dem Vice Questore nicht entgangen, daß seine Untergebenen von Zeit zu Zeit die drei

Haftzellen im Erdgeschoß – Keller gibt es in Venedig nicht – mit ihren Freundinnen höchst privat nutzten. Die beiden Uniformierten vor dem Portal sollten sich nachts gegenseitig kontrollieren.

Trattoni wußte, daß auch dieser Versuch, die Gefühle junger Menschen zu regulieren, vergeblich war. Die Wachhabenden salutierten gleichzeitig. Der Commissario glaubte, eine Spur von Furcht in ihren Gesichtern wahrzunehmen, und er beruhigte sie.

»Keine Sorge. Ich habe in meinem Büro etwas vergessen.«

Er ging an der Wachstube vorbei, in der, im schwachen Licht einer Glühbirne, zwei Polizisten in Uniform auf der Bank lagen und schliefen.

Auch das Treppenhaus war spärlich beleuchtet. Trattoni stieg die Stufen zum ersten Obergeschoß hinauf und schlüpfte leise in das Zimmer Flavianos. Er lauschte einen Moment, und als er kein Geräusch hörte, knipste er die Lampe auf dem Schreibtisch des Sizilianers an, öffnete die oberste Schublade, in der er – wie erwartet – eine Ledermappe mit Fotos des ermordeten Antiquitätenhändlers fand. Malettis Schlüsselbund lag auch in der Mappe.

Trattoni sah sich sämtliche Bilder an. Auf jedem lag der Antiquitätenhändler, das Gesicht kaum noch erkennbar, in einer großen Blutlache zwischen Katalogen, Aktenordnern und Zeitschriften auf dem Fußboden.

Der Commissario schob die Bilder zurück in die Ledermappe, steckte das Schlüsselbund ein und ging in sein Büro, wo er zuerst eine der Wasserflaschen vom Aktenschrank nahm und leer trank. Danach holte er seine Pistole aus der Schublade, vergewisserte sich, daß sie geladen war, und steckte auch die Waffe ein.

Ein Hammer, überlegte er, jetzt fehlen mir noch ein Hammer und ein kräftiger Schraubenzieher. Es dauerte eine Weile, bis ihm einfiel, wo seine uniformierten Kollegen derlei aufbewahrten. Er ging die Treppe hinunter in den Geräteraum, nahm dort Hammer und Schraubenzieher aus einer Werkzeugkiste, und als er auf dem Regal im Geräteraum eine Taschenlampe sah, nahm er auch die mit.

Sie war zwar viel zu groß und schwer für die Manteltasche, aber er konnte sie unter den Ledergürtel schieben, der – etwa in der Höhe, wo sich vor zehn Jahren noch seine Taille befunden hatte – Trattonis dicken Leib umspannte.

Als er die Questura verließ, salutierten die beiden Wachhabenden erneut. Diesmal erwiderte der Commissario ihren Gruß, indem er die rechte Hand kurz zum Hutrand hob, und ging dann langsam durch die schmalen, nur spärlich beleuchteten Calli, in denen vor jedem Schaufenster ein Gitter oder eisernes Rollo vor Einbrechern schützen sollte. Das Pflaster war noch naß, doch die Wolken, die am Abend noch über der kleinen Stadt gehangen hatten, waren verschwunden. Es war kälter geworden.

Der Commissario überquerte vorsichtig drei Brükken und hörte bei jedem Schritt leise helle Töne, die ihn an Papagenos Glockenspiel erinnerten. Es war aber nur der Schraubenzieher, der in seiner Manteltasche gegen den eisernen Kopf des Hammers fiel, der dann jedesmal auf den Griff der Pistole schlug.

Um diese Zeit war außer Trattoni kein Mensch mehr unterwegs. Er sah nur mehrere Katzen, die ihn aufmerksam beobachteten und flüchteten, sobald er sich ihnen näherte.

Er ging am Museum Correr und den hell erleuchteten Arkadengängen der Procuratie Vecchi vorbei und überquerte die Piazza, wo ihm eine kalte Windboe den Hut vom Kopf riß. Er rannte ihm hinterher, erreichte ihn fast, doch der nächste Windstoß ließ ihn weiterrollen, trieb ihn vor sich her wie ein spielendes Kind einen Holzreifen, bis der Hut vor dem Caffè Quadri in einem der angeketteten Stühle hängenblieb. Der Commissario setzte ihn wieder auf und hielt ihn fest, bis er die Merceria del Capitello erreicht hatte. Auch in dieser Straße war weit und breit kein Mensch zu sehen. Hinter sämtlichen Fenstern war es dunkel.

Er erreichte Malettis Geschäft und holte das Schlüsselbund aus der Manteltasche. Die Haustür wurde von einer weit entfernten Straßenlaterne so schwach beleuchtet, daß er nur mit Mühe das Schlüsselloch fand. Nachdem er die Haustür aufgeschlossen hatte, trat er ins Treppenhaus, schloß die Tür leise hinter sich und schaltete die Taschenlampe ein.

Die Stahltür der Antiquitätenhandlung war noch immer versiegelt. Trattoni zog sich seine Handschuhe an, riß die Siegelmarke ab, schob einen der Schlüssel in das Zylinderschloß, drehte ihn zweimal und betrat Malettis Büro, ließ die Türklinke aber erst los, nachdem er seinen linken Schuh zwischen den Türrahmen und die Tür gelegt hatte. Er hatte Paul Auster gelesen und wollte nie in die Lage Nick Bowens geraten, der sich in einem bombensicheren Kellerraum ohne Telefon so ungeschickt einsperrt, daß er ihn nicht mehr verlassen kann.

Sergente Vitello hatte nicht übertrieben. In Malettis Büro sah es schlimmer aus als in jedem Kinderzimmer. Der Mörder hatte sämtliche Ordner aus den Rollschränken gerissen, durchsucht und dabei ihren

Inhalt auf dem Fußboden verstreut. Die Kataloge und Zeitschriften lagen in einer Ecke, alle Möbel bedeckte der schwarze Staub, mit dem die Spurensicherung Fingerabdrücke gesucht hatte.

Am schlimmsten aber war die Blutlache an der Tür. Das Blut war zwar längst geronnen, aber Trattoni sah, daß er im getrockneten Blut Spuren hinterlassen hatte, Spuren einer Schuhsohle und einer Socke. Er zögerte einen Augenblick, griff dann nach einem der Kataloge und kratzte seine Spuren so gut es ging vom Fußboden, warf den Katalog in eine Ecke und trat an den Schreibtisch.

Auch dessen Schubladen standen offen. Den Inhalt hatte der Mörder auf den Fußboden geschüttet, und als der Commissario die Schale sah, in der Bianca Maletti Kaffeebohnen griffbereit aufbewahrt hatte, holte er die Sambucaflasche aus dem Barschrank, trank einen großen Schluck, bückte sich und hob einige Kaffeebohnen vom Fußboden, zerbiß sie und trank einen zweiten Schluck, aber der süße Anislikör schmeckte ihm nach wie vor nicht.

Er ging in den Verkaufsraum vor dem Einwegspiegel, in dem es noch so aussah wie vor vier Tagen, als er den Antiquitätenhändler vernommen hatte. Sämtliche Möbel befanden sich noch an derselben Stelle. Trattoni ließ den Lichtstrahl der Taschenlampe darüber gleiten, ging dann vor dem Barocksessel auf die Knie, vor dem der Fliesenleger gekauert und eine neue Fayenceplatte in den Fußboden eingefügt hatte. Der Commissario entdeckte die Platte sogar im Licht der Taschenlampe auf den ersten Blick, denn im Gegensatz zu den Fugen zwischen den anderen Platten war die Füllmasse um sie herum noch nicht nachgedunkelt.

Er holte den Schraubenzieher aus der Manteltasche und versuchte zuerst, die Masse aus den Fugen an den vier Seiten der Platte zu kratzen, griff schließlich nach dem Hammer, zertrümmerte die Platte mit kräftigen Schlägen, legte die Scherben zur Seite, griff in die Öffnung und entfernte einige Handvoll feinen weißen Sand. Er hatte gerade eine flache Metallkassette in Größe der Fayencefliese aus dem Loch im Fußboden gehoben, als er ein Geräusch im Treppenhaus hörte. Er stellte die Kassette ab, riß sich den Handschuh von der rechten Hand, griff nach der Pistole und entsicherte sie.

Der Mörder, dachte er. Er hat die Noten gestern Nacht nicht gefunden und will jetzt weitersuchen. Der Commissario machte die Taschenlampe aus, versteckte sich hinter dem Barocksessel, doch da tastete schon der Lichtkegel einer zweiten Taschenlampe durch den Verkaufsraum, erfaßte und blendete ihn. Trattoni riß die Pistole hoch, rief laut »Polizia« und wollte einen Warnschuß abfeuern, als er eine vertraute Stimme hörte.

»Nicht schießen, Commissario. Ich bin es nur. Was machen Sie denn hier um diese Zeit?«

Trattoni ließ die Waffe sinken, schaltete seine Taschenlampe wieder ein und griff nach der Metallkassette. »Das sehen Sie doch, Sergente«, sagte er. »Ich wollte finden, was Malettis Mörder hier vergeblich gesucht hat.«

Sergente Vitello steckte seine Pistole in den Holster und sah den Commissario verwirrt an. »Ispettor Flaviano hat auch gesagt, der Mörder würde nochmal zurückkommen. Ich sollte den Laden keinen Augenblick aus den Augen lassen. Und als ich jemanden ins Haus gehen sah...«

Trattoni unterbrach ihn wütend. »Sind Sie ihm einfach hinterhergelaufen. Habe ich Ihnen nicht hundertmal gesagt, daß man in solchen Fällen Verstärkung anfordert? Wenn ich der Mörder gewesen wäre, hätte ich Sie erschossen und wäre geflüchtet.«

Vitello blickte beschämt auf den Boden. »Tut mir leid, Commissario. Das war ein Fehler. Aber bei dem schwachen Licht auf der Straße... Ich habe Sie leider nicht erkannt.«

»Na und?« fragte Trattoni. »Bei dieser Beleuchtung hätte ich das auch nicht. Aber das entschuldigt gar nichts. Wollen Sie Ihre Antonella schon vor der Heirat zur Witwe machen?« Er zögerte einen Moment, bevor er weiterredete. »Was mich betrifft, braucht von unserer Begegnung hier kein Mensch etwas zu wissen.«

»Sehr freundlich von Ihnen. Aber wenn das der Duce jemals erfährt...«

»Wird er nicht, Sergente. Denken Sie daran, daß ich immer noch Ihr Vorgesetzer bin. Sie gehen wieder an die Stelle, von der aus Sie das Geschäft beobachtet haben und... Wo waren Sie überhaupt? Ich habe Sie auf der Straße nicht gesehen.«

»Schräg gegenüber beim Juwelier«, sagte Vitello. »Hinter dem Schaufenster.«

»Sehr gut. Das hätte ich auch so gemacht. Sie gehen also wieder an Ihren Platz, und wenn man Sie fragen sollte, weshalb Sie nicht gesehen haben, daß jemand in dieses Haus gegangen ist... Auch ein Polizist ist nur ein Mensch und muß mal zur Toilette. Aber man wird Sie nicht fragen, Sergente. Abgesehen davon, ich habe noch nie einen Kollegen in Schwierigkeiten gebracht. Sie können sich darauf verlassen. Das bleibt unter uns.«

Vitello nickte nachdenklich. »Danke, Commissario. Ich habe nicht bemerkt, daß jemand hier im Laden gewesen ist.«

Er salutierte, verließ das Geschäft durch die Hintertür, und Trattoni atmete auf. Das hätte gewaltig schiefgehen können.

Er sicherte seine Waffe und steckte sie – wie den Hammer und den Schraubenzieher – wieder in seine Manteltasche. Dann ging er mit der Kassette in einer Hand und der Taschenlampe in der anderen zurück in Malettis Büro, zog sich den linken Schuh wieder an, schloß die Stahltür hinter sich ab und klebte eine neue Siegelmarke auf das Zylinderschloß.

Erst als er wieder auf die Straße trat und die Haustür leise hinter sich schloß, wurde ihm bewußt, daß er um ein Haar auf Vitello geschossen hätte. Seine Hände zitterten so sehr, daß er nur mit Mühe die Taschenlampe unter seinen Gürtel schieben konnte.

Diesmal ließ er den Mantel offen, damit er die Kassette unter ihm verbergen konnte, falls ihm jemand entgegen käme, doch ihm begegnete niemand, und er schob seine Hand mit der Kassette erst unter den Mantel, als er sich der Questura näherte.

Jetzt hielten die beiden Polizisten Wache, die zuvor auf der Bank in der Wachstube geschlafen hatten. Sie salutierten. Trattoni nickte kurz und ging in das Gebäude, wo er zuerst das Werkzeug und die Taschenlampe in den Geräteraum zurückbrachte.

Danach stieg er die Treppe hinauf in sein Büro und legte die Pistole wieder in die unterste Schublade. Wie er vermutet hatte, war die flache Kassette verschlossen, doch mit einem der Schlüssel Malettis konnte er sie aufschließen.

Er warf einen flüchtigen Blick auf die Notenblätter, die – in eine dünne Plastikfolie gewickelt – in der Kassette lagen, und brachte Malettis Schlüssel zurück in Flavianos Büro. Danach ging er wieder in sein Zimmer, schloß die Tür hinter sich ab, packte die Notenblätter aus und hielt das oberste Blatt vor seine helle Schreibtischlampe. Als er die Wasserzeichen sah – drei Monde und eine Armbrust – wußte er, daß er endlich das Original des Freimaureroratoriums in den Händen hielt. Er hatte in Blandinis Mozartbiographie gelesen, daß der Komponist in Prag solches Papier benutzt hatte, und war nur überrascht, daß es nach mehr als 200 Jahren überhaupt noch existierte. Es war zwar stark vergilbt und braunfleckig, die Notenschrift nahezu überall stark ausgebrochen, aber er nahm an, daß Fachleute sie retten konnten. In Salzburg war es dem Archivar Christian Moser sogar gelungen, ein 30 Jahre älteres Autograph von der Hand Leopold Mozarts, dem Vater des genialen Komponisten, zu rekonstruieren.

Trattoni legte das Blatt zurück auf den Stapel, wickelte die Partitur wieder in die Plastikfolie und überlegte, wo er das dünne Päckchen am besten aufbewahrte.

Vice Questore Berlusco erinnerte regelmäßig in seinen Rundschreiben daran, daß jeder seiner Untergebenen beschlagnahmte oder gefundene Sachen unverzüglich gegen Quittung dem Verwalter der Asservatenkammer aushändigen mußte, aber abgesehen davon, daß der Verwalter nachts nicht anwesend war – aus der Asservatenkammer waren mehrfach wertvolle Sachen gestohlen worden.

In seinem Büro wollte er das Autograph auch nicht lassen. Er hatte vor knapp zwei Stunden bewiesen, wie leicht man in der Questura in ein fremdes Zimmer eindringen konnte. Die Schlösser seiner Schubladen hatte er gelegentlich genauso mit einer verbogenen großen Büroklammer öffnen können wie seinen Aktenschrank.

Trattoni wußte, daß er damit erneut gegen mehrere Dienstanweisungen verstieß, aber er tat, was ihm am vernünftigsten erschien. Er schüttete den Inhalt seines Papierkorbs auf den Fußboden und packte die Noten in den kleinen Müllbeutel, den die Putzfrau jede Woche über den Rand des Papierkorbs stülpte.

Malettis Kassette wollte er auch nicht im Büro lassen. Er klemmte sich den flachen Kasten aus Stahlblech wieder unter den Arm und verließ mit ihr und dem Müllbeutel die Questura.

Am Landesteg legte gerade eine Barkasse an, aus der drei uniformierte Polizisten stiegen. Als sie Trattoni erkannten, rissen sie die Hand an die Mütze. Der Commissario nickte kurz, und ging dann langsam zur Anlegestelle San Zaccaria, wo er in ein Wassertaxi stieg.

»San Marcuola«, sagte Trattoni und überdachte das Ergebnis seiner nächtlichen Aktion. Die in Malettis Geschäft entdeckten Noten bewiesen, in Verbindung mit den Aussagen der beiden Frauen, daß der Antiquitätenhändler den Tschechen umgebracht hatte. Da der Täter nicht mehr lebte, hätte der Commissario den Abschlußbericht diktieren und den Fall der Staatsanwaltschaft übergeben können. Es gab nur einen Grund, der ihn daran hinderte: Er wußte noch nicht, auf welche Weise Bianca Maletti in den Mord an Tomaschek und vermutlich auch an ihrem Ehemann verwickelt war.

Das Taxiboot fuhr zuerst auf den schmalen *rii* quer durch den Stadtteil San Marco, bog am Ponte di Rialto in den Canal Grande ein und fuhr an den uralten Palästen vorbei, deren Namen immer noch an die Kaufleute erinnerten, die hier der Welt ihren maßlosen Reichtum in Gestalt von Prachtbauten und Kunstwerken vorgeführt hatten.

Es dauerte nicht lange, bis das Wassertaxi die Anlegestelle S. Marcuola erreichte. Der Commissario zahlte für die kurze Fahrt im Motorboot fast so viel wie für seinen Flug nach Prag, doch das störte ihn nicht. Er war zwar keinesfalls reich, aber dank der mietfreien Wohnung, der Galerie seiner Frau und seinem Beamtengehalt wurde in seiner Familie über Geld nur selten gesprochen.

Als er langsam durch die menschenleeren Gassen nach Hause ging, fiel ihm auf, daß die Luft so klar war, daß er die Sterne am Himmel sehen konnte.

Er stieg die Treppen hinauf, schloß die Wohnungstür auf, zog die Schuhe noch vor dem Mantel aus und ging auf Socken so leise wie möglich in sein Zimmer. Dort schaltete er die Stehlampe ein, holte die Partitur aus dem Müllbeutel und legte sie auf den Bücherschrank. Malettis Kassette schob er unter den Sessel, auf den er seinen Anzug und das Oberhemd, seine lange Unterhose und zuletzt seine Socken warf, während er sich auszog.

Er knipste das Licht aus und ging ins Schlafzimmer, wo er sich behutsam neben seine Frau legte, damit sie nicht wach wurde. Die Noten können keinesfalls hier in der Wohnung bleiben, dachte er noch, dann schlief er ein und schnarchte bald so laut, daß Giulia sich trotz ihrer Ohrstöpsel unruhig bewegte.

Dottor Cassiano hatte ihm gegen seine Schlafapnoe ein Druckluftgerät mit Atemmaske verordnet, doch das verstaubte in der Abstellkammer. Trattoni war zwar nicht eitel, doch er wollte auch nachts nicht wie einer der Taucher aussehen, die verrostete Waschmaschinen, Kühlschränke und gelegentlich eine Leiche aus dem trüben Wasser der schmalen Flüsse oder aus dem breiten Canal Grande bergen mußten.

21.

Der Commissario merkte schon auf dem Weg zur Anlegestelle, daß sich der Wind in den letzten Stunden gedreht hatte. Als er an Bord eines Vaporetto der Linea 1 ging und dem *marinaio* seine Karte unter die Nase hielt, blieb er auf dem Deck. Das Thermometer, so vermutete er, mußte über Nacht auf mindestens acht, wenn nicht auf zehn Grad geklettert sein. Damit hatte er nicht gerechnet.

Er war nach dem Frühstück wieder mit dem dicken Wollschal aus dem Haus gegangen, doch jetzt knöpfte er den Mantel auf, nahm den Schal ab und steckte ihn in die Manteltasche. Er hatte nicht ganz darin Platz, ein Stück hing heraus, aber das störte ihn nicht.

Trattoni genoß das milde Licht der Morgensonne so sehr, daß er sich sogar ausnahmsweise nicht über Touristen ärgerte, die er zum ersten Mal seit einem Vierteljahr wieder mit Reisetasche und Koffer auf einem Linienboot sah. Vielleicht verfügten sie – ähnlich wie Vögel – über einen sechsten Sinn, und sie hatten geahnt, daß der Winter eine kurze Pause einlegen würde, bevor er bewies, daß Anfang Februar von Frühling noch keine Rede sein konnte.

Trattoni lächelte, als sie aufgeregt nach dem Fotoapparat griffen, sobald sich der Vaporetto der Kirche San Stae näherte. Er ging höflich zur Seite, als ihn eine junge Frau, der er die Sicht versperrte, auf die Schulter tippte, weil sie den Palazzo der Patrizierfamile Pesaro fotografieren wollte, in dem jetzt zwei Museen untergebracht waren.

Sogar die Gondolieri machten bei dem schönen Wetter gute Geschäfte. Sie sangen aber nicht etwa mit meist gräßlich klingender Stimme *O sole mio*, weil sie sich über die Sonne freuten, sondern nur für Fahrgäste, die dafür zusätzlich zahlten.

In solchen Augenblicken hatte Trattoni oft das Gefühl, das Leben meine es außergewöhnlich gut mit ihm. Er war – abgesehen von seiner Zuckerkrankheit und der Arthrose in den Knien – gesund. Er hatte eine kluge und schöne Frau. Seine beiden Kinder liebten ihn, wie er sie liebte. Und als wäre das noch nicht genug, lebte er in einer Stadt, die er – auch wenn er nie darüber redete – für die schönste aller italienischen Städte hielt.

Erst als der Vaporetto am Palazzo dei Camerlenghi vorbeifuhr, in dem die Justizbehörden beheimatet waren, dachte er wieder an seinen Fall und nahm sich vor, ihn so schnell wie möglich abzuschließen. Daß Maletti den Tschechen umgebracht hatte, war offensichtlich. Da der Täter nicht mehr lebte, erübrigten sich weitere Ermittlungen. Basta. Das würde nicht nur der Duce einsehen, sondern auch der Staatsanwalt.

Und was die Mozartpartitur betraf, die hatte Trattoni bei seinen Ermittlungen als Diebesgut beschlagnahmt. Er würde sie spätestens morgen in der Asservatenkammer abliefern und den Vice Questore unverzüglich davon in Kenntnis setzen, daß er sie in der Antiquitätenhandlung entdeckt hatte.

Soll der doch entscheiden, was er damit macht, dachte Trattoni. Das ist nun wirklich nicht meine

Sache. Um den Mord an Maletti kann sich in Zukunft der Sizilianer kümmern. Der wird bald merken, was er sich mit diesem Fall aufgehalst hat.

Der Vaporetto steuerte auf die Anlegestelle hinter dem Ponte di Rialto zu. Wie die meisten Touristen verließ auch der Commissario hier das Boot. Er ging aber nicht wie sie zum Markt, auf dem das beste Obst und Gemüse der Stadt verkauft wurde, sondern in die entgegengesetzte Richtung.

Er schlenderte durch die engen Calli zu der Bar schräg gegenüber dem Palazzo Malipiero, wo er auf dem Weg zum Büro gern eine kurze Pause machte. Hier tranken Markthändler wie Angestellte auf dem Weg zum Büro an der Theke oft noch einen Caffè. Der Commissario verlangte einen Cappuccino, nahm den *Gazzettino* vom Zeitungsständer und setzte sich an einen der Tische.

Daß sich in Rom die beiden Regierungsparteien so zerstritten hatten, daß man mit Neuwahlen rechnete, regte ihn nicht auf. Er hielt Politiker jeder Partei für Kleptokraten, die das Volk genauso ausplünderten, wie die Dogen es jahrhundertelang getan hatten.

Viel mehr interessierte ihn der Bericht über einen Bildhauer, der in seiner Werkstatt seit 25 Jahren aus Gips, Pappmaché und Kunststoff wieder jene Masken herstellte, die für die *Commedia dell'Arte* und dem venezianischen Karneval charakteristisch gewesen waren. Bacchus, der römische Gott des Weins. Arlecchino, der Narr. Weiße Masken mit langen Schnäbeln, wie die Pestärzte sie vor Jahrhunderten getragen hatten, um sich vor der Seuche zu schützen.

Die Aufregungen der vergangenen zehn Tage hatten ihn so in Anspruch genommen, daß er keinen Gedanken an den Karneval verschwendet hatte, der morgen auf der Piazza mit einem Maskenumzug eröffnet wurde. Wie die meisten Venezianer verabscheute er dieses Spektakel, das jedes Jahr im Februar oder März veranstaltet wurde, um auch im Winter Touristen in die Stadt zu locken.

Ihm graute vor diesen Tagen, an denen jeweils mehr als 120.000 Besucher in eine Stadt einfielen, die nur wenig mehr als 60.000 Einwohner hatte.

Wer nicht vom Tourismus lebte, flüchtete während des Karnevals aus Venedig. Für sämtliche Polizisten galt absolute Urlaubssperre. Nicht einmal heiraten oder ihrer Frau bei der Geburt eines Kindes die Hand halten durften sie, denn die Laden- und Taschendiebe waren begeisterte Karnevalisten. Sie genossen es, sich einmal im Jahr kostümiert und maskiert unter die Fremden mischen zu können.

Als Trattoni las, daß inzwischen sogar die Maskenmacher Venedigs unter der Globalisierung litten, seit in Asien massenhaft hergestellte billige Kopien ihrer Motive den Markt überschwemmten, ärgerte ihn das so sehr, daß er noch einen Cappuccino mit sehr viel Sahne trank. Er verzehrte dazu vier *cantuccini*, die er in die Kaffeetasse tauchte, damit das harte Gebäck etwas weicher wurde und seine Zähne nicht beschädigte.

Er bezahlte an der Bartheke, und als er auf die Straße trat, war am Himmel immer noch keine Wolke zu sehen. Es war so hell, daß er am liebsten die Sonnenbrille aufgesetzt hätte, doch die steckte er im Winter selten ein. Er zog sich den Hut tiefer ins Gesicht, holte den Schal aus der Manteltasche und wickelte sich ihn um den Hals.

»Was für ein wunderbares Wetter, Commissario«, begrüßte ihn der Wachhabende vor der Questura.

»Na und?« erwiderte Trattoni. »Glauben Sie etwa, das wäre mir entgangen?«

Er stieg die Treppe zu seinem Büro hoch, befreite sich von Hut, Schal und Mantel und hatte sich gerade hinter den Schreibtisch gesetzt, als Sergente Vitello in sein Zimmer kam und ihm einen in Aluminiuumfolie eingepackten Teller auf den Tisch stellte.

»Einen schönen Gruß von Antonella«, sagte er. »Ihre *torta Italiana* ist die beste in ganz Venedig.«

Trattoni kniff die Augen mißtrauisch zusammen. »Und was will sie von mir? Urlaub gibt es um diese Zeit nicht.«

»Nein«, sagte Vitello. Er schloß die Tür und redete leise weiter. »Es ist nur... Meine Verlobte meint, Sie haben mir heute Nacht das Leben gerettet.«

»Wieso? Erstens ist es nicht erlaubt, mit Angehörigen über dienstliche Angelegenheiten zu reden, und zweitens sind wir uns heute Nacht nicht begegnet. Haben Sie das etwa vergessen?«

»Natürlich nicht, Commissario. Ich saß danach wieder beim Juwelier hinter dem Schaufenster und habe Malettis Laden beobachtet. Um drei Uhr gingen wieder zwei Männer in die Antiquitätenhandlung.«

»Na und?« sagte Trattoni. »Das habe ich erwartet. Und was haben Sie gemacht?«

»Was Sie gesagt haben, Commissario. Wenn ich Sie nicht... Wenn Sie mich nicht deswegen zusammengestaucht hätten, wäre ich ihnen hinterher gelaufen... Dann hätten die mich vielleicht auch erschossen. Diesmal bin ich hinter dem Schaufenster geblieben und habe Verstärkung angefordert.«

Der Commissario lächelte zufrieden. »Sehr vernünftig. Auf einen Mord mehr oder weniger kommt es solchen Leuten nicht an. Abgesehen davon... Es lohnt sich niemals, den Helden zu spielen. Auch Polizisten haben nur ein Leben.«

»Das sieht der Sizilianer anders. Ich habe ihn angerufen, weil er Bereitschaft hatte. Ich soll die beiden festnehmen, hat er gesagt. Aber das habe ich nicht gemacht. Eine halbe Stunde später ging er mit Gennaro und Federico in den Laden...«

Trattoni unterbrach ihn: »Mit Schutzhelm und schußfester Weste, was?«

Vitello nickte. »Und schwerbewaffnet. Federico hatte sogar eine Maschinenpistole dabei. Aber da waren die beiden Männer weg. Flaviano meint, ich hätte sie entkommen lassen und will das dem Duce melden.«

»Flaviano ist ein Arschloch«, sagte der Commissario. »Glauben Sie, daß Sie die beiden wieder erkennen können? Vielleicht sind das alte Kunden, und wir haben Fotos von ihnen.«

Der Sergente senkte den Kopf und blickte auf den Fußboden.

»Das hat keinen Sinn. Sie trugen schwarze Umhänge und waren beide maskiert.«

»Natürlich waren sie das«, sagte Trattoni. »Morgen wird wieder mal der Karneval eröffnet.« Er entfernte vorsichtig die Aluminiumfolie von der Torte, und das Wasser lief ihm im Mund zusammen. Er hatte zwar gerade die *cantuccini* gegessen, doch die mit Vanillecreme überzogene, mit kandierten Früchten garnierte und zusätzlich auch noch mit Likör getränkte Biskuittorte sah so appetitlich aus, daß er wieder Hunger bekam.

»Besorgen Sie mir noch einen Caffè«, sagte er leise und griff dann nach seinem kleinen grünen Buch. »Sie bekommen sowieso noch Geld von mir. Sie haben irgendwann für uns beide den *pranzo* bezahlt.«

Vitello salutierte. Sobald er das Zimmer verlassen hatte, holte der Commissario einen Löffel aus der Schublade, wollte die Torte kosten, doch da klopfte es an der Tür, und er konnte den Teller gerade noch in der Schublade verschwinden lassen, bevor Signora Cefano ins Zimmer kam.

»*Scusa*, Commissario«, sagte sie vorwurfsvoll. »Jetzt warte ich schon fast zwei Wochen auf die Bescheinigung.«

»Auf welche Bescheinigung?«

»Die Bescheinigung für meine Versicherung. Können Sie sich nicht mehr erinnern? Der Mann, der bei mir gewohnt hat, hat den Teppich aus meinem Apartment mitgenommen. Sie haben gesagt, die Bescheinigung käme mit der Post. Aber ich habe sie immer noch nicht.«

»Sehr richtig«, sagte Trattoni. »Ich kann Ihnen eine sehr erfreuliche Mitteilung machen, Signora Cefalù.«

»Cefano. Nicht Cefalù.«

»Gewiß, Signora Cefalù. Wir konnten Ihren Teppich sicherstellen. Sie bekommen ihn selbstverständlich zurück, sobald sie ihn identifiziert haben. Kommen Sie, ich begleite sie gern in unsere Asservatenkammer.«

Er stand auf, ging vor ihr die Treppe hinunter ins Erdgeschoß, wo ihr ein Sergente den Teppich zeigte, den die Taucher zusammen mit dem Koffer und den Gummistiefeln des Tschechen aus dem Rio del Trapolin geborgen hatten.

»Das ist nicht mein Teppich«, sagte die alte Frau. »Sie müssen mir die Bescheinigung für die Versicherung ausstellen.«

Trattoni wäre am liebsten aus der Haut gefahren, aber er biß die Zähne zusammen und lächelte. »Selbstverständlich, Signora. Wissen Sie noch wie groß Ihr

Teppich war, welche Farbe er hatte und wann Sie ihn gekauft haben? Am besten wäre es allerdings, wenn Sie die Rechnung noch hätten...«

»Die habe ich nicht mehr. Den Teppich hat mein Mann kurz nach unserer Hochzeit gekauft. Er war rot, blau und weiß und hatte weiße Fransen an beiden Seiten.«

»Wie die meisten Teppiche. Am besten, Sie gehen wieder nach Hause und messen die Stelle aus, an der er gelegen hat. Dann wissen wir, wie groß Ihr Teppich war, und ich bestätige Ihnen gern, daß Sie den Diebstahl angezeigt haben. Bei uns hat alles seine Ordnung.«

Er begleitete die alte Frau zum Portal, verabschiedete sich, und als er in sein Büro zurückkam, stand ein Pappbecher Caffè auf seinem Schreibtisch. Trattoni konnte endlich die Torte kosten und merkte gleich, daß der Sergente nicht übertrieben hatte. Es war tatsächlich die beste, die er jemals gegessen hatte. Der Caffè war zwar nur noch lauwarm, aber das störte ihn nicht. Er ließ sich die Torte Stückchen für Stückchen, Löffel für Löffel auf der Zunge zergehen und griff mit der anderen Hand nach den Totenscheinen, die Sergente Vitello ihm neben den Caffè auf den Schreibtisch gelegt hatte.

Eine 80jährige Frau war auf dem Ponte di Rialto so unglücklich gestürzt, daß sie einen Bruch des Oberschenkels erlitten hatte, an dem sie im Krankenhaus starb. Ein japanischer Tourist war bei dem Versuch ertrunken, die Türme vor dem Arsenale in der Abenddämmerung zu fotografieren; beides natürliche Todesursachen, die keine Ermittlungen erforderten. Trattoni gab beide Tote zur Bestattung frei.

Nur der dritte Totenschein mißfiel ihm. Daß ein 60jähriger Studienrat an Unterzuckerung gestorben sein sollte, kam ihn verdächtig vor. Es passierte zwar gelegentlich, daß ein Diabetiker zu viel Insulin spritzte oder zu viele Tabletten schluckte und ins Krankenhaus eingeliefert wurde. Aber ein Studienrat?

Die meisten Lehrer waren so ordentlich, daß sie kein Komma an der falschen Stelle übersahen. Sie gingen in der Regel nicht so leichtsinnig mit Medikamenten um, daß sie daran sterben konnten. Viele Ärzte dagegen ließen sich für eine Leichenschau zu wenig Zeit. Die Gerichtsmediziner wiesen immer wieder darauf hin, daß in Italien jeder zweite Mord unentdeckt bleibt, aber dadurch änderte sich nicht das geringste an diesen Zuständen.

Trattoni hatte sich gerade entschlossen, den toten Studienrat obduzieren zu lassen, als das Telefon läutete. Er nahm den Hörer ab und bemerkte schon am Tonfall der Stimme seiner Frau, wie besorgt sie war.

»Fabrizio hat mich gerade angerufen«, sagte Giulia. »Luciana war heute nicht in der Schule. Er wollte sich erkundigen, ob sie plötzlich krank geworden ist.«

»Hast du schon mit der Lehrerin gesprochen?«

»Vor fünf Minuten. Sie wundert sich, daß Luciana ausgerechnet heute gefehlt hat. Die Klasse hat eine Mathearbeit geschrieben, die wichtig für das nächste Zeugnis ist.«

Der Commissario spürte ein flaues Gefühl im Magen, doch das mochte auch von der Torte herrühren. »Ist es möglich, daß Luciana Angst vor der Klassenarbeit hatte?« fragte er. »Ist dir irgend etwas an ihr aufgefallen?«

»Genausowenig wie dir. Mathematik macht ihr keine Probleme. Heute Morgen hat sie gesagt, vielleicht würde sie später auch Informatik studieren. Da warst du wohl noch im Badezimmer.«

»Und über ihr Telefonino kannst du sie auch nicht erreichen?«

Jetzt schrie Giulia. »Kann man nicht! Ihr Mobiltelefon ist ausgeschaltet. Das hat sie noch nie gemacht.«

Trattoni blickte auf seine Armbanduhr. Es war kurz vor zwölf.

»Das weiß ich«, sagte er. »Aber für eine Vermißtensuche ist es noch viel zu früh. Die muß der Duce anordnen. Der macht das nicht, wenn jemand erst vier Stunden vermißt wird.« Er zögerte einen Moment. »Am besten, du rufst zunächst alle Krankenhäuser an und erkundigst dich, ob sie irgendwo eingeliefert wurde. Ich komme auf dem schnellsten Wege nach Hause, und dann überlegen wir, was wir tun können.« Er zögerte einen Moment. »Vielleicht rufst du auch Chiara an. Wenn Luciana irgendwelche Probleme hat, weiß ihre beste Freundin bestimmt Bescheid.«

»Nicht nötig«, sagte Giulia. »Meine Tochter hat keine Geheimnisse vor mir. Bis gleich.«

Trattoni wollte noch etwas sagen, doch als er nur noch das Besetztzeichen hörte, legte er den Hörer auf die Gabel und eilte aus dem Zimmer, ohne an Hut und Mantel zu denken. Er lief die Treppe hinunter, so schnell es seine Knie erlaubten, eilte aus der Questura und ging an Bord einer Barkasse, die am Landesteg lag. »San Marcuola, so schnell Sie können«, sagte er. »Blaulicht und Sirene.« Dann ließ er sich auf die Sitzbank fallen.

Der Himmel war immer noch wolkenlos. Auf den schmalen Flüssen konnte der Bootsführer mit Höchstgeschwindigkeit fahren, doch auf dem Canal Grande war so viel Betrieb, daß die vielen Gondeln der Polizeibarkasse oft nicht ausweichen konnten. Trattoni spürte – nein, nicht seinen Herzschlag, sondern seinen Magen bis zum Hals.

Daß Luciana einen Unfall erlitten hatte, nahm er nicht an. Sie war in Venedig aufgewachsen und konnte schwimmen wie ein Fisch. Ein Sittlichkeitsverbrechen hielt er auch für unwahrscheinlich. Giulia achtete darauf, daß Luciana sich nicht aufreizend kleidete. Sie hatte ihr sogar verboten, die Pelzmütze mit dem Sowjetstern zu tragen, die den Zorn von Arbeitern aus dem ehemaligen Ostblock auf sie lenken konnte.

Ich darf jetzt die Nerven nicht verlieren, dachte er, während er nervös auf das rechte Knie klopfte. Wenn man unüberlegt handelt, macht man meist alles noch viel schlimmer.

Er konnte es kaum erwarten, daß die Barkasse endlich anlegte. Schnell ging er in Richtung seines Hauses und gestattete sich erst eine kurze Pause, als er den Schmerz in den Knien kaum noch ertragen konnte. Er lehnte sich für einen Moment an eine Mauer und lief dann weiter, bis er den Palazzo erreichte. Die Haustür war nicht abgeschlossen. Er trat ins Treppenhaus, wo ihm gleich ein roter Zettel an seinem Briefkasten auffiel: *Sie haben Post.*

Er suchte sein Schlüsselbund in sämtlichen Taschen, bis ihm einfiel, daß er ihn in der Manteltasche vergessen hatte. Er zögerte einen Moment, zog den linken Schuh aus, brach den Briefkasten mit seiner orthopädischen Einlage auf und fand einen dunkelbraunen Umschlag ohne Briefmarke, auf dem er seinen Namen in Großbuchstaben las.

Eine Werbedrucksache, dachte er, öffnete den Umschlag, und als er eines jener Bilder in der Hand hatte, die zu jeder Entführung gehören wie Spaghetti zu Italien, erstarrte er, während sein Herz anfing zu rasen und er den stechenden Schmerz im Magen noch stärker empfand als sonst. Diesmal war es Luciana, die mit der neuesten Ausgabe des *Gazzettino* abgebildet war.

Er quälte sich die Treppen hoch, klingelte an der Tür, und Giulia ließ ihn in die Wohnung. »Ich habe sämtliche Krankenhäuser angerufen«, sagte sie. »Ich kann mir das nicht erklären. Luciana hat noch nie…« Sie blickte ihren Mann an und brach mitten im Satz ab. »Mein Gott! Wie siehst du aus! Ist ihr etwas zugestoßen?«

»Sie wurde entführt«, sagte er, ging langsam in die Küche, setzte sich an den Tisch, bat um ein Glas Wasser und gab Giulia das Foto und eine Nachricht der Entführer, die er bereits im Treppenhaus gelesen hatte. Sie war, wie der Briefumschlag, mit einem Laserprinter gedruckt, den man danach sicher – davon war Trattoni überzeugt – in einen der Kanäle geworfen hatte.

Egregio Commissario Trattoni, machen Sie sich keine Sorgen um Ihre Tochter. Ihr wird kein Leid zugefügt, wenn Sie meine Anordnungen befolgen.

1. Legen Sie die Mozartpartitur, die Sie oder Ihre Kollegen bei Maletti gestohlen haben, in einen Pizzakarton der Osteria da Andrea, Campo San Giacometto.
2. Beschaffen Sie sich vom Kostümverleih Nicolao einen Turban in der Farbe Türkis, damit mein Bote Sie erkennt.
3. Begeben Sie sich mit dem Turban auf dem Kopf und dem Karton mit der Partitur in der Hand morgen zur Piazza, und warten Sie ab 12.00 Uhr mittags vor der Loggetta am Campanile auf den als Harlekin kostümierten und maskierten Boten, der Ihnen das Losungwort »Sarastro« nennen wird.
4. Händigen Sie ihm den Karton mit den Noten aus. Zwei Stunden später lassen wir Ihre Tochter frei. Versuchen Sie nicht,

den Boten festzunehmen, mich aufzuspüren oder zu betrügen. Das würde das Leben Ihrer Tochter gefährden.
5. Stecken Sie sich Ihr Telefonino ein.

Giulia legte den Brief auf den Küchentisch, nahm ein Glas aus dem Geschirrschrank, füllte es mit Wasser und reichte es ihrem Mann, der die Hälfte verschüttete.

»Gut, daß man ihr den *iPod* nicht weggenommen hat und sie Musik hören kann«, sagte sie. »Wir tun natürlich, was diese Leute verlangen. Weiß Berlusco, daß du die Partitur gefunden hast?«

»Nein. Nur Sergente Vitello. Auf den kann ich mich verlassen. Ich wollte die Noten zwar heute in der Questura abliefern, aber das habe ich vergessen. Sie liegen in meinem Zimmer auf dem Bücherschrank.«

»Mal wieder typisch. Weißt du, was solche Handschriften wert sind?«

Der Commissario trank einen Schluck Wasser. »Ein paar Millionen. Aber das ist jetzt völlig unwichtig.«

»Das sehe ich auch so«, sagte Giulia und stellte das Blutzuckermeßgerät vor Trattoni auf den Tisch. »Und kein Wort zum Duce oder einem deiner Kollegen. Das müssen wir allein durchstehen.«

Er stach sich mit einer Lanzette in den Mittelfinger und ließ einen Tropfen Blut auf das Messfeld fallen. Sein Blutzucker lag bei 270, aber er löschte den Wert und sagte: »180«

»Das hättest du wohl gern«, sagte Giulia. »Du gehst mir heute nicht mehr aus dem Haus. Die Osteria da Andrea kenne ich. – Weißt du, wo ich den Kostümverleih finde?«

»Cannaregio, Calle del Bagatin am Campo Santi Apostoli.«

Giulia nickte, ging langsam in den Flur, zog sich den Mantel an und verließ die Wohnung. Trattoni schlich bedrückt in sein Zimmer, schaltete die Stereoanlage ein und suchte in dem Stapel alter Venylschallplatten, bis er – nein, nicht Mozart, sondern Bellinis *Norma* fand.

Er wußte, was er an seiner Frau hatte. Sie regte sich zwar oft über Kleinigkeiten maßlos auf, aber in wirklich bedrohlichen Situationen verlor sie nicht die Nerven. Das gestattete sie sich immer erst, wenn die Gefahr vorüber war, und dann tat sie, was sie konnte, um deren Ursachen ein für alle Mal zu beseitigen.

Trattoni setzte sich in seinen Sessel, und als Maria Callas die Cavatina *Casta Diva* sang, wurden ihm die Augen feucht. Heute war geschehen, was Giulia seit Jahren befürchtete. Verbrecher hatten nach einem ihrer Kinder gegriffen, und er hielt es für das klügste, ihren Anweisungen zu folgen. Seine Kollegen oder die Carabineri einzuschalten, kam nicht in Frage. Die waren stets nur darauf aus, die Täter zu verhaften. Das Schicksal der Opfer interessierte sie nur am Rande. Sie ließen sogar Bankkonten sperren, um Lösegeldzahlungen zu verhindern.

Aber woher wissen Lucianas Entführer überhaupt, daß ich Kinder habe und wo wir wohnen?, überlegte er. Doch er war viel zu aufgeregt, um länger darüber nachzudenken. Er lauschte noch eine Weile der Musik, nahm in der Küche zwei Beruhigungstabletten und ging ins Schlafzimmer, ließ die Rolläden herunter, zog sich aus und legte sich ins Bett.

22.

Er fühlte eine Hand an seiner Schulter, richtete sich mit einem Schrei im Bett auf, und als er das Gesicht Stefanos sah, wußte er zuerst nicht, wo er sich befand. »Was ist denn los?«, fragte er mit schläfriger Stimme und griff sich an den Kopf, als könne er damit die drückenden Schmerzen beseitigen, die er schon in der Nacht gefühlt hatte.

Stefano sah ihn bedrückt an. »Tut mir leid, Dad. Giulia hat gesagt, ich soll dich spätestens um neun wecken. Seit gestern ist in San Marco die Hölle los. Ich werde dich begleiten, damit du nicht zu spät kommst. Den Pizzakarton und den Turban hat Giulia gestern für dich besorgt.«

»Was redest du für blödes Zeug«, fragte Trattoni. »Was soll ich mit einem Turban?« Doch dann erinnerte er sich an die Ereignisse am vergangenen Tag, spürte zusätzlich einen stechenden Schmerz im Magen und stöhnte leise. »Wo ist Giulia?«

Diesmal vermied es Stefano, seinem Vater ins Gesicht zu blicken, als er antwortete. »Du sollst dir keine Sorgen machen, aber bevor Luciana wieder bei uns ist, hält sie es in der Wohnung nicht aus. Sie ist um fünf Uhr aufgestanden und wollte in die Galerie. Hier falle ihr die Decke auf den Kopf, und dort habe sie wenigstens etwas zu tun. Was meinst du, Dad? Werden diese

Leute Luciana freilassen, wenn sie bekommen, was sie verlangen?«

»Das wollen wir doch hoffen«, sagte Trattoni. Er stieg aus dem Bett, ging ins Badezimmer, zog seinen Pyjama aus und stieg in die Duschkabine, doch diesmal vertrieb auch das eiskalte Wasser Venedigs seine Kopfschmerzen nicht. In Sardinien und auf Sizilien endeten zwar professionell abgewickelte, mit der Forderung von Lösegeld verbundene Entführungen meist glimpflich, aber mit solchen Verbrechern hatte man es diesmal nicht zu tun.

Wenn er dennoch erwartete, Luciana wieder lebend in die Arme nehmen zu können, dann nur, weil man ihr den *iPod* gelassen hatten und die Forderungen der Erpresser – der Pizzakarton, der Turban und das Kennwort – auf eine feine Ironie hindeuteten, die sich mit seinem Bild von rücksichtslosen Mördern eines Kindes nicht vertrug.

Andererseits ging Trattoni davon aus, daß dieselben Leute Maletti erschossen hatten, vermutlich nur, um den Zeugen eines Einbruchs zu beseitigen, der wesentlich milder bestraft wurde als die erpresserische Entführung der Tochter eines Polizeibeamten. Falls die Täter annehmen mußten, Luciana könne sie identifizieren oder auf andere Weise zu ihrer Festnahme beitragen, würden sie seine Tochter ebenso töten wie den Antiquitätenhändler.

Das schlimmste für Trattoni war, daß er nicht das geringste gegen sie unternehmen konnte. Jedenfalls nicht, bevor er die Forderungen der Verbrecher erfüllt und sie – wenn sie denn Wort hielten – Luciana freigelassen hatten. Sobald sie das getan hatten, würde er nicht eher Ruhe geben, bis er sie hinter Schloß und

Riegel gebracht hatte. Das wußte er. Er befürchtete nur, daß die Entführer es auch wußten.

Er duschte lange und trocknete sich ab. Vor allem darf ich jetzt nicht die Nerven verlieren, dachte er, während er sich rasierte. Er schnitt sich dreimal, klebte auf jede der kleinen Wunden ein winziges Stück Toilettenpapier und ging im Pyjama zurück ins Schlafzimmer. Er zog sich an, und als er in die Küche kam, stellte Stefano ihm einen Cappuccino auf den Tisch, auf dem der Pizzakarton und ein Turban lagen. Trattoni trank die Tasse aus, nahm eine *brioche* aus dem Brotkorb, biß hinein und legte sie in den Korb zurück. Er blickte auf die Armbanduhr.

»Es ist zwar erst kurz nach zehn, aber wenn wirklich so viele Leute in San Marco sind, wird es allmählich Zeit für mich.«

Er stand auf, ging in sein Zimmer, nahm die Partitur vom Bücherschrank und ging wieder zurück in die Küche. Dort legte er die Noten in den Pizzakarton, nahm eine Tragetasche aus dem Küchenschrank und brachte den Karton und den Turban in einer großen Tüte aus dem Supermarkt unter, die er im Küchenschrank fand.

»Willst du den Turban nicht aufsetzen?« fragte Stefano.

»Nein«, antwortete Trattoni. »Das mache ich erst kurz vor zwölf am vereinbarten Treffpunkt.« Er ging in den Korridor, stutzte, als er seinen Mantel nicht fand, und zog den gefütterten Trenchcoat an, den er sonst nur trug, wenn es regnete.

Stefano nahm seine Windjacke vom Haken, doch sein Vater schüttelte den Kopf. »Du bleibst hier. Ich nehme an, daß die Leute unser Haus beobachten. Ich möchte nicht, daß sie dich für einen jungen Polizisten halten. Abgesehen davon... Wenn Luciana freigelassen wird, kommt sie wahrscheinlich auf dem schnellsten Weg nach Hause. Dann muß jemand hier sein.«

»Weißt du das Kennwort noch?«

Trattoni nickte. »An das werde ich mich erinnern, so lange ich lebe. Sarastro. Der Logenmeister aus Mozarts *Zauberflöte*.«

Er ging in sein Zimmer, steckte das Mobiltelefon in die Tasche, zog im Korridor seinen Sohn für einen Augenblick an sich, was er sonst nie tat, und verließ dann mit der Supermarkttüte die Wohnung. Er quälte sich die vielen Stufen hinunter, seine Knie schmerzten, und als er auf die Straße trat, war wie gestern keine Wolke am Himmel. Aber es war über Nacht wieder schneidend kalt geworden.

Auf dem Weg zur Anlegestelle drehte er sich ein paarmal unauffällig um, doch er glaubte nicht, daß man ihn verfolgte. Als er die Kirche San Marcuola fast erreicht hatte, kam ihm eine kleine Gruppe lachender junger Leute entgegengerannt. Er drückte sich an die Mauer, wollte sie vorbeilassen, doch da fühlte er plötzlich, daß ihn etwas traf. Er zuckte zusammen, griff an seine Brust, wo er den leichten Schlag gespürt hatte. Sein Trenchcoat war ein wenig feucht. Er dachte an Blut, betrachtete seine Hand, hob sie vor sein Gesicht und atmete erleichtert auf, als er den süßen Duft von Rosenwasser roch. Noch immer füllten Jugendliche es in leere Eierschalen und bewarfen damit beim Carnevale die Erwachsenen.

Am Landesteg warteten nur ein paar alte Venezianer. Ein Mann erkannte ihn und grüßte. Trattoni nickte kurz. Er wartete, bis ein Vaporetto der Linea 82 anlegte, und ging an Bord, wo er vorn auf dem Deck blieb. Boote dieser Linea waren schneller als die bei Touristen beliebten gemächlichen Vaporetti der Linea 1.

Diesmal verschwendete Trattoni keinen Blick auf die Palazzi an den Ufern. Palazzo Vendramin Calergi... Palazzo Barbarigo... Palazzo Pesaro. Fassaden aus Serpentin, Porphyr und Istrischem Marmor. Mächtige Bauwerke ausgestorbener Dynastien, die in der feuchten Salzluft Venedigs jetzt wie ihre Erbauer zu Staub wurden.

Es dauerte nicht lange, bis der Vaporetto am Ponte di Rialto anlegte. Der Commissario ging von Bord und rief Signora Bonaventura an. Nur für den Fall, daß der Vice Questore nach ihm frage, er sei auf dem Weg zu einer Vernehmung in der Sache Tomaschek.

»No problema«, antwortete die Sekretärin. »Wenn der Duce heute überhaupt kommt, dann frühestens am Nachmittag. Angeblich eine Besprechung beim Bürgermeister, aber wahrscheinlich ist er mit den Vorbereitungen für heute Abend beschäftigt. Er muß mit seiner Frau zum *Ballo del Doge*. Wahrscheinlich sitzt er schon seit zwei Stunden beim Friseur oder sucht sich sein Kostüm aus.«

»Schön für ihn«, sagte Trattoni. Er steckte das Mobiltelefon in die Tasche, und als er die Menschenmasse sah, die sich wie eine riesige Schlange über die Rialtobrücke wälzte, erschrak er, sah auf die Uhr und atmete erleichtert auf. Kurz nach elf. Er hatte noch eine Stunde Zeit.

Die meisten Leute waren weder kostümiert noch maskiert. Nur die Gesichter vieler Kinder waren bunt bemalt. Trattoni fügte sich widerstrebend in den Menschenstrom ein, der sich langsam zur Piazza schob. Touristen, die meisten mit einem Fotoapparat in der Hand, unterhielten sich in allen möglichen Sprachen.

Wenig später, vor der Kirche S. Zulian, sah er das erste kostümierte und maskierte Paar. Die Frau in einem weit ausladenden dunkelblauen Reifrock mit Pailletten, riesige Flügel aus weißen Federn auf dem Rücken. Ihr Partner in weißen Strümpfen, einer goldfarbigen Kniebundhose, einem roten Wams aus Samt und mit einem Dreispitz auf dem Kopf. Beide trugen weiße venezianische Masken, die das ganze Gesicht bedeckten. Sie standen ohne jede Bewegung starr wie Statuen vor dem Portal der uralten Kirche und genossen es sichtlich, fotografiert zu werden. Aus ganz Europa reisten solche meist jungen Leute zum Karneval in die kleine Stadt, nachdem sie sehr viel Zeit und Geld in ihre kostbaren Kostüme investiert hatten; der Preis für 15 Minuten – nein, für zehn Tage Bewunderung war hoch.

Trattoni ging an ihnen vorbei, ließ sich schieben und drängen, bis er die überfüllte Piazza erreichte, auf der – nicht nur vor den Kaffeehäusern – mehrere Kapellen spielten. Hier waren viele Kostümierte und Maskierte zu sehen. Pestärzte im schwarzen *tabarro,* die langschnäbelige weiße Maske vor dem Gesicht und die *bauta* auf dem Kopf bewegten sich mit ihrem Stäbchen in der Hand gemächlich durch die Menge, die ihnen ebenso bereitwillig Platz machte wie den wenigen klassischen Figuren der Commedia dell' Arte, dem *Pantalone* mit spitzem Bart, rotem Kostüm und schwarzer Maske… dem weißgekleideten Vielfraß *Pulcinella* aus Neapel… dem listigen *Dottore* aus Bologna… der verführerischen jungen Hausmagd *Colombina.*

Das war ein Gedränge und Geschiebe, der Commissario wurde getreten und gestoßen, trat und stieß schließlich auch, zwängte sich, die Tüte aus dem Supermarkt an die Brust gepresst, durch die Menschenmenge, und als er den ersten *arlecchino* erblickte, den Harlekin in seinem Flickenkostüm und mit der schwarznasigen Beulenmaske vor dem Gesicht, spürte er wieder den stechenden Schmerz im Magen. Luciana, dachte er. Wer weiß, ob meine Tochter überhaupt noch lebt.

Er drängte sich an Malteserrittern vorbei und an Satyrn, stieß Teufel zur Seite und hieb einem Großinquisitor im roten Kapuzenmantel, der ihm nicht schnell genug auswich, den Ellbogen in die Seite. Vor dem Campanile hing schon die große Taube aus Pappmaché am Drahtseil, an dem sie pünktlich um zwölf hoch über der Piazza San Marco zum Palazzo Ducale gleiten sollte.

Vor der Loggia, dem kleinen Marmorgebäude vor dem Campanile, drängten sich die Menschen so dicht, daß Trattoni seinen Dienstausweis aus der Tasche holte und laut »Polizia« rief. Jetzt rückten sie widerwillig zur Seite und murrten nur leise, als er stehenblieb, sich den Turban aufsetzte und den Pizzakarton in die Hand nahm. Meine Tochter, dachte er verzweifelt. *Mi figlia. Mafia*, dachte er. Wie will mich der Bote der Entführer in diesem Gewühl überhaupt erkennen, überlegte er, als er die Trommeln von Landsknechten hörte, die den Maskenumzug anführten, sich mit Hellebarden und Schalmeien, mit Tschindera und Trallala, mit Fahnen und Standarten Platz schafften, vor denen die Menschen zur Seite sprangen. Und hinter ihnen schritten die Dogen in Gewändern aus Samt und Seide, mit Dreispitzen und mit weißen Federn geschmückten schwarzen Hüten, die wächserne Maske vor dem Gesicht, tänzelten Priester und Nonnen am Commissario vorbei, und Gondolieri mit dem Ruder über der Schulter und Galeerensträflinge, zerrten Henker ihre Opfer hinter sich her, denen Scharfrichter mit dem Beil über der Schulter folgten. Kunstliebende Venezianer hatten sich als Maler verkleidet, schleppten im Festzug riesige Gemälde an den gaffenden Touristen vorbei, Tizian und Tintoretto, Vittorio Carpaccio und Canaletto. Matrosen und Fischer trugen die noch frischen Früchte der Adria, Muscheln und Seezungen, Sardinen, Dornenhaie, Makrelen und die unvergleichlichen Calamari, die wie zu kurz gebratener Gummi schmecken. Köchinnen, Köche und Küchenjungen führten riesige Schüsseln mit sich, in denen Spaghetti und Maccharoni, Lasagni und Tortellini längst im eisigen Wind erkaltet waren, der von der Lagune über die Mole zur Piazetta und an der Basilica vorbei über die Piazza fegte.

Trattonis Gesicht war inzwischen in der Kälte fast so blau geworden wie das mancher Kinder, die auf den Schultern ihrer Eltern saßen. Seine Finger waren so starr, daß er kaum noch den Pizzakarton mit den Noten halten konnte, da dröhnte endlich der dumpfe Klang der Marangona vom Campanile und hallte über die Serenissima. Die riesige weiße Taube aus Pappmaché setzte sich hoch oben am Seil über den Köpfen der entsetzlich frierenden Karnevalisten in Bewegung, glitt langsam in Richtung Dogenpalast, bis sie in einer kleinen Explosion zerplatzte und – nein, nicht in Pesto gewälzte Italienklischees, sondern buntes Konfetti auf die Menschenmenge herabrieseln ließ.

In diesem Moment tänzelte ein *arlecchino* im bunten Flickenkostüm, die schwarze plattnasige Beulenmaske vor dem Gesicht, zu Trattoni, klopfte ihm auf die Schulter und flüsterte leise: »Sarastro.«

»Wenn ich Sarastro bin, bist du die Königin der Nacht«, hätte er am liebsten geantwortet, doch er gab dem Harlekin schweigend den Pizzakarton mit den Noten, blieb noch einen Moment vor der Loggia stehen, bis der Bote der Entführer in der Menge verschwunden war und ging dann langsam zur Mole, wo er am Landesteg in ein Taxiboot stieg, dessen Fahrer ihn zur Questura brachte.

Im Hinblick auf den Carnevale waren die Fahrpreise erneut verdoppelt worden, doch das nahm Trattoni nicht einmal wahr. Er zahlte, ging an der Wache vorbei ins Gebäude, die Treppe hinauf in sein Büro, wo er den Sergente anrief und einen – nein, drei *caffè coretti* bestellte, bevor er sich den Trenchcoat auszog, neben seinen Mantel hängte und sich auf den Stuhl hinter dem Schreibtisch fallen ließ.

Der Commissario glaubte zwar nicht an Gott und war überzeugt, daß seine Gebete – oft zu seinem eigenen Glück – grundsätzlich nicht erhört wurden, aber er war schließlich Venezianer und hoffte, jenes höhere Wesen, das die Menschen kaum noch verehrten, würde sich auf ein Geschäft mit ihm einlassen.

Lieber Gott, dachte er. Wenn du mir Luciana zurückgibst, gehe ich am Ende des Quartals in Pension. Er bekreuzigte sich, und als er merkte, daß er seine Füße kaum noch spürte, zog er sich die Schuhe aus und massierte sie, als Sergente Vitello ins Zimmer kam und ihm drei Becher Caffè hinstellte. »Eine Signora Cefano will eine Bescheinigung über irgendeinen Teppich, Commissario. Soll ich sie zu Ihnen lassen, oder möchten Sie Ihren Turban vorher abnehmen?«

»Weder noch«, knurrte Trattoni. »Sagen Sie ihr, ich sei im Außendienst.«

Der Sergente salutierte, ging aus dem Zimmer, und der Commissario leerte den ersten Becker *caffè coretto*, der seinen Blutdruck in die Höhe trieb, vom Blutzucker ganz zu schweigen.

Luciana, ging es ihm durch den Kopf. Wer weiß, wie sie die Nacht verbracht hat, dachte er, und dann regte sich sein Schuldgefühl wieder. Der Teufel muß mich geritten haben, als ich die Noten vom Klavier nahm. Ich hätte mich nicht darum kümmern sollen. Ich hätte nicht zum zweiten Mal nach Prag fliegen dürfen. Ich hätte die Partitur nicht suchen dürfen, wenn ich das nicht getan hätte, wäre Luciana nicht entführt worden.

Er suchte sein kleines grünes Buch in sämtlichen Taschen, doch das hatte er zu Hause in seinem Zimmer liegengelassen. So konnte er nur dumpf vor sich hin brüten, die Gedanken spazierengehen lassen, und sie gingen ihre eigenen Wege.

Wenn Jiri Tomaschek die Noten nicht gestohlen hätte, wäre er nicht ermordet worden. Wenn ich Maletti hätte verhaften lassen, wäre er nicht ermordet worden. Wer auch immer die Partitur in Malettis Geschäft gesucht hatte, er hätte sie wahrscheinlich gefunden und Luciana nicht entführt.

Aber wie war diese Partitur überhaupt in die Klosterbibliothek geraten? Hatte ein Mönch sie vor mehr als 200 Jahren gestohlen? Hatte ein Inquisitor das Oratorium bei der Durchsuchung der Wohnung eines Ketzers entdeckt und ihn auf dem Scheiterhaufen verbrennen lassen? Hatte Mozart mit seiner Komposition eine jener Kausalketten geschaffen, in denen ein Verbrechen das nächste verursachte? Lag auf diesen Noten etwa ein Fluch wie auf dem Palazzo Dario, dessen Bewohner stets einen unnatürlichen Tod starben? War er, Trattoni, schuld an der Entführung Lucianas, weil er die Partitur sichergestellt hatte?

Aber was bedeutete das Wort *sicherstellen* überhaupt in einer Welt, in der es keine Sicherheit gab?

Unter anderen Umständen hätte der Commissario solche Überlegungen für sinnlos gehalten, als längst von der Wissenschaft überwundenen Glauben an Magie belächelt, doch die Furcht um das Leben seiner Tochter schränkte seine Fähigkeit zum rationalen Denken ein, und das Limbische System – das alte Reptiliengehirn, das der Mensch mit dem Alligator gemeinsam hat – gewann die Oberhand. Trattoni war ein Gegner der Todesstrafe und regte sich jedesmal auf, wenn er las, daß der Staat in Amerika oder China einen Menschen ermordet hatte, aber Lucianas Entführern wünschte er einen qualvollen Tod.

Er stellte sich gerade vor, daß man diese Verbrecher teerte und federte, bevor vier Pferde ihren Leib zerrissen, als Luciana in ihrem langen Mantel, die winzigen Kopfhörer in beiden Ohren und einem Kaugummi im Mund, in sein Zimmer kam.

»Hi, Dad«, sagte sie. »Habt ihr euch große Sorgen um mich gemacht?«

Da sprang er so schnell hinter dem Schreibtisch auf, daß sein Stuhl umfiel. Er rannte zu ihr, küßte und umarmte sie, als wolle er sie nie wieder hergeben. »Weiß Giulia, daß sie dich freigelassen haben?«

Luciana schüttelte den Kopf. »Leider noch nicht. Mein Telefonino haben sie mir weggenommen, aber sonst waren sie eigentlich ganz nett. Nur das Essen war scheußlich.«

Der Commissario griff nach dem Telefon, rief erst seine Frau und dann Stefano an, sagte beiden, daß Luciana – soweit er das beurteilen könne – gesund und wohlbehalten in seinem Büro aufgetaucht sei und er mit ihr nach Hause käme.

»Einen schönen Turban hast du auf«, sagte seine Tochter. »Ich wußte gar nicht, daß du dich für den Karneval interessierst.«

»So weit kommt es noch«, sagte Trattoni. Er riß sich den Turban vom Kopf, setzte sich den Hut auf, zog sich den Mantel an und ging mit Luciana an Bord einer Barkasse, wo er – ja, man kann es nicht anders nennen – seine Tochter behutsam verhörte. Aber sie wußte nicht viel zu berichten.

Zuerst habe sie es nur für Spaß gehalten, als sich ihr auf dem Schulweg zwei kreischende *gnaghe*, zwei als Frauen verkleidete und schwarz maskierte Männer näherten und wie Katzen um sie herumsprangen. Doch dann hätten die beiden sie ergriffen, ihr einen Sack über den Kopf gestülpt und sie in ein Motorboot gebracht. Sie habe plötzlich einen leichten Stich im Arm gespürt, sei danach eingeschlafen und später auf einer Matratze aufgewacht, die in einem engen Zimmer ohne Fenster auf dem Fußboden lag.

»Neben der Matratze stand eine kleine Lampe. Bücher habe ich auch gefunden, und da habe ich mich auf die Matratze gelegt und gelesen. Das Essen hat mir die jüngere *gnaga* gebracht. – Wie lange haben die mich eigentlich eingesperrt? Meine Uhr und mein Telefonino haben sie mir zwar geklaut, aber sonst waren sie ganz in Ordnung.«

»Und du hast keine Angst vor ihnen gehabt?«

»Anfangs schon. Doch als sie mich mit der Zeitung fotografierten, haben sie gesagt, mir würde nichts passieren. Ohne Maske habe ich sie übrigens nie gesehen. Auch vorhin nicht. Diesmal haben sie mir die Augen verbunden. Wir sind wieder im Motorboot gefahren. Eine gnaga ist mit mir ausgestiegen. Ich mußte ein Stück laufen, dann mußte ich mich auf eine Bank setzen. Die Binde durfte ich erst abnehmen, sobald die Glocken läuteten, und als sie das endlich taten, saß ich allein in der Kirche am Rio San Trovaso. Und jetzt bin ich wieder bei dir.«

Trattoni hatte immer noch den Arm schützend um seine Tochter gelegt. Sie erzählte, plauderte und lachte, als wäre ihre Entführung für sie ein großer Spaß gewesen. Stand sie noch unter Schock? Litt sie am Stockholm-Syndrom? Oder war ihr Verhalten nur das, was die jungen Leute cool nannten?

»Was hast du denn gelesen?« fragte Trattoni, als die Barkasse am Landesteg S. Marcuola anlegte.

»Casanovas Flucht aus den Bleikammern«, antwortete sie. »Ich glaube, der Typ hätte mir auch gefallen.«

Sie gingen von Bord, und eine Viertelstunde später rannte Luciana die Treppen zur Wohnung so schnell hinauf, daß dem Commissario die Luft ausging und er schnaufend immer weiter hinter ihr zurückblieb. Ich bin ein alter Mann, dachte er. Ich bin solchen Aufregungen nicht mehr gewachsen und den Treppen in diesem Haus auch nicht. Sobald ich mit diesem Fall fertig bin, gehe ich in Pension, und wir ziehen so schnell wie möglich in eine Wohnung im Erdgeschoß.

Luciana hatte die Tür offengelassen. Er legte im Korridor den Hut auf die Garderobe, hängte den Mantel an den Haken und ging in die Küche. Giulia stand am Herd – nein, sie saß auf einem der Stühle, Luciana auf ihrem Schoß, die den Kopf auf die Schulter ihrer Mutter gelegt, beide Arme um sie geschlungen hatte und sie erst losließ, als Stefano eine riesige Schüssel mit dampfenden Spaghetti auf den Küchentisch stellte. Trattoni öffnete eine Flasche Wein, setzte sich und fiel über die Pasta her, als hätte er seit Tagen nichts mehr gegessen.

»Ach so«, sagte Luciana zu ihm. »Das habe ich dir noch gar nicht erzählt. Zweimal habe ich in meinem

Gefängnis durch die Tür ganz leise altmodische Musik gehört...«

Trattoni blickte überrascht von seinem Teller auf. »Musik? Was für altmodische Musik?«

»So ähnlich wie von einer Spieluhr. Beethoven war es nicht. Eher Bach. Da habe ich keine Angst mehr gehabt. Aber vielleicht habe ich das auch nur geträumt.«

»Wahrscheinlich nicht«, sagte der Commissario und legte die Gabel auf den Tisch. »Ist dir sonst noch etwas aufgefallen?«

»Leider nicht«, sagte Luciana. »Aber das Armband, das du mir aus Prag mitgebracht hast... Ich habe es mit Kaugummi hinter die Verkleidung vor der Zentralheizung geklebt. Ich dachte, wenn du einen Beweis brauchst... Ich bin schließlich die Tochter eines Kriminalkommissars. Hast du das etwa vergessen?«

Trattoni griff nach der Serviette und wischte sich den Mund ab. In seinem Zimmer steckte er das Schreiben der Entführer und das Polaroidfoto Lucianas in die Jackentasche, eilte in den Flur und riß seinen Mantel vom Haken. »Bis später«, rief er in die Küche. »Ich komme so schnell wie möglich zurück.«

23.

Wie der Commissario erwartet hatte, war das Gedränge vor der Questura fast so dicht wie auf der Piazza, und er mußte wieder mit seinem Dienstausweis wedeln, damit Touristen, die Taschendiebstähle anzeigen wollten, ihn ins Gebäude ließen. Er zog sich in seinem Büro den Mantel aus, trank aus einer seiner Wasserflaschen und ging die Treppe hinauf in das Vorzimmer, wo Signora Bonaventura am Computer arbeitete. Trattoni blickte sie fragend an, und als sie zögernd nickte, ging er in das Zimmer des Vice Questore, der unwillig den Kopf schüttelte.

»Jetzt nicht, Commissario. Ich muß in einer Viertelstunde zu einer wichtigen Konferenz.«

»Daran möchte ich Sie auch keinesfalls hindern, Vice Questore. Ich benötige lediglich eine Durchsuchungsgenehmigung. Conte Blandini im Palazzo Dario. Und die Spurensicherung brauche ich auch.«

Berlusco hob unwillig die Augenbrauen. »Und verraten Sie mir freundlicherweise, was Sie dort suchen wollen?«

Trattoni nickte. »Ein Armband meiner Tochter, das mit einem Kaugummi hinter einer Heizkörperverkleidung klebt, sowie eine Mozartpartitur. Wenn wir Glück haben, finden wir auch die Waffe, mit der

Carlo Maletti erschossen wurde. Aber das kann ich nicht garantieren.«

Jetzt sah der Vice Questore seinen Commissario an, als zweifle er an dessen Verstand. »Soso«, sagte er nachdenklich. »Sie wollen also einen Kaugummi Ihrer Tochter suchen lassen. Wann waren Sie eigentlich das letzte Mal bei unserem Polizeiarzt?«

»Vor einem halben Jahr wegen meiner Knie. Aber das ist jetzt nicht so wichtig. Es ist nur... Wie soll ich sagen...« Er legte das Polaroidfoto und das Schreiben der Entführer auf Berluscos Schreibtisch. »Es ist nur, weil meine Tochter gestern Morgen auf dem Schulweg entführt wurde. Aber keine Sorge, Vice Questore. Sie wurde vor knapp zwei Stunden freigelassen.«

Der stellvertretende Polizeidirektor betrachtete erst das Foto, dann den Computerausdruck: »Ihre Tochter entführt? Kaum zu glauben. Das hätten Sie unverzüglich anzeigen müssen«, sagte er verärgert. »Die Erpressung eines Beamten aus dienstlichen Gründen ist ein Angriff auf den Staat. Sie kennen meine Haltung dazu. Solchen Drohungen können wir niemals nachgeben.«

»Ich weiß«, sagte Trattoni. »Das hat Aldo Moro das Leben gekostet.«

Berlusco schüttelte den Kopf. »Nicht nur das. Aber darüber möchte ich mit Ihnen nicht diskutieren. Was sind das übrigens für Noten? Die Entführer verlangen Noten von Ihnen, und jetzt wollen Sie die Noten bei Conte Blandini suchen... Was für Noten?«

»Eine Mozartpartitur aus dem 18. Jahrhundert«, sagte Commissario Trattoni. »Der tschechische Pianist wollte sie hier verkaufen, aber er wurde von Maletti ermordet. Maletti hatte ihm das Original gestohlen. Ich konnte nur eine Fotokopie beschlagnahmen.«

»Ich verstehe. Und was hat Conte Blandini damit zu tun?«

Der Commissario stand immer noch vor dem Schreibtisch seines Vorgesetzten und setzte sich. »Entschuldigen Sie bitte. Meine Knie. Also Maletti hatte dem Tschechen die Partitur abgenommen und in seinem Geschäft versteckt. Conte Blandini muß davon erfahren haben. Er wollte die Noten stehlen, aber dabei muß etwas schiefgelaufen sein. Blandini hat den Antiquitätenhändler erschossen, aber die Partitur nicht gefunden. Ich habe sie dort sicherstellen können und...«

Trattoni brach erschrocken ab, als er sah, daß das Gesicht seines Vorgesetzten rot anlief. »Und da haben Sie die Noten... Moment mal, waren die in unserer Asservatenkammer?«

»Noch nicht, Vice Questore. Wie Sie wissen, ist dort nachts niemand, und da habe ich die Noten mit nach Hause nehmen müssen.«

»Und einen Tag später Verbrechern ausgehändigt«, schrie der Vice Questore. »Ist Ihnen bewußt, gegen wie viele Dienstvorschriften Sie verstoßen haben?«

Der Commissario nickte ruhig. »Gegen keine einzige. Die Partitur habe ich im Zuge meiner Ermittlungen in der Sache Tomaschek sichergestellt. In der Asservatenkammer konnte ich sie nicht abliefern, und das Leben eines Menschen ist das höchste Rechtsgut überhaupt. Oder sehen Sie das etwa anders?«

»Natürlich nicht«, sagte Signor Berlusco verärgert. »Aber nehmen Sie wirklich an, daß der tschechische Pianist wegen ein paar Notenblättern umgebracht wurde?«

»Nicht nur der Tscheche, sondern auch der Antiquitätenhändler. Diese Mozarthandschrift ist bisher völlig unbekannt, und nach Auskunft von Sachverständigen Millionen wert. Euro, Vice Questore. Nicht Lire.«

»Was für Sachverständige? Haben Sie etwa auch noch ohne mein Wissen ein Asservat Außenstehenden gezeigt und von ihnen beurteilen lassen?«

»Nur die Fotokopie, Vice Questore. Ich habe mich bei den bisherigen Eigentümern nach dem Autograph erkundigt. Die haben es zwar vermutlich auch gestohlen, aber dieser Diebstahl dürfte vor mehr als 200 Jahren erfolgt sein. Das ist mit Sicherheit verjährt. Können Sie mir noch folgen, Signore? Ich möchte Sie auf keinen Fall zu einer Entscheidung drängen, aber Sie sollten diese Partitur sicherstellen und Conte Blandini festnehmen lassen. Wenn wir das Armband meiner Tochter bei ihm finden, können wir beweisen, daß er an der Entführung beteiligt war.«

Wie meistens, wenn eine Entscheidung von ihm erwartet wurde, rutschte der Stellvertretende Polizeichef nervös auf seinem Sessel hin und her. »Woher wissen Sie eigentlich, daß wir dieses Armband und… und den Kaugummi Ihrer Tochter ausgerechnet bei Conte Blandini finden werden?«

»Wegen seiner Spieluhren«, antwortete der Commissario. »Conte Blandini ist von Mozart besessen. Er hat eine Mozartbiografie veröffentlicht und besitzt zwei alte Uhrenwalzen, für die Mozart die Musik komponiert hat. Meine Tochter hat diese Musik gehört, während sie eingesperrt war. Kennen Sie die *Fantasia* in f-Moll?«

Vice Questore Berlusco blickte auf seine Armbanduhr. »Selbstverständlich. Ich telefoniere morgen mit dem Staatsanwalt und lasse das genehmigen. Stellen Sie meinetwegen bei diesem Conte alles auf den Kopf und nehmen ihn fest, wenn Sie die Indizien finden.«

»Nein«, antwortete Trattoni. »Bei Blandini muß Ispettor Flaviano tätig werden. Ich kann ihm höchstens assistieren. Die Dienstvorschriften gestatten nicht, daß ein Beamter in Angelegenheiten eines nahen Familienangehörigen ermittelt. Ich halte mich wie immer strikt an das Gesetz.«

Er wartete noch einen Augenblick, ob sein Vorgesetzter darauf antwortete, und als das nicht der Fall war, ging er in sein Büro, setzte sich an seinen Schreibtisch und rief Sergente Vitello an. »Der Duce hat gerade angeordnet, daß der Sizilianer den Mörder Malettis festnehmen soll. Wir beide werden ihn dabei unterstützen. Der Mann heißt Francesco Blandini.«

»*Come desidera*, Commissario«, sagte Vitello.

Wie Trattoni erwartet hatte, dauerte es nahezu eine Stunde, bis zwei Polizeibarkassen vom Landesteg ablegen konnten. In der ersten saßen – außer Commissario Trattoni, Ispettor Flaviano sowie Sergente Vitello – vier zusätzliche Polizeibeamte. Im zweiten Boot wurden drei Mitarbeiter der Spurensicherungsgruppe zum Einsatzort gebracht.

Flaviano hatte es – selbstverständlich – für geboten gehalten, Blaulicht und Sirene freizugeben, doch auf dem Canal Grande waren so viele Vaporetti, Motorboote und Gondeln mit Touristen unterwegs, daß es eine halbe Stunde dauerte, bis sich die Boote dem Palazzo Dario näherten und Flaviano die Sirenen ausschalten ließ.

Sobald die erste Barkasse zwei Uniformierte an den *Fondamente Nuove* abgesetzt hatte, die am Hintereingang des Palazzo die Flucht des Conte notfalls mit der Maschinenpistole verhindern sollten, fuhren beide Polizeiboote ins Wassergeschoß des Palazzo, dessen Tor weit offen stand, und legten dort am Landesteg hinter

Blandinis Motorboot an. Die blau uniformierten Polizisten gingen ebenso von Bord wie die Männer von der Spurensicherung in ihren weißen Overalls, die Trattoni immer an Astronauten erinnerten. Am liebsten hätte er sich die Nase zugehalten. Wie in sämtlichen Wassergeschossen – den Empfangshallen der Palazzi Venedigs – roch es auch hier nach abgestandenem Brackwasser, Algen und verfaulendem Tang.

Ispettor Flaviano hatte während der Fahrt eine kugelsichere Weste angezogen. Jetzt nahm er seine Pistole aus dem Holster und entsicherte sie, bevor er am Portal läutete. Es wurde wenige Minuten später von demselben jungen Mann geöffnet, der Trattoni bei dessen erstem Besuch empfangen hatte.

»Polizia«, sagte Flaviano. »Sie sind vorläufig festgenommen.«

»Und aus welchem Grund?«

»Verdacht auf Beteiligung an einer erpresserischen Entführung«, sagte Trattoni. »Alles andere erklären wir Ihnen später in der Questura.«

Er gab einem Polizisten einen Wink, wartete noch, bis der Blandinis Gehilfen Handfesseln angelegt und ihn in eines der Boote gebracht hatte. Danach rief er das kleine Einsatzkommando zusammen und erklärte den Männern, was sie suchen sollten.

In einem fensterlosen Raum des Palazzo sei ein Armband aus Glasperlen mit einem Kaugummi hinter die Verkleidung der Heizung geklebt. Beides sei zu fotografieren und zu sichern, der Kaugummi enthalte die DNA einer Entführten und sei für die Beweisführung unverzichtbar. Gleichfalls müsse eine alte handschriftliche Partitur sichergestellt werden, bei der es sich um eine Komposition Mozarts handele. Sämtliche nicht gedruckten Noten seien vorläufig zu beschlagnahmen.

»Gehen Sie behutsam damit um«, sagte Trattoni. »Diese Blätter sind sehr wertvoll. Und seien Sie vorsichtig. Wir haben es diesmal nicht mit einem erfahrenen Kriminellen zu tun, sondern mit einem Amateur. Solche Leute sind unberechenbar. Wenn eine Schußwaffe gefunden wird, ist auch die zu beschlagnahmen. Ispettor Flaviano war so umsichtig, ein Projektil sicherzustellen, das vermutlich aus dieser Waffe abgefeuert wurde. Wenn wir das beweisen können, kommt Conte Blandini nicht nur wegen erpresserischer Entführung hinter Gitter. Die Haussuchung leitet Ispettor Flaviano. Ich nehme mit Sergente Vitello nur den Verdächtigen fest.«

Der Commissario blickte den Ispettore auffordernd an, und als der sich nicht bewegte, stiegen Trattoni und Vitello als erste die Treppe zum *piano nobile* hinauf, wo ihnen Conte Blandini an der Tür entgegenkam.

»Und welchem Anlaß verdanke ich diesmal Ihren Besuch?«, fragte er.

»In erster Linie der Intelligenz meiner Tochter«, antwortete Trattoni. »Ich tue das nicht gern, aber Sie sind vorläufig festgenommen, und wir werden hier sämtliche Räume durchsuchen. Dringender Tatverdacht auf Mord und erpresserische Entführung.«

Inzwischen waren auch Ispettor Flaviano, die uniformierten Polizisten und die Angehörigen der Spurensicherung in den Salon gekommen. Zwei Männer nahmen den Veronese ab, dahinter war ein kleiner Safe in die Wand eingemauert.

»Bitte den Safeschlüssel, Conte«, sagte der Commissario. »Wir wollen hier keine unnötigen Schäden verursachen.«

Blandini griff in die Tasche seiner Samthose und reichte Trattoni ein Schlüsselbund. »Bitte sehr. Darf ich Sie fragen, was Sie eigentlich suchen?«

»Beweisstücke. Alles andere erklären wir Ihnen später.«

Trattoni schloß den Safe auf und war überrascht, daß sich darin nur Wertpapiere befanden, die normalerweise bei einer Bank deponiert werden.

Inzwischen hatte ein dritter Polizist angefangen, das elektrische Klavier auseinanderzuschrauben. Als Trattoni sah, wie ungeschickt der Beamte dabei vorging, nahm er ihm den Schraubenzieher aus der Hand und gab ihn Sergente Vitello. »Machen Sie das lieber.«

»Ich verstehe das nicht«, sagte der Conte nervös. »Haben Sie überhaupt einen Durchsuchungsbefehl?«

»Den brauchen wir bei dringendem Tatverdacht und Verdunklungsgefahr nicht«, sagte Trattoni, und als er sah, daß ein Polizist die verschlossene Schreibtischschublade kurzerhand aufbrach, wandte er sich ab. Er hatte oft das Gefühl, daß es manchen Beamten Vergnügen bereitete, bei einer Durchsuchung so viel Schaden wie möglich anzurichten. Er hatte das nie verstehen können und verstand es auch jetzt nicht. War es nur Zerstörungswut oder war es der Neid auf wirtschaftlich Bessergestellte, der uniformierte Polizisten so handeln ließ?

Der Commissario hatte sich gerade vorgenommen, diesen Beamten zu verwarnen, als Flaviano mit einem durchsichtigen Kunststoffbeutel in einer Hand aus einem der Nebenräume kam.

»Das Armband Ihrer Tochter haben wir dort gefunden, wo Sie vermuteten«, sagte er. »Fehlen nur noch die Waffe und die Noten.«

»Ich weiß«, sagte der Commissario und sah Blandini nachdenklich an. Conte Blandini wurde bleich. »Darf ich meinen Anwalt anrufen?«

»Selbstverständlich«, antwortete Trattoni. »Ich fürchte allerdings, das wird Ihnen nicht viel nutzen. Ich habe Ihr Buch gelesen, Conte. Was kann einen gebildeten Mann wie Sie dazu veranlassen, wegen ein paar uralten Noten jemanden zu ermorden und ein Kind zu entführen? Sie hätten diese Partitur niemals verkaufen können. Das hätte uns sofort...«

»Verkaufen?« fragte Blandini entsetzt. »So was verkaufen?

Ich bin Sammler, Commissario. Ich habe zwar in der Musikwelt einen gewissen Ruf, aber diese Partitur... Sie hätten mir die Kopie dieser Noten nicht zeigen dürfen, Commissario. Ich habe die Handschrift Mozarts auf den ersten Blick erkannt, und ich hatte keine ruhige Minute mehr, bis ich wußte, wo sich das Original befand. Ich mußte dieses Oratorium in meinen Besitz bringen.«

»Und deshalb haben Sie einen Menschen ermordet?«

»Deshalb nicht. Ich habe Signor Maletti sehr viel Geld dafür angeboten, aber er hat mich ausgelacht. Und als er mich auch noch beleidigte... Ich habe die Kontrolle über mich verloren und ihn erschossen. Ich war wie von Sinnen. Danach habe ich die Partitur in seinem Geschäft gesucht, aber Sie waren leider schneller.«

Trattoni wunderte sich, als er merkte, daß er diesen Mann auf einmal bedauerte.

»So sind wohl manche Sammler«, sagte er nachdenklich. »Ich habe so was nie verstanden. Sie hätten diese Partitur niemandem zeigen können, und sich damit in der Fachwelt einen Namen zu machen wäre nach dem Mord auch unmöglich gewesen.«

»Darauf kam es mir auch nicht an«, erwiderte Conte Blandini. »Ich wollte etwas von Mozarts Hand besitzen, das niemand außer mir besaß.«

Der Commissario nickte. »Ja«, sagte er. »So war das wohl. Meinetwegen können Sie noch einmal die *Fantasia* in f-Moll hören. Die nächsten 20 Jahre werden Sie dazu kaum Gelegenheit haben.«

»Sehr liebenswürdig von Ihnen«, sagte der Conte. Er ging langsam zur Orgelwalze. Sergente Vitello wollte ihn begleiten, doch Trattoni hielt ihn zurück. Blandini zog das Uhrwerk des Musikautomaten auf. Die Walze begann, sich zu drehen. Er lauschte verzückt der bezaubernden Musik, bis sie zu Ende war – und führte blitzschnell seine linke Hand mit dem Ring zum Munde, griff sich stöhnend an die Brust und stürzte zu Boden, krümmte sich zusammen und schlug mit den Absätzen seiner Schnallenschuhe auf die Fayence, bis er leblos vor dem Musikautomaten lag.

»Ein Ring mit einer Giftkapsel«, sagte Sergente Vitello und nahm die Mütze ab. »Wie zur Zeit der Borgia.«

»Durchaus nicht«, sagte Trattoni. »Die Borgia haben ihre Feinde vergiftet, aber nie sich selbst. Ich frage mich nur, wie ich das alles morgen dem Duce erklären soll.«

Er wartete noch, bis Vitello eine Decke über dem Toten ausgebreitet hatte, und verließ langsam den Salon, ging die Treppen hinunter und durch das hintere Portal aus dem Palazzo.

An der nächsten Anlegestelle stieg er in ein Bootstaxi. In vielen Gondeln saßen jetzt kostümierte Touristen, die sich zu einem der Maskenbälle in den schon hellerleuchteten Palazzi am Canal Grande bringen ließen.

Der Fahrer des Wassertaxis setzte Trattoni an der Landestelle S. Marcuola ab, und als er die ersten 80 Stufen zu seiner Wohnung hochstieg, meldete sich wieder seine innere Stimme.

Wenn ich Blandini die Fotokopie der Partitur nicht gezeigt hätte, hätte er Maletti nicht erschossen, meine Tochter nicht entführt und sich nicht umgebracht.

Trattoni wußte, daß Atomphysiker davon ausgingen, daß die Aufgabenstellung und ihre Erwartungen das Ergebnis eines wissenschaftlichen Experiments entscheidend beeinflussen. Aus demselben Grund prüfen Ärzte und Pharmakologen neu entwickelte Medikamente in doppelten Blindversuchen, bei denen sie nicht wissen, welche Kranken das Medikament bekommen und welche das Placebo.

Wenn sogar Wissenschaftler davon ausgehen, dachte der Commissario, daß sie durch die bloße Beobachtung eines Vorgangs dessen Ablauf verfälschen, in welchem Maße haben dann meine Ermittlungen die Ereignisse nach dem Mord an Jiri Tomaschek beeinflußt? Habe ich, während ich ein Verbrechen aufklärte, zwei weitere Verbrechen und einen Freitod verursacht, die unterblieben wären, hätte ich in andere Richtungen ermittelt?

Doch dann stieg Trattoni der verlockende Duft des Abendessens in die Nase. Er überwand die restlichen Stufen, schloß die Wohnungstür auf, hängte im Flur seinen Mantel an den Haken und setzte sich zu seiner Familie an den Tisch.

»Wir haben eine halbe Stunde auf dich gewartet und dann allein essen müssen«, sagte Giulia vorwurfsvoll. »Aber wir haben dir was übrig gelassen.« Sie stand auf, lief zum Herd, nahm die Abdeckhaube von einem Teller *fegatelli di maiale agli aromi* und stellte ihn vor Trattoni auf den Tisch. Die in einem Kräutersud aus Rosmarin, Thymian, Salbeiblättern und Petersilie gegarte Schweineleber schmeckte ihm vorzüglich.

»Ach so«, sagte Giulia. »Bianca Maletti war gestern Nachmittag bei mir in der Galerie. Jetzt, wo ihr Mann nicht mehr lebt, könne sie endlich die Wohnung nach ihrem Geschmack einrichten. Ich soll ihr zwei Bilder reservieren, die sie bezahlen will, sobald sie das Geld aus der Lebensversicherung bekommen hat. Die habe Carlo kurz nach der Heirat abgeschlossen, und sie erwarte knapp 300.000 Euro. Meinst du, ich kann mich darauf einlassen?«

»Warum nicht?« antwortete Trattoni. »Ich gehe zwar davon aus, daß sie sowohl ihrem Mann als auch dem Conte erzählt hat, in wessen Händen sich die Partitur während der letzten zwei Wochen jeweils befand, aber das ist nicht strafbar. Die Anstiftung zu einem Verbrechen ist ihr nicht nachzuweisen. Die beiden Täter können sich dazu nicht mehr äußern, und wie sich Conte Blandini einen Nachschlüssel für die Antiquitätenhandlung verschafft hat, werden wir niemals erfahren.«

Er aß die Leber, trank dazu *Tocai*. Er verzehrte noch eine große Portion Tiramisù, hörte in seinem Zimmer noch eine Stunde Opernmusik – Puccinis *Turandot* – und schlief danach zum ersten Mal seit zwölf Tagen ohne Tabletten wieder so ruhig wie in der Nacht, in der Vitellos Anruf ihn aus dem Bett geholt hatte.

Nur als er am nächsten Morgen im *Gazzettino* die Schlagzeile *Vice Questore Berlusco entdeckt unbekannte Mozartpartitur* las, spürte er einen stechenden Schmerz im Magen, der erst verebbte, nachdem er drei Grappe getrunken hatte.

FIN

Stichwort: Mozarts Requiem
Die Autorin bezeichnete ihre Romane zwar als »Opern der Phantasie«, aber auch ihre Phantasie ignoriert nahezu gesicherte Fakten nicht. Nachdem sich Musikwissenschaftler 172 Jahre über die Urheberschaft des *Requiems* stritten, überraschte Otto Erich Deutsch die Gelehrten 1963 mit einem Manuskript Anton Herzogs aus dem Jahr 1839, in dem der damalige Direktor des Informationszentrums der Wiener Neustadt die Entstehungsgeschichte dieses Werks detailliert dokumentiert hatte.

Danach erteilte Franz Graf von Walsegg-Stuppach im Juli 1791 Mozart den Auftrag, eine Totenmesse zu komponieren, die jedes Jahr am Todestag der im Alter von 20 Jahren verstorbenen jungen Ehefrau Walseggs gespielt werden sollte. Mozart arbeitete an der Oper *Die Zauberflöte,* die Ende September 1791 uraufgeführt wurde.

Ein weiterer Auftrag, die Oper *La clemenza di Tito* zu komponieren, mußte jedoch zuvor erledigt werden. Sie wurde aus Anlaß der Krönung Leopold II. zum König von Böhmen in Prag uraufgeführt.

Mozart unterbrach die Arbeit an der *Zauberflöte*, kümmerte sich nicht um das *Requiem* und reiste stattdessen am 25. August 1791 mit seiner Ehefrau Constanze und seinem Schüler Süßmayr nach Prag, wo er am 30. August eintraf und, das erklärt jedenfalls der Mozartbiograph (und zweite Ehemann Constanzes) Georg Nikolaus Nissen, die Oper in 18 Tagen fertigstellte. Es ist sehr wahrscheinlich, daß er auch diesmal in der Villa Bertramka der Eheleute Duschek zu Gast war.

Am 10. September wurde in der Prager Freimaurerloge *Zur Wahrheit und Einigkeit* Mozarts Kantate *Die Maurerfreunde* in seiner Anwesenheit aufgeführt. Nach der Rückkehr aus Prag schloß Mozart in Wien *Die Zauberflöte* mit der Ouvertüre und dem Priestermarsch im letzten Moment vor der Premiere ab und wandte sich der Arbeit am *Requiem* zu, während der er am 5.12.1791 in Wien starb. Sein Schüler Franz Xaver Süßmayr stellte das Fragment fertig und fälschte Mozarts Signatur. Konstanze ließ die Partitur bei Franz Graf von Walsegg-Stuppach abliefern und – ohne dessen Zustimmung – drucken. Soweit die überlieferten Fakten.

Daß Wolfgang Amadeus Mozart während seines letzten Aufenthalts in Prag ein Freimaureroratorium mit der vollständigen Musik des *Requiems* komponiert und dort zurückgelassen haben könnte, ist bei seinem rasanten Arbeitstempo keinesfalls unmöglich, die mehrfache Verwertung einer Komposition auch nicht.

Die Musik zu *Kyrie* und *Gloria* aus der c-Moll-Messe (KV 427) findet man auch in *Davide penitente* (KV 469).

Fiktion ist die Vorstellung, daß eine Mozartpartitur – mit freimaurerischem Text statt des bekannten katholischen Standardtextes – im Prager Kloster Strahov aufgefunden wurde. Allerdings hat die Freimaurerloge *Most im Orient* nach Zusammenbruch der beiden Diktaturen 1990 in Prag »das Licht wieder in den Tempel einbringen« können.

Sichwort: Roberto Calvi
Präsident der Banco Ambrosiano, der als Angehöriger der von der CIA finanzierten Geheimloge *Propaganda Due* in deren kriminellen Machenschaften – u.a. Vorbereitung eines faschistischen Staatsstreichs – verwickelt war. Nach dem Zusammenbruch der Bank flüchtete Calvi aus Italien und am 17.Juni 1982 erhängt unter der Blackfriars Bridge in London aufgefunden.

Erst 1992 wurde die Leiche exhuminiert und festgestellt, daß Calvi ermordet worden war. Durch die Umstände des Todes ihrer Romanfigur Jiri Tomasek spielt Permezza offensichtlich auf den P2-Skandal an. Silvio Berlusconi war auf einer Namensliste der P2 unter Mitgliedsnummer 1816 aufgeführt. Obwohl die Geheimorganisation 1982 durch ein Gesetz aufgelöst wurde, gehen Kenner der Szene davon aus, daß ehemalige Angehörige jetzt im Untergrund in einer P3 tätig sind.

Anerkannte reguläre Freimaurerlogen waren und sind solche politischen Geheimgesellschaften nicht. Deren Absichten sind mit den auf geistiges Wachstum und humanitäre Handlungen gerichteten Zielen der Freimaurer unvereinbar.

Stichwort: Musikautomaten
Conte Baldini sammelt nicht nur Partituren, sondern auch mechanische Musikinstrumente. Drehorgeln und Flötenuhren waren wie Glasglockenuhren zur Zeit Mozarts weit verbreitet. Im Wiener *Müller'schen Kunstkabinett* konnten die Besucher Wachsfiguren bewundern, die auf solchen mechanischen Instrumenten zu spielen schienen. Wie andere Komponisten schrieb auch Mozart aus Geldmangel Noten für Orgelwalzen und Flötenuhren, so die zwei f-Moll Stücke KV 594 und KV 608. Nach Robbins Landon, einem der angesehensten Mozartkenner, befanden sich zwei der Walzen mit Mozartmusik 1801 im Besitz eines Freundes des Komponisten Joseph Haydn. Seither sind sie – wie die beiden Autographen Mozarts für diese Musik – spurlos verschwunden.

Stichwort: Verschollene Partituren
Die Grenzen zwischen Fakten und Fiktionen sind durchlässiger, als man vermutet. Während der Arbeit an der vorliegenden Übersetzung wurde beim Aufräumen in einer amerikanischen Vorortbibliothek das seit 115 Jahren verschollene Autograph der *Großen Fuge* Ludwig van Beethovens wiedergefunden. Es soll bei Sotheby's versteigert werden, wo man den Wert der 80 Notenblätter auf 2,2 Millionen Euro schätzt.

Im Gemeidearchiv Calderdale/Yorkshire wurde vor fünf Jahren eine unbekannte Partitur Mozarts aufgefunden, die vermutlich 1817 von einem englischen Mönch in Leipzig gekauft und nach Yorkshire mitgenommen worden war. Es handelt sich um eine Bearbeitung von Händels Oratorium *Judas Maccabaeus*, das Mozart mit Klarinetten und Posaunen modernisierte.

Stichwort: Gadda, Carlo Emilio
Permezzas Commissario speist zweimal mit dem Sergente in einer Osteria da Gadda in der Via Merulana. Dieses Lokal existiert in Venedig genausowenig wie eine Straße dieses Namens. Vermutlich eine Anspielung der Autorin auf Carlo Emilio Gaddas Roman *Quer pasticciaccio brutto de via Merulana*, dtsch. unter dem Titel *Die grässliche Bescherung in der Via Merulana* (1988 München; Piper)

Stichwort: Stockholm-Syndrom
Nach Ende ihrer Entführung empfindet Trattonis Tochter Luciana Sympathie für die Verbrecher, die sie zwei Tage einsperrten. Der Kriminalkommissar überlegt, ob es sich dabei um das S. handeln kann. Offenbar ein Verweis der Autorin auf das bekannte Phänomen, daß Geiseln oft keinen Haß auf die Täter empfinden, sondern ihnen für die Freilassung dankbar sind.

Der Begriff geht auf eine Geiselnahme zurück, nach der 1973 vier Angestellte der *Kreditbanken* Stockholm um Gnade für die Verbrecher baten und sie im Gefängnis besuchten. 1996 ärgerten sich Ordnungskräfte, als die in Costa Rica entführte Deutsche Nicola Fleuchaus einen ihrer Entführer umarmte.

Stichwort: Holographisches Universum
Commissario Trattoni vermutet gelegentlich, in einem Holographischen Universum zu leben, in dem alles miteinander verknüpft ist. Dieses Modell geht auf Überlegungen von Karl Pribram, David Bohm sowie zahlreichen anderen Wissenschaftlern, darunter Träger des Nobelpreises zurück, die – ausgehend von Bells Theorem – die Erkenntnis der Quantenmechanik, nach der sich subatomare Partikel, die miteinander in Kontakt waren, weiterhin ohne Rücksicht auf Zeit und Entfernung beeinflussen, für die Erklärung von Vorgängen in der alltäglichen Makrowelt zu modifizieren versuchen.

Das hört sich nicht nur kompliziert an, sondern ist es auch.

Eine ausführliche und leicht verständliche Darstellung dieser Überlegungen: Michael Talbot, *The Holographic Universe*, 1991 HarperCollins. (Deutsche Lizenzausgaben des Titels sind vergriffen und nur noch gelegentlich in Antiquariaten erhältlich.)

Stichwort: Giorgione
In einer Szene des Romans wird der Kriminalkommissar durch eine Travestie des Gemäldes *Das Gewitter* von Giorgio da Castelfranco auf das Versteck der Partitur hingewiesen. Das Original dieses Meisters der Hochrenaissance befindet sich im Saal 5 der *Gallerie dell' Accademia*. Es entstand vermutlich im Auftrag von Gabriele Vendramin und ist eines der nur fünf Bilder, die diesem Künstler zweifelsfrei zugeschrieben werden.

Stichwort: Kapitel Dreiundzwanzig
Vermutlich eine Anspielung auf die Bedeutung, die amerikanische Amateurnumerologen der Zahl 23 beimessen. 230 Leute starben beim Absturz des TWA Flugs 800. Der menschliche Zyklus des Biorhythmus ist 23 Tage usw... Shakespeare wurde am 23. April geboren und starb am 23. April. Julius Cäsar wurde mit 23 Messerstichen getötet – und Franca Permezza erblickte an einem 23. Mai das Licht der Welt in Gestalt einer venezianischen Kerze.

FIN

»Cornelia Arnhold erzählt so amüsant frech und locker vom Hocker ...«

Die Zeit

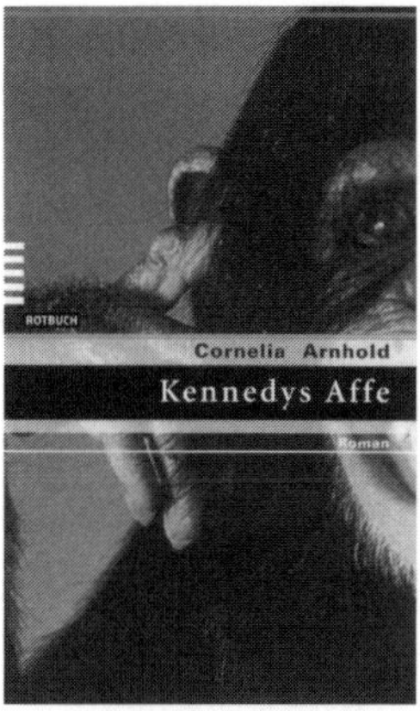

Cornelia Arnold
Kennedys Affe
Roman

230 Seiten
Rotbuch Taschenbuch 1167
ISBN 3-434-54056-3

Malte N. von Cichlinski, Privatdetektiv und Ex-Polizist, besucht mit der gut aussehenden Kosmetikerin Marie-Anne einen Berliner Nachtclub. Die Hauptattraktion ist eine Schimpansin, die als Marilyn Monroe verkleidet mit ihrem Trainer singt und tanzt. Doch der Abend verläuft anders als erwartet. Cichlinskis Begleiterin flirtet mit einem anderen, und er legt seine Visitenkarte in die Affenpfote. Am nächsten Tag ist Marie-Anne tot und der Affe verschwunden.

»Aus dem scheinbar Absurden spricht eine tiefe, wenngleich augenzwinkernde Wahrheit über das menschliche Miteinander.«

Hamburger Abendblatt

Gunter Gerlach
Ich weiß
Roman

2006
150 Seiten
Broschur
ISBN 3-434-54059-8

Thomas Emil Benk weiß immer schon im Voraus, wie jedes Gespräch verlaufen wird, Satz für Satz kann er es vorhersagen. Er ist kein Hellseher, aber er hat ein untrügliches Gespür dafür, wie die Leben seiner Mitmenschen weitergehen und enden werden. Selbst sein eigenes Leben ist für ihn so vorhersehbar wie das seiner Nachbarn und Zufallsbekanntschaften.

Dann trifft er in seiner Stammkneipe einen Mann, der ihm von einem Institut erzählt, das sich auf eine ganz besondere Dienstleistung spezialisiert hat: Es organisiert für seine Kunden Glücksmomente. Benk ist fasziniert und bietet dem Geschäftsführer des Instituts eine Wette an: Er wird Kunde, wettet aber, dass er jede für ihn organisierte Glücksaktion entlarven wird. Die Welt des Thomas Emil Benk wird zu einem paranoiden Rätselspiel.

»Fazit: Witzig, cool und dabei total spannend.«

Freundin

Tess Monaghans zweiter Fall:

Laura Lippman
Charm City
Roman
Aus dem Amerikanischen von
Ulrich Hoffmann
339 Seiten
Gebunden mit Schutzumschlag
ISBN 3-434-53117-3

Baltimore ist eine wunderbare Stadt: An der Chesapeake Bay gelegen mit südlicher Sonne hat sie viele angenehme Seiten – aber auch ebenso viele schmutzige Winkel und düstere Geheimnisse. Als auf der ersten Seite der Lokalzeitung die obskuren Geschäfte des Sporttycoons »Wink« Winkowski beschrieben werden, gerät eine fatale Lawine ins Rollen. Dunkle Schatten aus der Vergangenheit scheinen über der Stadt zu liegen.

Damit sie nicht selbst auf die anwachsende Todesliste gerät, muss Tess Monaghan das Geflecht aus alten Schulden, Neid und Intrigen so schnell wie möglich lösen.

Rotbuch Verlag | Bei den Mühren 70 | 20457 Hamburg
www.rotbuch.de

»Cornelia Arnhold erzählt so amüsant frech und locker vom Hocker ...«

Die Zeit

Cornelia Arnold
Kennedys Affe
Roman

230 Seiten
Rotbuch Taschenbuch 1167
ISBN 3-434-54056-3

Malte N. von Cichlinski, Privatdetektiv und Ex-Polizist, besucht mit der gut aussehenden Kosmetikerin Marie-Anne einen Berliner Nachtclub. Die Hauptattraktion ist eine Schimpansin, die als Marilyn Monroe verkleidet mit ihrem Trainer singt und tanzt. Doch der Abend verläuft anders als erwartet. Cichlinskis Begleiterin flirtet mit einem anderen, und er legt seine Visitenkarte in die Affenpfote. Am nächsten Tag ist Marie-Anne tot und der Affe verschwunden.

Rotbuch Verlag | Bei den Mühren 70 | 20457 Hamburg
www.rotbuch.de

20.56